L'ÉGLISE DES PAS PERDUS

Rosamund Haden fait partie de cette jeune génération d'auteurs talentueux d'Afrique du Sud, diplômés de l'Université du Cap. Elle a publié plusieurs livres pour la jeunesse. *L'Église des pas perdus* est son premier roman.

ROSAMUND HADEN

L'Église des pas perdus

TRADUIT DE L'ANGLAIS (AFRIQUE DU SUD) PAR JUDITH ROZE

SABINE WESPIESER ÉDITEUR

Titre original :
THE TIN CHURCH
Publié par David Philip, Claremont, South Africa, 2004

OUVRAGE TRADUIT AVEC LE CONCOURS
DU CENTRE NATIONAL DU LIVRE

ISBN : 978-2-253-12187-9 – 1re publication LGF

À ma famille

Il y a des rires
et des empreintes dans la poussière rouge déposée
sur le plancher de l'église en tôle
Le bruit de deux paires de pieds qui courent
Deux robes d'été.

Prologue
1990

C'est une petite fille qui trouva les os. Elle faisait route depuis le *kraal**[1] de son père pour acheter du sucre au magasin de Hebron. L'orage éclata alors qu'elle atteignait le sentier qui grimpait, en serpentant parmi les *koppies**, jusqu'à l'église en tôle construite sur la crête dominant les fermes. Tandis qu'elle escaladait les rochers de granit entre les euphorbes dressées comme des sentinelles, les nuages se déchirèrent et de grosses gouttes de pluie se mirent à marteler le sol. Elle chercha refuge sous un cussonia, mais les feuilles la frôlaient et elle fut bientôt trempée. Elle dut pousser plus loin parmi les rochers. Deux d'entre eux délimitaient une sorte de tunnel. Le passage était étroit, mais elle parvint à s'y faufiler et se retrouva sur une surface plane. En contrebas, la vallée s'étendait jusqu'aux montagnes qui marquaient la fin du haut veld ; au-delà, on descendait vers le Swaziland et le bas veld.

Elle s'accroupit, dos à la roche, et c'est là, dans la terre rouge transformée en boue, qu'elle trouva les os. Elle avait déjà vu des crânes d'animaux : de babouins, de vaches, de moutons, et même de chiens dont les

1. Les mots suivis d'un astérisque renvoient au glossaire situé en fin de volume.

restes gisaient, blanchis par le soleil, dans le veld ; mais ce qu'elle avait sous les yeux était différent.

Incliné en arrière, le crâne la regardait fixement. L'eau s'engouffrait dans les orbites et entre les mâchoires, tournées vers le ciel comme pour boire la pluie. Il était entouré d'autres os qui devaient appartenir aux bras et aux jambes. Quelqu'un les avait déterrés : de longues entailles sillonnaient la terre.

Elle fit volte-face et se mit à courir, s'égratignant les jambes contre les épineux. Une fois dans l'église, elle s'assit, frissonnante, et attendit que les battements de son cœur ralentissent. Puis elle repartit, descendit en glissant la pente boueuse, dépassa l'étang formé par la rivière et suivit le sentier jusqu'à l'école de la ferme.

Un petit garçon montait et descendait les marches devant le bâtiment, disposant à la hâte des cuvettes en émail pour recueillir l'eau qui passait par le toit. « *Ufunani** ? » demanda-t-il, mais elle ne répondit pas et il rentra chercher de l'aide dans la salle de classe. Quand le maître d'école sortit, il trouva la fillette tremblante près de la porte.

*

Il plut jusqu'au lendemain, et quand la pluie cessa, les os avaient disparu. Quelqu'un les avait emportés.

*

Au crépuscule, après la fin de l'orage, un vent tiède se mit à souffler sur le veld, empruntant la route devant l'école et le magasin, puis l'avenue bordée de gommiers qui conduisait à la maison de Hebron. Il portait la nouvelle de ces ossements humains que la fillette avait trouvés. Prenant de la vitesse, il gravit la volée de marches en pierre et passa sous l'énorme porte cintrée en bois qu'on avait fait venir de Hollande. Il survola le grand tapis, se faufila entre les pieds du piano à queue et franchit, à l'autre bout de la pièce, la porte menant à la cour intérieure autour de laquelle était bâtie la maison. Là, il encercla les rosiers et le figuier de Barbarie, délogeant un lézard qui fila se mettre à l'abri.

Catherine King était assise à la fenêtre de sa chambre, qui donnait sur la cour centrale. Ses vieilles mains émaciées tenaient un oisillon qu'elle avait sauvé de l'orage. La pluie l'avait fait tomber de son nid sur le toit ; au moment où Catherine l'avait trouvé dans la cour, il luttait pour se dégager d'une flaque d'eau. Elle avait écrasé du pain dans du lait, mâché le mélange jusqu'à ce qu'il soit fluide, et tenu l'oiseau devant son visage pour qu'il puisse picorer dans sa bouche. Lorsqu'il fut repu, elle le posa dans une boîte en carton et se mit en quête de papier journal pour le tenir au chaud. Elle trouva une page jaunie dans son placard et s'apprêtait à la déchirer quand elle s'immobilisa. Le journal était daté de juin 1970 – l'année où la police avait fait irruption à Hebron et arrêté le maître d'école noir, qui n'était jamais revenu. Catherine avait tenté d'interdire l'accès de l'église aux policiers, mais ils avaient renversé les bancs et feuilleté les livres de cantiques en quête de tracts illégaux. Les ouvriers de la ferme avaient afflué vers la maison au milieu de la nuit pour échapper aux fouilles.

Maintenant, c'étaient les fermiers qui avaient peur – un mouvement s'était enclenché qu'ils ne pouvaient maîtriser. Catherine avait surpris leurs conversations quand ils faisaient leurs courses en ville : on relâchait les leaders noirs ; il allait y avoir un affreux bain de sang ; ils allaient détruire le pays.

Elle se mit à déchirer le papier en fines bandes pour en tapisser la boîte. Cela faisait vingt ans que ce journal servait d'emballage. Vingt ans durant lesquels elle avait vécu à Hebron en compagnie de Maria et de Tom.

Une bourrasque ouvrit la porte et l'une des fenêtres, qui se rabattit en claquant. Catherine alla la fermer pour éviter que le verre ne se brise. En remettant le loquet, elle leva les yeux vers la crête et s'aperçut que l'église était éclairée.

Debout à la porte de la cuisine, Maria Dlamini vit un rai de lumière de l'autre côté de la cour, sous la porte de Catherine. Elle rentra et regarda la pendule accrochée au mur : elle était à l'envers. Maria monta sur une chaise pour la redresser tout en se demandant depuis combien de temps les choses étaient en l'état et pourquoi elle ne l'avait pas remarqué. De toute façon, la pendule ne marchait plus, et ça n'avait pas d'importance : elle voyait l'heure à la couleur du ciel. Il était l'heure de nourrir les animaux. Ils étaient prioritaires, lui avait expliqué Catherine – Maria n'était pas d'accord, mais continuait à les nourrir quand même. Elle prit cinq vieilles écuelles en métal sur l'étagère et les disposa en rang dans la cour intérieure. Puis elle alla chercher une grande jarre, versa du lait dans les récipients et lança un appel dans l'obscurité. Les chats sortirent de l'ombre, leurs silhouettes rasant les murs, et approchèrent en s'envoyant des coups de patte. Du pus suintait de leurs yeux infectés. Maria les regarda se glisser autour des écuelles et frappa du pied ceux qui se battaient, pour les séparer.

Catherine sortit de sa chambre et traversa la cour. Maria ne distinguait pas son visage, mais elle voyait, à ses épaules voûtées, que quelque chose n'allait pas. Dès que Catherine eut disparu à l'intérieur, elle retourna dans la cuisine, sortit le poulet et les légumes du four et les emporta dans la grande pièce. Catherine était assise à table. Elle était pâle et ses doigts jouaient avec le bord effiloché de la nappe. Maria savait que, si elle disait quelque chose maintenant, elle se ferait rembarrer.

Elle ne se rappelait pas quand elle avait commencé à manger avec Catherine. Parfois, elles déjeunaient dans la cuisine avec Gabriel, le jardinier. C'était pratique, expliquait Catherine. Moins de temps perdu à cuisiner et faire la vaisselle – et il fallait bien que Gabriel mange, sinon il cesserait de travailler aussi dur.

Maria lui avait raconté que les ouvriers des villes étaient en grève. Le fils de Gabriel avait acheté une arme. Désormais, le mouvement pour la liberté était comme un fleuve en crue : rien ne pouvait l'arrêter. Il n'y avait d'autre choix que monter dans une barque et suivre le courant, ou bien se noyer.

Maria pouvait dire ces choses-là à Catherine. Elles se connaissaient depuis soixante-dix ans. Elles étaient nées la même année et le même mois dans la même ferme – Hebron.

Elles dînèrent en silence. Avant d'avoir terminé, Catherine repoussa son assiette et se leva.

« Je vais me coucher. Elle se dirigea vers l'étagère pour prendre la lampe à pétrole.

– Une gamine de l'école a trouvé un crâne humain et des os au-dessous de l'église. Quand les gens sont allés regarder, les os avaient disparu. » Maria scruta le visage de Catherine pour voir quel effet produisaient ses paroles, mais celle-ci ne réagit pas : elle prit la lampe et fit demi-tour pour quitter la pièce. Quand enfin elle parla, ce fut sans regarder Maria.

« Remets du bois dans le fourneau. Je ne veux pas d'eau froide. » Et elle ferma la porte derrière elle.

Une fois dans sa chambre, elle s'assit devant le miroir. Cheveux blancs, yeux bleus – dont un maintenant voilé par la cataracte. Ses cheveux étaient doux. Elle en couperait quelques mèches pour les mettre dans le nid de l'oiseau. Elle effleura la cicatrice qu'elle avait sur la joue gauche, vestige d'une chute de cheval dans un épineux.

Elle se demandait qui avait déterré les os après toutes ces années, et pourquoi.

*

Maria empila les assiettes et les emporta dans la cuisine, puis se mit à picorer les restes de poulet sur la carcasse. Elle les fit descendre avec un peu de vin rouge bon marché que Gabriel lui avait laissé. Ensuite, elle se retira dans sa chambre, qui donnait sur la cuisine. Il ne restait rien d'autre à faire que dormir. Son lit en acier était surélevé par des briques, non par crainte du *tokoloshe**, mais à cause de la rivière qui la visitait maintenant la nuit et lui apportait des visions du passé – de gens qu'elle avait perdus au cours de ces nuits noires où la police surgissait, ou qui avaient fui en passant la frontière. La rivière charriait aussi des images de l'avenir. Maria voyait des affiches illégales placardées sur les murs de la ville : les bandes noires qui barraient le visage des leaders tombaient et découvraient leurs yeux qui la regardaient fixement ; ils étaient de retour.

Elle se voyait avec Catherine, deux petites filles courant sur la route poussiéreuse et levant les yeux vers l'église qui luisait dans l'obscurité. Et elle voyait les os.

Il faisait encore nuit quand elle s'éveilla. Elle avait la bouche sèche. Elle s'enveloppa dans sa couverture grise et sortit dans la cour intérieure. Les nuages s'étaient dissipés et la lune était pleine. Tout semblait idyllique, mais elle ne put s'empêcher de regarder longuement autour d'elle : elle était inquiète. Elle traversa la cour, pieds nus sur l'ardoise froide. La porte de Catherine était ouverte – elle était partie.

PREMIÈRE PARTIE

Catherine

En quittant la maison, Catherine s'était munie d'une torche électrique et d'un sac contenant une couverture et de l'eau. Elle n'aurait pas besoin de la torche dehors – la lune était pleine et elle aurait pu parcourir le sentier les yeux fermés. Elle n'avait pas peur de se faire tuer dans le noir, comme ces femmes qu'elle avait entendues, en ville, parler de meurtres dans les fermes. Non, elle avait pris la torche parce que la lumière pouvait s'éteindre dans l'église et qu'elle voulait voir ce qu'elle y trouverait – car elle savait qu'il lui avait laissé quelque chose, même s'il ne l'avait pas attendue.

Le sentier descendait entre les gommiers, longeant la route de terre jusqu'à l'école de la ferme ; puis il s'en séparait et serpentait entre les *koppies* en direction de la rivière. Là, il se scindait en deux branches : l'une grimpait vers l'église en tôle, l'autre continuait droit jusqu'à l'eau. Catherine emprunta celle qui menait à sa rivière et à son étang. Une brise montait de l'eau, faisant bruire les roseaux sur la rive. Catherine avait ôté ses chaussures et sentait la terre sous ses pieds. Le sentier était étroit et les herbes, argentées dans le clair de lune, lui balayaient les jambes au passage. Elle se souvenait d'avoir couru sur ce sentier avec Maria et plongé dans la rivière en riant. Mais, aujourd'hui, son corps était sec et fragile et c'était son esprit qui, libéré de son enveloppe charnelle, courait devant elle dans l'obscurité. Arrivée au bord de l'eau, elle étendit la couverture par terre et s'assit pour se reposer. À cet endroit, la rivière s'incurvait, formant un petit étang. Du côté opposé, un à-pic rocheux plongeait droit dans l'eau. Au sommet se dressait un bosquet d'acacias ; derrière, il y avait l'église.

Le niveau de l'eau était élevé après les pluies estivales. En aval de l'étang, la rivière s'élargissait et ondulait à travers les terres, grasse et dodue comme un python. Catherine connaissait chaque centimètre de son cours sur le territoire de la ferme. Elle l'avait parcouru à la nage, en canoë et à pied. Durant les hivers secs où les herbes du haut veld jaunissaient, les eaux baissaient et devenaient stagnantes. L'été, elles enflaient avec la pluie et les rives cuisaient sous le soleil ; l'herbe était verte et luxuriante, constellée de cosmos roses et blancs et de champignons sauvages. Catherine s'était baignée dans l'étang sous l'orage et avait vu la foudre frapper les roches ferrugineuses des collines derrière la ferme.

Depuis la rive, elle distinguait de la lumière à travers les branches des acacias : l'église était toujours éclairée. Le vent portait vers elle un souffle tiède, un chuchotement – la voix de son père.

*

* *

« Tu vois le lapin sur la lune, Katie ?

– Oui, je le vois. Et je vois la Croix du Sud.

– Petite futée. »

J'ai huit ans et je suis futée. Je suis née le 20 janvier 1923. Ça, c'est l'histoire – on nous a demandé de l'écrire pour notre leçon. Je vis dans notre ferme qui s'appelle Hebron. Elle est à trois heures de voiture de

Johannesburg, vers le nord-est. Ça, c'est la géographie. Je n'ai jamais été à Johannesburg, je n'ai jamais quitté la ferme, mais je suis capable de lire de longs livres et je sais beaucoup de choses, par exemple sur les étoiles et comment tuer les poulets.

« Regarde la lune dans la rivière », dit papa.

Je ramasse une pierre, je la jette au milieu du ballon brillant et je regarde les ronds dans l'eau.

« Il est tard. » Papa me soulève pour me mettre sur ses épaules. Je pose les mains sur sa tête. Il remonte le sentier en courant et rejoint la route de terre qui conduit à la maison. Les gommiers sont hauts au-dessus de nos têtes ; les feuilles dansent sur le ciel. Je pousse des cris et je m'accroche à la tête de papa. Il ralentit près des piquets, au commencement de notre allée. Un camion passe en grondant ; je vois la lumière des phares et les nuages de poussière. Nous sommes couverts de poussière et ça nous fait tousser.

Papa me fait rire. Il transforme les choses – comme quand on allume la lumière dans une pièce et qu'on voit d'un coup les choses briller de couleurs différentes.

Il y a de la lumière dans le salon, mais pas dans le reste de la maison. Nous sommes les seuls réveillés. Les planches du couloir grincent sous les chaussures de papa. Il me dépose sur mon lit et me dit qu'il est l'heure de dormir. Il me promet de me faire descendre la rivière sur le radeau qu'il a construit et de m'emmener au *krantz** où vit le léopard. Ma sœur, Lilly, remue dans son sommeil mais ne se réveille pas. Sa respiration siffle doucement. Je vois ses yeux bouger sous ses paupières. C'est encore un bébé : mes jeux sont trop violents pour elle. Elle est trop petite pour participer et elle court se cacher dans les jupes de maman. Elle lui dit que je l'ai pincée et maman me gifle.

Papa farfouille dans ses poches. Il en sort une gousse qui fait du bruit quand on la secoue et la met sous l'oreiller de Lilly pour qu'elle la trouve en se réveillant. Il a aussi quelque chose pour moi. Il sort sans arrêt des choses de ses poches : une boussole pour que je puisse m'orienter dans le veld, un oiseau à ressort qui se remonte et qui vole, des billes de toutes les couleurs, des perles de troc africaines – je garde tout ça dans une boîte sous mon lit. Ce soir, c'est un paquet enveloppé dans du papier brun. Je déchire l'emballage, impatiente de voir le cadeau.

C'est une photo dans un cadre en argent – celle que maman a prise à la rivière. Avant, elle prenait beaucoup de photos ; elle avait même transformé une pièce du fond en chambre noire pour les développer. Ses photos n'étaient pas banales, pas celles qu'on voit dans les albums de famille. Elle photographiait des rochers, des scarabées et des crânes d'animaux qu'elle trouvait dans le veld. Parfois, on ne pouvait même pas dire ce que l'image représentait – elle était la seule à le savoir. Aujourd'hui, elle ne prend plus de photos : elle a arrêté à la naissance de Lilly. Celle que me donne papa est la dernière.

On était à la rivière. Je me souviens que papa la taquinait et l'embrassait dans l'eau. Ensuite, il m'a soulevée dans ses bras et m'a emmenée au milieu, là où l'eau bouillonne sur les rochers. Il s'est assis en me posant sur son genou.

Sur la photo, il porte un short kaki et une chemise blanche. Ses cheveux sont mouillés, les miens aussi. Je souris – on voit le trou entre mes dents. Je me suis salie sur le bord et j'ai le visage couvert de boue. Je porte une robe avec des paons brodés sur l'ourlet.

Il y a des paons derrière la maison, en remontant le sentier qui va chez Maria. Maria Lindiwe Dlamini. Lindiwe signifie qu'elle était attendue. Elle a un prénom noir et un prénom blanc. Moi, je n'en ai qu'un blanc, Catherine, mais on m'appelle Katie. Maria a huit ans comme moi. Huit, c'est un bon chiffre. Si on le couche sur le côté, il devient infini.

La mère de Maria est notre fille de cuisine, mais elle travaille dans toute la maison et ce n'est pas une fille. Nous, nous sommes des filles, et elle une adulte. Parfois, Maria nourrit les paons, mais elle dit qu'ils lui font peur la nuit parce qu'ils crient comme des bébés qui ont perdu leur mère dans le noir. Elle dit qu'ils pleurent.

Sur la photo, j'ai les pieds nus et les jambes brunes à force de rester au soleil. Mes bras entourent le cou de papa. Il est assis sur un rocher dans l'eau et le courant se précipite sur nous. Nos vêtements sont trempés, même si le soleil brille au-dessus de nos têtes.

Je me souviens que maman essayait de nous faire sourire :

« Dites *cheese*.

– Pourquoi *cheese* ? ai-je demandé.

– Pourquoi faut-il que tu poses tout le temps des questions ? »

Mais elle a dit ça en riant. Nous avons souri et elle a appuyé sur le bouton.

Je demande à papa : « C'est pour moi ? » Mais je connais la réponse. Je passe mon doigt sur le cadre. Il est vieux et il y a des motifs gravés dessus. Je dors avec la photo sous mon oreiller pour rêver de l'eau et du soleil : ils traverseront l'oreiller pour atteindre mon cerveau. Le matin, je me réveille avec la photo dans les mains.

Il est tôt. La lumière froide et bleue entre dans la chambre. Je grimpe à la fenêtre et je saute dehors. Maria m'attend près de la barrière. Elle a sa tasse en émail. La sienne est bleue et la mienne est rouge.

Ensemble, nous courons jusqu'aux *koppies*. Nous avons une maison dans les rochers où nous jouons aux dames snob. Nous posons nos tasses et ramassons des feuilles et des cailloux. « Vous prendrez bien une autre tasse de thé – avec du sucre et du lait ? » J'ai appris à Maria à parler anglais. Il faut voir la tête des gens quand on va en ville et qu'elle parle anglais. Elle aussi m'a appris des mots dans sa langue, le swazi – ça, c'est les langues vivantes.

Je mets la table sur le rocher. Deux tasses en émail, des brindilles comme cuillers, des cailloux comme morceaux de sucre et des feuilles pour faire les assiettes. Ensuite, nous invitons les lézards à se joindre à nous. Il y en a deux qui ont grimpé sur la pierre. Leur corps est tout raide et ils lèvent leurs pattes l'une après l'autre, comme s'ils étaient sur une plaque chauffante.

« Un peu de sucre dans votre thé ? » leur demandons-nous. Ils dodelinent de la tête. « Oui, disent-ils, oui, nous prenons du sucre dans notre thé. »

Quand nous sommes fatiguées de jouer dans les rochers, nous montons à l'église en tôle ondulée.

La porte est ouverte. Nous sommes déjà venues ; c'est un bon endroit pour jouer. Maria court devant. Elle s'arrête à la porte et se tourne vers moi. « Tu entends ?

Je la rejoins en courant.

– Quoi ? » Nous restons immobiles et nous écoutons. Une dame chante dans l'église. Je connais les paroles et Maria aussi : ce sont des paroles tristes qui font pleurer.

« Viens.

Maria me prend la main, mais je la retiens.

– On ne peut pas entrer.

– Pourquoi ? »

Mais je ne peux pas lui dire pourquoi : je le sais, c'est tout. Nous nous battons dans la poussière, et quand Maria me lâche, le chant s'est arrêté. Nous entrons dans l'église : il n'y a personne.

*
* *

Catherine remua les jambes ; elle se sentait raide. Elle s'enveloppa plus étroitement dans la couverture et leva les yeux vers le bosquet d'acacias. Dans ces arbres, Maria et elle s'étaient fait une cabane ; elles avaient cassé des branches pour balayer le sol de l'église. Elles avaient ôté leurs vêtements sous la voûte de feuillage et s'étaient enduit le corps de boue.

*
* *

« Qu'est-ce que tu faisais à l'église, Catherine ? Tu es couverte de boue. » Maman m'appelle Catherine quand elle est en colère. Elle approche la brosse à récurer pour me débarrasser de la boue. Elle a l'air fatigué. « Tu savais bien qu'on sortait dîner. Qu'est-ce qui t'a pris ? »

Je ne peux pas le lui dire – je ne peux le dire à personne. C'est notre secret. J'entends Maria hurler dehors. Sa mère la bat avec une baguette. La brosse à récurer fait moins mal. On me saucissonne dans une robe trop petite et on me pousse dans la voiture avec Lilly. Papa sort de la maison. Il s'est rasé et a mis sa plus belle chemise. Il cueille un cosmos blanc et le fait tourner entre ses doigts en traversant l'allée. Quand il arrive à la voiture, il passe le bras à l'intérieur et me le met dans les cheveux.

Je demande : « Maria peut venir ?

– Non.

– Pourquoi non ?

Pas de réponse.

– Pourquoi non ? J'essaie encore, plus fort cette fois.

– Tu veux bien t'arrêter ! » Maman se retourne et me fait taire avec ses yeux. Puis elle se remet en place et regarde droit devant elle. Son visage est immobile, comme si elle était partie quelque part, comme si elle n'était pas avec nous.

Lilly me tire la langue et je la pince pour la faire crier. Puis je baisse la vitre et je me penche dehors pour faire signe à Maria au passage. Elle est assise sur la barrière au bout de l'allée et suce une figue de Barbarie épluchée. Je vois du sang sur ses jambes, là où la baguette a déchiré la peau.

Nous arrivons chez les Coombe et nous attendons dans le vestibule obscur. La grande horloge fait tic-tac. Mme Coombe arrive. Sa longue jupe froufroute comme des feuilles qu'on ratisse. Lilly me pince pour se venger de la voiture. La main de maman nous tape derrière son dos. En même temps, elle sourit à Mme Coombe. Son visage est tendu. Papa se penche et baise la main de Mme Coombe. Il la regarde et je sens quelque chose. Je ne sais pas ce que c'est, mais ça ressemble à de l'électricité – ça rend l'air de la pièce bizarre. « Ne regarde pas comme ça », dit maman, et elle pose sa main sur mon épaule en signe d'avertissement. Je me secoue pour m'en débarrasser.

Nous passons dans la salle à manger. Le domestique se tient comme une statue dans un coin de la pièce. La peau de Mme Coombe est fraîche et lisse comme de la porcelaine ou la coquille d'un œuf. Nous disons la prière avant de manger. La prochaine fois que nous viendrons dîner, j'apporterai une petite cuiller et je tapoterai sa peau avec pour voir quel bruit ça fait.

Mme Coombe se penche et soulève le couvercle du plat en porcelaine posé au milieu de la table. Je ris tout haut de terreur. Maman fronce les sourcils et je mets la main sur ma bouche. Je cherche de l'aide dans les yeux de papa, puis je regarde de nouveau ce qu'il y a dans le plat. L'énorme langue rouge a été arrachée à la racine. On voit encore le duvet sur la peau.

« Découpez donc, chéri », dit Mme Coombe en tendant le couteau en argent à M. Coombe. Sa lèvre se soulève et je vois une tache de rouge à lèvres rose sur ses dents.

M. Coombe sourit à maman par-dessus la table. On dirait un crapaud avec ses grosses lèvres mouillées. En servant maman, il essaie de toucher ses doigts, et Mme Coombe fait tinter une fois de plus sa clochette. « Encore des pommes de terre ou des haricots, chéri ? » Sa voix est aiguë.

M. Coombe fait glisser un morceau de langue sur mon assiette. Je le couvre de pommes de terre pour ne pas le voir.

« Qu'est-ce que tu fais ? » chuchote Lilly.

La langue a disparu. Sous mes pommes de terre, il n'y a rien que d'autres pommes de terre. Je donne un coup de pied à ma sœur sous la table. Elle mange sa langue. Elle ne va pas tarder à la finir – une si bonne petite fille.

Alors le chien des Coombe entre dans la pièce et vient frotter sa tête contre ma jambe. Je regarde fixement Mme Coombe et, en même temps, je glisse mon assiette sous la table. Je la penche et la langue tombe dans la gueule du chien. Clac, il n'y a plus rien. C'est terminé. Mais Mme Coombe a des yeux qui voient tout. Elle est née comme ça.

Lentement, elle coupe une autre tranche et la dépose dans mon assiette. « Là, dit-elle en souriant. Tu ne voudrais pas manquer une bonne tranche de langue ? »

Lilly est autorisée à passer au salon avec les adultes. Moi, on me laisse finir ma langue toute seule. Je reste assise une éternité dans la salle à manger obscure. Puis le domestique de Mme Coombe, qui est toujours dans le coin, sort de l'ombre et s'approche de moi. Si j'étais Lilly, je pousserais un hurlement, mais je veux qu'il s'approche. J'aimerais toucher sa peau. Elle a l'air chaude. Il tend le bras vers mon assiette. Je le regarde prendre la langue, ouvrir grand la bouche et engloutir la tranche. Il repose l'assiette devant moi – juste à temps. Mme Coombe revient du salon. « Tu as fini ? » Elle regarde mon assiette et je hoche la tête.

Demain, je reviendrai découvrir des choses sur Mme Coombe. Je veux savoir pourquoi l'air devient bizarre quand elle entre dans une pièce, comme de l'électricité. Je veux savoir pourquoi sa peau ressemble tant à une coquille d'œuf. J'apporterai ma cuiller et je taperai Mme Coombe avec et je regarderai le jaune couler. Un jour, après avoir mangé son œuf, maman l'a retourné dans le coquetier et a dessiné un visage dessus. Je lui ai demandé si c'était Mme Coombe et elle a répondu non, mais ça lui ressemblait exactement, avec ses fines lèvres roses et ses sourcils dessinés au crayon. Ensuite, maman a tapé sur la coquille jusqu'à ce qu'elle se brise. « Oh, mon Dieu, a-t-elle dit, un accident », et nous avons ri toutes les deux.

Quand nous rentrons à la maison, maman s'assied au bord de mon lit pour nous faire la lecture. Pendant ce temps, papa sort vérifier s'il a bien fermé le magasin. Maman nous lit des histoires dans un livre de contes anglais. Les pages sont couvertes d'insectes écrasés appelés des poissons d'argent. Ils ont dévoré la barbe de Barbe-Bleue. Poissons d'argent, poissons papillons[1] qui nagent sous l'eau, remontent pour respirer, mangent les orteils de la Belle au bois dormant.

Maman redresse la tête et regarde la nuit par la fenêtre. Puis elle se lève et remonte les manches de sa robe, comme si elle allait se laver les mains. Elle soulève le cadre en bois de la fenêtre. Lilly crie : elle a peur d'avoir des chauves-souris dans la chambre.

« Vous entendez ? dit maman en se tournant vers nous. Elle paraît fatiguée.

– Quoi ?

– Votre père revient. Je suis sûre que je l'entends. Elle a les lèvres pincées. Quand elle se penche pour m'embrasser, je sens son parfum à la rose.

– Quoi ? Je n'entends rien. »

Elle éteint la lumière.

*

* *

Catherine laissa pendre ses jambes dans l'eau noire et froide et écarta les orteils. Maria avait dû se réveiller. Elle se réveillait toujours au milieu de la nuit. Parfois Catherine l'entendait arpenter les couloirs. Plus elle vieillissait, moins elle arrivait à dormir. Il y avait eu des années où elle ne dormait pas dans la maison, mais dans l'église en tôle ou au *kraal* de sa mère. Maintenant, Catherine avait besoin qu'elle reste : il n'y avait personne d'autre pour garder la maison si un animal tombait malade et qu'elle devait le conduire en ville. Plus d'une fois, elle s'était réveillée et avait trouvé Maria debout près de son lit, en train de la regarder dormir – de vérifier qu'elle respirait toujours. Ça la

---

1. Le lépisme argenté ou poisson d'argent est communément appelé *fishmoth* en anglais (de *fish*, poisson, et *moth*, papillon de nuit). (*Toutes les notes sont de la traductrice.*)

rendait folle. Mais, cette nuit, Maria allait trouver son lit vide et sortir la chercher.

Il fallait grimper pour arriver à l'église. La dernière fois qu'elle était montée là-haut, c'était le jour où l'un de ses chiens avait disparu. Elle l'avait retrouvé la patte prise dans un piège et avait ôté son chemisier pour panser la blessure. Puis elle l'avait transporté jusqu'à l'église. Là, assise sur le sol avec la tête du chien sur ses genoux et le sang qui inondait son pantalon, elle avait pleuré – un sanglot rauque, comme si elle ne savait plus comment on s'y prend pour pleurer : ça faisait si longtemps. Alors, elle avait éprouvé une sensation oubliée – une caresse sur la peau, un soupir – et son désarroi l'avait quittée. Elle s'était remise sur pied et avait trouvé la force de descendre jusqu'à la maison avec le chien dans ses bras.

À présent, assise dans le noir, les yeux fermés, elle voyait ressurgir les formes et les couleurs d'épisodes enfouis de sa vie, comme des images émergeant sur le papier sensible de sa mère. Elle se voyait manger des mangues dans la chaleur de l'été – le fruit jaune lui colorait la peau et lui poissait les doigts. Elle se voyait plonger dans l'étang et ouvrir les yeux sous l'eau : sa peau était blanche, bleue, marron, et elle connaissait l'excitation secrète d'une vie silencieuse; puis elle sortait de l'eau et s'étendait comme un lichen sur les rochers. Elle voyait des veuves raser l'eau avec leur lourde queue, un serpent se désaltérer dans l'étang. Et, en levant les yeux, elle voyait les branches des acacias remuer et l'ombre de quelqu'un qui l'épiait.

L'odeur de la terre et du bétail qui se mouvait non loin flottait dans l'obscurité. Catherine posa sa tête sur le sol et perçut une très légère vibration sur le sentier :

deux paires de pieds qui couraient, encore lointains, mais approchant rapidement.

*

* *

« Dépêche-toi, Katie. »

Maria court devant moi sur le sentier. Nous nous sommes baignées dans la rivière. On nous l'interdit, mais nous le faisons quand même. Papa m'a appris à nager. Maman dit que nous sommes trop jeunes pour nous baigner sans surveillance, mais nous avons huit ans et c'est assez vieux pour tout. L'autre jour, Maria a failli se noyer. J'ai dû la repêcher. Ça nous a fait une belle peur.

« *Maye babo** », a-t-elle dit, exactement comme sa *gogo**. Nous nous sommes roulées dans l'herbe toutes mouillées et ça nous a fait rire. Nous avons séché et Maria a tressé mes cheveux. Ses doigts sont rapides et cliquettent comme des aiguilles. J'ai les cheveux mouillés ; maman va deviner où nous sommes allées. Je n'ai pas le temps de les faire sécher parce qu'elle nous appelle pour le déjeuner. Je l'entends crier mon nom.

Je rattrape Maria et je tire sur sa jupe. « Maria, tu sais quoi ?

– Quoi ?

– Après le déjeuner, j'irai chez Mme Coombe et je découvrirai ses secrets. Tu viendras avec moi ?

– Pas possible, je dois faire le ménage chez nous.

– J'irai quand même. »

Nous montons les marches en courant et entrons dans la cuisine. Maman est assise à table avec Lilly ; elle nous attend.

« Où étiez-vous ? » Elle a l'air furieuse. Elle ne sourit presque plus ces temps-ci. J'aimerais la faire rire de nouveau. Elle remplit nos assiettes et nous attendons que papa rentre. Elle regarde fixement la pendule sur le mur. Lilly se met à gémir parce qu'elle a faim. Ça rend maman nerveuse.

Je lui demande : « Pourquoi le poulet a traversé la route ?

– Pas maintenant, Katie ! dit-elle brusquement.

– J'ai faim. Lilly prend sa cuiller et la jette par terre. Où est papa ?

– Je ne sais pas. » On dirait que la voix de maman va se briser. Sa lèvre tremble. Je remarque qu'elle la mord pour s'empêcher de pleurer. Parfois je fais pareil.

Nous commençons à manger. Nous finissons de manger, et papa n'est toujours pas là. J'empile les assiettes. Maman tripote ses cheveux. Ils sont sales. Elle ne les a pas lavés depuis une semaine.

« Tu veux que je te lave les cheveux ?

Elle se met à rire – un rire bizarre.

– Pourquoi tu ris ?

– Pour rien.

– C'est une blague ?

– Non. Tu ne peux pas comprendre. Elle commence à entasser la vaisselle dans l'évier.

– Dis-moi, je comprendrai. Je monte sur une chaise pour être à sa hauteur. Je répète : Je comprendrai. Je lui prends la main.

– Ne te mets pas debout sur cette chaise, je te l'ai déjà dit. Sors de là. Je ne supporte pas... Elle essaie de me taper, mais j'évite sa main. Va t'allonger avant la leçon et emmène Lilly avec toi. »

Après le déjeuner, nous allons toujours nous allonger. Maman passe beaucoup de temps allongée. Parfois, elle a du mal à se lever. Elle nous donne des cours l'après-midi. Avant, c'était Mlle Berry, mais elle est rentrée en Angleterre. Elle nous lisait des histoires sur un garçon qui avait de longs ongles et de longs cheveux et une fille qui jouait avec des allumettes et finissait par brûler tous les enfants. Maria dit que je suis aussi folle que cette fille. À Noël, Mlle Berry versait de l'huile de paraffine sur le gâteau à la place du brandy. Elle pensait que ce serait tout aussi bon – tout aussi bon !

Je traîne Lilly jusqu'à notre chambre. Elle grimpe sur son lit.

« Dors. » Je lui fais une grimace, puis je m'allonge et je regarde le plafond. Je n'arrive pas à dormir.

Au bout d'un moment, maman cesse de bouger dans la chambre d'à côté. Elle se repose. Lilly bave sur son oreiller. Je sors sur la pointe des pieds et je retourne dans la cuisine. Je vais découvrir le secret de Mme Coombe – je sais qu'elle en a un. J'ouvre le tiroir, je prends une petite cuiller et je la mets dans ma poche. Je vais découvrir le secret de son électricité ; je vais voir quel genre d'œuf elle est en la tapant avec la cuiller.

Maria est rentrée chez elle pour faire le ménage et sa maman lave nos vêtements dehors. Je descends à l'écurie pour seller mon poney et je remarque que le cheval de papa n'est pas là. Je demande à Philemon si papa est au magasin.

« *Baas** est parti », dit-il.

Je ne suis jamais allée aussi loin à poney. Comme le roi Arthur et ses chevaliers, je pars pour une quête en territoire inconnu et j'ai planifié mon itinéraire – je vais descendre dans la vallée en suivant la rivière jusqu'à la ferme des Coombe. Il faudra faire attention en approchant de la maison, cacher mon poney dans les arbres et entrer sans que Mme Coombe me voie.

Mon poney s'arrête au bord de l'eau et je le laisse boire. Je ne pense pas à ce qui me tombera dessus quand je rentrerai – je ne veux pas y penser.

En arrivant chez les Coombe, j'attache mon poney au milieu des arbres. Je ne vois pas leur voiture, mais elle est peut-être à l'arrière, dans le garage. Il n'y a personne dans la cour. Peut-être qu'ils sont tous partis. Peut-être qu'ils sont allés quelque part et ne reviendront jamais. Je traverse la cour à toute vitesse et je m'arrête devant les marches. Le chien lève la tête. Je crois qu'il va aboyer. Je tends la main vers sa truffe et il me flaire.

La porte est ouverte. J'entre dans la maison. Tout est calme. J'entends juste quelqu'un qui bouge dans la cuisine et un bruit de plats et de casseroles. La chambre est au bout du couloir. Mme Coombe ferme toujours la porte pour qu'on ne sache pas si elle est à l'intérieur. C'est là qu'elle garde ses secrets. Il y a des portraits accrochés tout au long du couloir : les visages me regardent fixement du haut des murs.

J'arrive devant la porte. Mon cœur bat à toute allure. La poignée a été astiquée et brille dans l'ombre. J'attends. Je pose mon oreille sur le bois. J'entends des choses, des choses secrètes. Le lit grince. Il y a quelqu'un avec elle. Je sens l'électricité à travers la porte et je reçois une décharge dans les doigts. J'entends la voix de Mme Coombe. Un cri. Puis un autre, et encore un autre. Je ne sais pas quoi faire, mais il faut faire quelque chose. Il faut lui venir en aide. Elle est peut-être en train de mourir électrocutée – j'ai lu des choses là-dessus. Je dois faire quelque chose. Si je la sauve, je deviendrai peut-être une héroïne. J'ouvre la porte.

Il y a deux corps sur le lit. Ils doivent recevoir l'électricité tous les deux – ils se secouent de haut en bas. Je vois l'arrière d'une tête d'homme et, au-dessous, la tête de Mme Coombe écrasée contre l'oreiller, toute rose. Son chignon s'est défait et de longues mèches de cheveux sont étalées sur le lit. Je ne savais pas qu'ils étaient aussi longs. L'homme et Mme Coombe sont nus. Je vois leurs vêtements par terre. Pas rangés, mais jetés en tas, sauf la paire de grosses chaussures en cuir – je connais ces chaussures.

Mme Coombe me voit. Elle ouvre la bouche et tape l'homme dans le dos. Elle me regarde avec des yeux écarquillés. L'homme tourne la tête. « Katie ! »

Je repars en courant dans le couloir. Qu'est-ce que papa fait ici ? Je m'enfuis. Je ne sais pas quoi faire ni où aller. Je n'arrive pas à comprendre – il faut que je comprenne. J'entends mon père m'appeler : « Katie ! Reviens. Je suis désolé ! Katie ! » Tout ça est absurde. Il ne devrait pas être ici, sans ses vêtements, à gigoter de cette manière – comme ces pantins ridicules qu'on voit au spectacle. Ça ne va pas du tout.

Je m'enfuis loin de sa voix. Mon poney m'attend sous les arbres. Il n'a pas bougé. Je monte et je pars au galop dans le veld pour m'éloigner de cette chose que je ne comprends pas. Je m'arrête seulement en arrivant près du magasin. Là, je caresse mon poney, j'essuie mon nez qui coule sur son encolure et je chuchote son nom. Où faut-il aller ? À la maison, retrouver maman ? Dans un endroit sûr – l'église en tôle ? Est-ce que Maria viendra me chercher là-haut ?

Pendant que j'hésite, une voiture arrive. C'est maman. Elle s'arrête près de moi sur la route de terre. Je ne l'avais jamais vue conduire. Je ne savais même pas qu'elle en était capable. Elle a l'air dans tous ses états. « Où étais-tu ? Où est ton père ? » Sans attendre ma réponse, elle enclenche une vitesse et démarre dans un nuage de poussière. Je sais où elle va et je ne peux pas l'arrêter. J'aimerais courir après elle, mais elle est déjà loin. La voiture n'est plus qu'un point dans la poussière.

Je monte à l'église et j'attends. J'attends Maria. J'attends que papa vienne me chercher et m'explique Mme Coombe et l'électricité. Je me recroqueville sur le banc. Personne ne vient. Je commence à avoir faim.

Quand je rentre à la maison, papa et maman sont en train de se disputer. Ils crient en faisant les cent pas dans le salon. Lilly est assise dans un coin. Elle a tiré une couverture sur sa tête. Elle pleure.

« Katie. Papa me prend dans ses bras. Je suis désolé.

– Désolé ! » crie maman, et elle essaie de le frapper. Il me pose par terre et il la suit dans le couloir. Je l'entends dire : « Ne fais pas ça. Pas devant les filles. » Je vais m'asseoir sous la couverture avec Lilly. J'ai froid maintenant. Je ne veux pas regarder papa. Qu'est-ce qui lui a pris de faire une chose aussi bête ? Il n'est pas censé se conduire comme ça. Il m'emmène faire des promenades à cheval, il m'explique des choses, et tout d'un coup je le vois remuer tout nu comme un pantin.

Maman réapparaît dans le couloir avec une pile de vêtements. Elle sort devant la maison. Je cours dehors pour voir ce qu'elle fait. La mère de Maria regarde. Maria regarde. Philemon regarde. Maman jette ses vêtements par terre. Elle a quelque chose de fou dans les yeux. Je ne l'ai jamais vue comme ça. Elle a passé tout ce temps à dormir, et voilà qu'elle est réveillée. Elle descend à la cave et rapporte un bidon de kérosène. Elle le vide sur ses affaires, puis elle gratte une allumette et la jette sur le tas. On dirait le buisson ardent de la Bible, sauf que les flammes brûlent les vêtements de maman – les dévorent.

Papa sort de la maison et court vers l'écurie. Je ne sais pas pourquoi. Maman rentre. Je la suis dans notre chambre. Elle prend une valise dans le placard et commence à entasser nos vêtements dedans. Je crie : « Qu'est-ce que tu fais ?

– On s'en va.

– Et papa ? »

Elle marmonne quelque chose.

« Je n'entends pas ce que tu dis ! » J'ai peur maintenant. « Ne marmonne pas, je n'entends rien. » Je pleure. « Mlle Berry nous a dit de bien articuler. » J'essaie encore, mais maman ne m'entend pas. Elle aussi s'est mise à pleurer. Elle pleure et elle nous bouscule. Ma valise est pleine et je n'ai même pas les affaires importantes.

Le lendemain matin, une voiture vient nous chercher pour nous emmener au train. Papa va nous empêcher de partir. « Arrêtez » : je répète le mot tout bas pour lui. Mais il reste là sans bouger, sans rien dire. Il va s'approcher du conducteur et lui parler – mais non : il reste immobile. Le conducteur met le moteur en marche. « Dis-le maintenant. Ouvre la portière. Fais-nous sortir. »

Maria est là et ne dit rien non plus, comme si elle ne savait plus parler – elle a l'air si bête avec sa bouche ouverte. Je me penche par la fenêtre et papa baisse la tête parce qu'il pleure et ne veut pas qu'on le voie. La voiture démarre. Les autres deviennent de petits points et je finis par ne plus les voir du tout.

*

Elles avaient pris le bateau pour l'Angleterre. Catherine avait passé la majeure partie de la traversée penchée par-dessus la rambarde, les yeux rivés sur l'eau. Elle n'avait pas prononcé une parole de tout le voyage; les mots semblaient s'être coincés dans sa gorge. On les avait emmenées dans un endroit où les portes s'étaient refermées aussi vite qu'elles s'étaient ouvertes, où les pieds étaient emprisonnés dans des chaussures. Plus d'arbres bruissants au-dessus de sa tête. Plus de feuilles craquantes ni de terre sous ses pieds. Plus de papa, plus de Maria, plus de rivière, de figues de Barbarie ou d'église sur la crête. Elle avait fixé les sons en elle – le vent dans les gommiers, les cigales la nuit, la voix de son père.

Elle ne savait pas encore que, le jour où elle retournerait à Hebron, elle trouverait un autre homme dans la maison de son père.

*

* *

Catherine commençait à avoir froid aux pieds; elle les sortit de l'eau et se sécha avec la couverture. Si elle attendait un peu avant de monter à l'église, Maria viendrait la chercher. Elles pourraient y aller ensemble. C'était peut-être mieux ainsi.

Maria

Maria sortit sur la véranda. Son regard suivit l'allée et, glissant sur les arbres, remonta jusqu'à l'église : elle était toujours éclairée. Catherine avait quitté la maison. Maria ignorait quelle distance elle avait parcourue, mais elle savait où elle allait. C'était imprudent de sortir ainsi toute seule. Catherine lui avait dit que la peur attirait le danger et qu'elle ne voulait pas tomber dans ce piège. Mais Maria savait que des gens armés venus de la ville se trouvaient actuellement à Hebron. Ils verraient la peau de Catherine, pâle dans le clair de lune. Ils ne lui laisseraient pas le temps de parler. Si quelqu'un la surprenait la nuit, elle était trop vieille pour s'enfuir.

Tout irait bien si Maria était avec elle. Elle connaissait ces hommes – l'un d'entre eux était le dernier-né de sa sœur. Il avait repassé la frontière parce que les choses changeaient au pays : le fleuve était en crue. Si elle le rencontrait sur le sentier, Maria le regarderait dans les yeux et il laisserait Catherine tranquille. Il aurait peur de faire quoi que ce soit devant la sœur de sa mère. Elle avait ses propres armes.

Cette idée lui donna de la force et elle se mit en chemin, mais, arrivée à la barrière, elle dut s'y appuyer pour reprendre son équilibre. La tête lui tournait et elle avait le souffle court et inhalait difficilement. Elle savait bien ce qui lui arrivait : certaines personnes avaient des attaques de panique ; elle, elle avait cette rivière qui lui rapportait des choses – des choses dont elle se serait bien passée – et inondait son cerveau. Dans la nuit, la rivière s'étalait à perte de vue et engloutissait Maria, l'entraînant vers un lieu oublié. Maintenant que quelqu'un avait déterré les os, elle la forçait à se souvenir.

*

* *

Elle a huit ans. Elle est assise sur le mur de clôture, près de la barrière, et mord dans une mangue qui lui barbouille les mains et le visage de son jus jaune et poisseux.

« Viens, on va être en retard ! Katie la tire par les jambes et elle saute sur la route de terre.

– Ta mère sait que tu viens avec moi ? demande-t-elle.

– Bien sûr que non, idiote.

– Tu vas avoir des problèmes.

– Je m'en fiche. Je veux voir ce que vous faites à l'église. Je veux que tu me montres. »

Katie est déjà loin devant. Maria se lèche les doigts et s'essuie le visage avec des feuilles, puis court pour la rattraper.

Il faut grimper dur pour atteindre l'église, et il fait chaud. Maria a envie de faire pipi. Elle ne peut pas se retenir. Le liquide coule, chaud et visqueux, et colle sa robe à ses jambes. Une fois dans l'église, elles se poussent l'une contre l'autre sur un banc. Maria sent l'odeur de l'urine et la sueur de sa mère assise à ses côtés. Les gens chantent – un chœur chaleureux qui s'élève et vibre dans les airs. Elle regarde au-dessus de l'autel et attend. Alors, la vision lui revient – car elle sait maintenant que c'est une vision : elle a lu des choses là-dessus dans la Bible. Les saints en avaient. Elle est sainte Maria.

Revoilà donc sa tante – celle qui s'est fait écraser sur la route de la ville – flottant au-dessus de l'autel. Maria pense au jour où on a chargé son corps à l'arrière d'un camion, où on l'a déposé à la morgue et enveloppé dans un linge blanc ; elle pense au mince filet de sang qui s'écoulait de ses lèvres, à son esprit enfui.

Mais aujourd'hui elle est là, suspendue au-dessus du prêtre. À la place de son visage, il y a une tête de chèvre. Ses yeux sont jaunes dans une fente noire. On dirait la chèvre qu'on a égorgée quand l'aîné de ses frères s'est marié. Elle fixe Maria comme si elle la perçait à jour. Au mariage de son frère, la chèvre l'avait regardée comme ça, d'un air implorant, mais Maria n'avait pas empêché qu'on lui tranche la gorge. Comment l'aurait-elle pu ? La bouche s'ouvre. Sa tante essaie de lui dire quelque chose, mais seules ses lèvres bougent et il n'en sort qu'un bêlement esseulé.

« Tu la vois ? Elle se tourne vers Katie, mais son amie secoue la tête.

– Non. »

Maria regarde de nouveau en l'air : sa tante a disparu. L'assemblée chante en suivant les paroles dans un livre de cantiques anglais. Katie lui a appris à lire, mais Maria chante selon son cœur.

« Louez Dieu dont ruissellent les bienfaits
Louez Dieu créatures d'ici-bas
Louez Dieu anges du ciel
Louez le Père le Fils et le Saint-Esprit… esprit, fantôme, esprit, fantôme… »

Ce sont peut-être les chants qui ont fait venir sa tante.

Les deux filles sont trop jeunes pour aller communier, ce qui est bien dommage car Maria aime le vin, mais le prêtre les bénit en posant la main sur leur tête. Le frère de Maria se retourne sans arrêt sur son banc pour regarder Katie. Au bout d'un moment, il avance la main pour toucher le duvet qui lui couvre le bras : il n'en croit pas ses yeux. Maria lui donne une tape sur la main et lui tire la langue. Katie est à elle. C'est son amie blanche.

À la sortie de l'église, la mère de Maria s'efface pour laisser passer Katie. On dirait une reine ou quelque chose comme ça, à voir la manière dont ils la traitent, et pourtant ce n'est qu'une enfant. *Queen Catherine King* – cette idée fait rire Maria. Elle aussi est spéciale. Katie est son amie, elle lui appartient. Le prêtre serre la main de Katie et s'excuse pour son mauvais sermon et son mauvais anglais. Maria fait la moue. Mais Katie s'en fiche. Maria la tire par la main.

« Où on va ?

– Sous les arbres. »

Elles s'éloignent des fidèles qui sortent à la queue leu leu sous le soleil. Maria se faufile entre les arbres et Katie court derrière elle. Elles s'arrêtent au bord de l'à-pic qui plonge dans l'étang et s'assoient sur le sol. Katie ramasse une petite branche et se met à gratter la terre. Maria devine qu'elle veut lui dire quelque chose mais ne sait pas comment s'y prendre. Au bout d'un long moment, Katie lève les yeux vers elle. Son visage est sérieux.

« Tu me vois quand je ne suis pas là ?

– Des fois. »

Maria ramasse de petits cailloux. Elle en jette un et le regarde tomber dans l'eau. Puis elle en jette un autre et se met à compter. « Un, deux, trois. On saute ? » Elle se tourne vers Katie, mais celle-ci a toujours la même expression sérieuse.

« Si je me perds, tu sauras où je suis ? Tu sauras me retrouver ? » Elle tapote la jambe de Maria avec son bâton. Maria en prend un autre et elles commencent à se battre.

« Tu te perds jamais, dit Maria en riant, et elle arrache son bâton à Katie.

– Mais si ça m'arrivait quand même ? »

Katie se lève et regarde l'étang en contrebas.

« Déshabillons-nous. Elle commence à déboutonner sa robe.

– Et après ?

– On ira se couvrir de boue près de l'étang.

– Comme les garçons ?

– Oui. Et ensuite on ira à l'église.

– Pour faire quoi ?

– On verra quand on y sera.

– Pour que tu te perds pas. »

Mais Katie s'était perdue. Postée dans l'allée, Maria avait regardé la voiture noire emporter son amie de plus en plus loin, jusqu'à n'être qu'un point dans la poussière. Et elle avait essayé de la retrouver.

Après le départ de Katie, la rivière avait commencé à lui rapporter des choses – des choses oubliées, chuchotées par la brise qui soufflait de l'eau ou que le flot déposait, luisantes, dans ses petites mains.

La rivière lui donnait à voir ce qui était arrivé et ce qui allait arriver. Elle avait senti que sa mère pleurait dans le veld, était sortie la chercher et l'avait trouvée avec une jambe cassée. Elle savait s'il allait pleuvoir ou si quelqu'un avait un problème.

La rivière était partout où elle allait. Juste au-dessous ou juste au-dessus d'elle. Quand elle s'allongeait dans la hutte enfumée et regardait le plafond. Quand elle poursuivait les poulets, quand elle faisait le ménage dans la maison de Hebron. Et ce fut la rivière qui lui ramena son amie.

M. King quitta la ferme un an après le départ forcé de Katie. On était en 1932. Un jour, il fit sa valise et partit en voiture comme si de rien n'était, en laissant tout le mobilier dans la maison. Il dit à Maria qu'un gérant allait venir s'occuper de la ferme pour lui. Mais, lorsqu'elle lui demanda s'il partait rejoindre Katie, il se contenta de détourner les yeux. Il n'y avait pas eu de lettre de Katie, du moins pas à la connaissance de Maria. Le soir, elle voyait M. King assis sur la véranda et sentait sa solitude, comme un espace vide et sans lumière.

Avant qu'il parte, les fidèles avaient cessé de se réunir à l'église en tôle parce qu'il leur en avait construit une autre en face du magasin – une église indigène. Désormais, les vieilles personnes qui travaillaient dans les fermes n'avaient plus à grimper la pente abrupte sous la chaleur.

L'église appartenait à Maria.

Après le départ de M. King, elle monta à l'église avec une photo de Katie trouvée dans la maison et l'accrocha au mur. Elle posa leurs tasses – la bleue et la rouge – dessous, sur le sol, avec le livre illustré dans lequel Katie lui avait appris à lire. Puis elle courut parmi les arbres jusqu'au bord de l'à-pic et regarda l'étang en contrebas.

Il y avait dans son cœur un trou si grand que, si elle jetait des choses dedans, elle ne les entendait pas toucher le fond.

Elle remonta la pente en courant, entra dans l'église et ferma les yeux. Elle entendait le rire de Katie. Il lui donnait le vertige. Quand elle tendait le bras, elle sentait Katie la tirer par la main. Les eaux montaient ; la tête lui tournait. Elle voyait son amie plus clairement qu'en rêve.

Katie est debout sur une plage. Il fait froid et gris. Elle est nue et sa peau paraît bleue. Elle se met à courir vers l'eau, mais sa mère la rattrape et la prend par le bras. Katie essaie de la frapper : ses bras battent comme de petites ailes. Elle pleure. Maria l'appelle, mais elle ne l'entend pas. Puis elle disparaît.

Maria s'agenouilla et attendit, les yeux fermés, mais elle ne vit plus rien. Sa mère la trouva recroquevillée sur le sol de l'église et la ramena chez eux.

*

Elle devint une adolescente maigrichonne qui regardait les gérants se succéder à Hebron. Certains passaient près d'elle sans même remarquer sa présence. D'autres avaient des femmes qui la faisaient nettoyer et astiquer. L'un d'entre eux lui donna des livres à lire. Un autre tenta de retrousser sa jupe et d'enfoncer son pénis en elle, mais elle lui griffa le visage. Aucun ne fit long feu. La maison semblait les essayer, puis les recracher comme s'ils avaient un goût amer.

Et il y avait les garçons. Les garçons qui la suivaient comme des chiens efflanqués, les garçons qui rôdaient autour d'elle comme des chats ou hérissaient leurs plumes comme des coqs de basse-cour. Elle demandait un shilling pour se laisser embrasser dans le salon de Hebron, et plus pour emmener les garçons à l'église, leur montrer la photo de son amie et leur faire la lecture dans le livre illustré. Ils la craignaient parce qu'elle était différente. Elle comprenait tout ce que disaient ces Blancs qui venaient et repartaient ; elle était même capable de leur parler dans leur langue.

Dès qu'elle le pouvait, elle grimpait à l'église et attendait, debout, les yeux fermés. Mais la rivière ne lui apportait plus de visions de Katie. Quand elle la revit, elle avait dix-sept ans et la guerre avait débuté.

C'était une guerre lointaine, en Europe, en Angleterre. Maria avait lu quelque chose dessus dans un journal près de la voie ferrée. Elle avait interrogé un boutiquier indien et il lui avait dit que c'était la deuxième guerre aussi importante dans le monde. Elle avait pensé que c'était trop loin, que cette guerre ne les toucherait pas. Mais alors le gérant de Hebron était parti combattre en Afrique du Nord et elle avait vu des camions passer à grand bruit sur la route, transportant des soldats qui allaient le rejoindre.

Katie lui apparut de nouveau dans l'église le soir où l'on fêtait le retour de son deuxième frère. Il revenait de l'école de la montagne[1] où on l'avait couvert d'argile – comme Katie et elle. Quand il redescendit, vêtu de beaux habits, il était devenu un homme. On égorgea une chèvre et on dansa. Ce soir-là, Maria rencontra un homme qu'elle aimait. Il n'était pas comme les autres garçons. Il était calme, intéressant et, quand elle le taquina, il répliqua par un doux sourire. Elle ne repoussa pas ses mains lorsqu'il la toucha. Elle n'eut pas besoin de le griffer ou de le menacer, car il n'essayait pas de la forcer. Elle courut dans la nuit jusqu'à l'église, se posta près de l'autel et attendit.

---

1. *Mountain school* : école d'initiation traditionnelle où les garçons adolescents subissent divers rites de passage.

L'eau montait le long de ses jambes. Elle était tiède cette fois : le soleil brillait et les nuages gris s'étaient dissipés.

Katie est assise sur une dune de sable parmi les touffes d'herbe; elle est occupée à quelque chose. Il y a un homme à côté d'elle. Il a un visage de gamin, mais il se tient comme un vieillard, courbé sur son carnet à croquis. Un chien est allongé sur le sable, la tête blottie contre Katie. Elle le caresse d'une main; de l'autre, elle tient un pinceau.

Maria se penche par-dessus son épaule pour voir la petite toile posée sur ses genoux. Le jeune homme lève les yeux et son regard traverse Maria sans la voir. Puis il se remet à observer ce qu'il tient dans ses mains. C'est cette chose qu'on appelle un oursin. Maria en a vu un à Hebron, dans un livre sur la faune marine – c'est-à-dire les animaux qui vivent dans la mer.

Katie s'est salie avec son pinceau : il y a de la peinture sur son visage, sur sa jupe et dans ses cheveux. L'homme se penche et lui essuie la peau avec un mouchoir. Maria baisse les yeux vers la toile et là, elle voit l'église, argentée dans le clair de lune.

Elle touche l'épaule de Katie, qui se retourne et la dévisage.

Quand la rivière eut disparu, Maria leva les yeux et vit l'homme au doux sourire rencontré à la fête. Il était debout à l'entrée de l'église. Elle s'avança, happée, et sentit quelque chose se détacher d'elle à mesure qu'elle approchait de lui.

Ils restèrent allongés sur un rocher à regarder les étoiles jusqu'au petit matin. Il lui tenait la main. Il était l'homme qu'elle aimait, l'homme qui ouvrait des portes en elle par lesquelles un vent tiède s'engouffrait, l'homme qui la rendait à elle-même. Et puis il partit. Il s'en retourna en camion vers la grande ville et les mines. Il y mourut. On rapporta son corps et on l'enterra dans le cimetière derrière l'église en tôle.

La rivière le ramena à Maria alors qu'elle était couchée devant les bancs, sur le sol poussiéreux de l'église. Entraîné par le courant, il flottait sur l'eau noire ; ses jambes étaient écrasées.

Elle pensa au vœu que Katie et elle avaient fait dans l'église après s'être enduites de boue. Elle sentait le sol sous son dos et elle savait qu'il aurait dû être allongé près d'elle, plein de vie et de chaleur. Elle songea à tout ce qu'elle aurait aimé lui montrer.

Le premier mois, elle lui apporta du pain, de la bière et des champignons trouvés dans le veld. Elle les déposait sur la pierre tombale et restait des heures assise près de lui. La nuit, elle dormait dans l'église. Puis elle retourna à la maison de Hebron et cessa de venir. Complètement.

Le mois suivant, elle passa ses journées devant la maison, dans l'allée, sur une couverture étendue au soleil. Sa sœur se mit à faire le ménage à sa place. Le soir, Maria déplaçait sa couverture sur la véranda ; au matin, elle retournait dans l'allée. Elle ne parlait à personne. Les rares fois où elle se levait pour le ménage, elle semblait se mouvoir dans un rêve.

Le temps passait et la guerre se rapprochait.

Ce fut elle qui ramena Maria à la vie. Elle rôdait dans les marges, secouant son immobilité. Des camions passaient bruyamment sur la route de terre. Le gérant revint d'Afrique du Nord avec des souvenirs de contrées lointaines que Maria ne connaissait que par ses lectures : des sacs à chameau, des cafetières en argent.

Puis les Italiens arrivèrent – les prisonniers de guerre. Ils vinrent travailler à la ferme. Maria ne pouvait plus rester tranquille sur sa couverture. Chaque jour, l'un d'eux s'asseyait en face d'elle dans le sable, lui chantait des chansons dans une drôle de langue, lui disait qu'elle était jolie et la pinçait jusqu'à ce qu'elle se lève et recommence à s'activer. Pendant toute cette période, elle ne vit pas Katie parce qu'elle n'allait plus à l'église.

À la fin de la guerre, les Italiens partirent et Maria retourna là-haut.

Katie est assise à une table avec l'homme de la plage. Une bougie brûle devant eux. Par la fenêtre, Maria voit des feux de bateaux briller dans l'obscurité. L'homme tend quelque chose à Catherine, une petite boîte. Il sourit, Catherine ouvre la boîte : à l'intérieur, une bague scintille sur du velours sombre. Maria sait ce que cela veut dire. Elle crie, mais Katie enfile la bague, la fait jouer sur son doigt.

*

* *

Maria s'ébroua et se remit sur pied. Elle était sortie chercher Catherine et s'était laissé surprendre par le passé. Elle suivit la route et, au niveau de l'école, bifurqua sur le sentier. À l'endroit où il se scindait pour monter vers l'église, elle se pencha et fit courir ses doigts sur le sol. Il y avait là deux séries d'empreintes. L'une était celle de Catherine ; l'autre, plus grande, était celle d'un homme.

Hendrik

Hendrik était arrivé à Hebron en fin d'après-midi, mais quelque chose l'avait empêché de pousser jusqu'à la maison. Il avait fait demi-tour et longé le sentier menant à la rivière, puis était monté à l'église. À la tombée de la nuit, il avait allumé les lampes à pétrole et attendu, mais Catherine ne venait pas et il craignait que sa femme ne prenne peur seule dans leur ferme. Alors il repartit et descendit la pente d'un bon pas, sans s'arrêter près du passage entre les rochers qui menait à la sépulture. Sa tâche à l'église était terminée.

La première fois qu'il avait monté ce sentier, il était âgé d'une dizaine d'années. Ce jour-là, il avait levé les yeux vers l'église et s'était soudain demandé ce qui se passait là-haut.

*

* *

« Qu'est-ce que c'est ? demanda-t-il à son père, avec qui il réparait une clôture dans la cour.

– Une église *kaffir**. Ils vont là-bas pour prier, mais pas notre Dieu. Il ne faut pas y aller.

Hendrik ne comprenait pas pourquoi son père disait ça.

– Elle est sur la terre de qui ?
– De M. King. Hebron.
– M. King qui est parti ? »
Mais son père rentra chercher une autre pince et sa mère l'appela. Elle était assise sur la véranda dont elle n'avait pas bougé de toute la matinée. « Apporte-moi un verre d'eau et mes cachets, ma tête me fait mal. » Chaque jour elle avait la migraine, et chaque jour elle s'en plaignait. C'était comme un poids sur la poitrine de Hendrik.

Il était fils unique.

Il apporta à sa mère son verre d'eau et ses cachets. « Tu es un gentil garçon, tu sais ? Elle lui prit la main et la serra dans la sienne. Viens t'asseoir ici, *Ma se kind**. Si je me sens mieux tout à l'heure, je ferai un gâteau, ça te plairait ?

– Oui, maman.

– Ton professeur me dit que tu travailles bien à l'école. Tu as des devoirs à faire ?

– Maman, est-ce que je peux aller à la ferme des Duke cet après-midi ?

– Hendrik, c'est trop loin, tu sais bien que c'est dangereux près de la rivière. Je ne veux pas que tu ailles là-bas à cheval. Et puis les dames de l'église viennent prendre le café, tu n'as pas envie de les voir ?

– Ce week-end alors ?

Sa mère hésita.

– Hendrik, ils sont anglais. Ils soutiennent les Anglais.

– Mais, maman… »

Les dames vinrent dans l'après-midi. Il resta dans un coin à les écouter. Elles parlaient de Hebron.

« La bonne passe ses journées assise devant la maison. Personne ne lui dit de bouger. Ça me dépasse.

Moi, je la battrais pour la faire revenir à la raison. » Mme de Vries se pencha pour prendre un autre scone. Hendrik regarda la farine adhérer au duvet de son menton.

« Elle attend le retour de son amie. La fille de M. King. Sa mère la laissait fréquenter les indigènes. La gamine n'en faisait qu'à sa tête. Elle allait même à l'église là-haut. Elle priait avec eux, si on peut appeler ça prier. »

Le cœur de Hendrik fit un bond. Cette petite fille blanche était allée à l'église – une petite fille pas plus âgée que lui. Elle était entrée à l'intérieur.

« Que sont devenues les gamines ?

– La mère les a ramenées en Angleterre. Elle ne s'était jamais plu ici ; elle était anglaise. À ce qu'on dit, elle ne sortait jamais de la maison. L'aînée a découvert son père avec une autre femme. »

Hendrik se demandait toujours qui désignait le *on* quand les dames rapportaient qu'*on* disait ceci ou cela.

« Et le père ?

– Il a quitté la ferme. À ce qu'*on* dit, il est descendu sur la côte et a viré ivrogne. Il envoie des gérants pour s'occuper de la ferme, mais ils s'en vont les uns après les autres. Si vous voulez mon avis, il y a quelque chose de louche dans cette maison.

– Et la mère et les filles ne sont jamais revenues ?

– Non. Qui leur jetterait la pierre ? »

Le lendemain, Hendrik était assis dans le car qui l'emmenait à l'école, tête appuyée contre la vitre. James Duke, son ami anglais, ne prenait plus le car parce que les élèves afrikaners avaient essayé de le pendre par sa cravate. Hendrik l'avait soulevé et avait dénoué sa cravate pour qu'il puisse de nouveau respirer.

Le car avait dépassé le magasin de Hebron et longeait la route bordée de gommiers. Le voisin de Hendrik le tira par la manche. « Regarde », dit-il en pointant le doigt vers le dehors. Deux hommes creusaient la terre dans le jardin attenant à la maison. Leur peau était brun foncé sous le soleil. L'un d'entre eux avait un singe sur l'épaule. Une jeune indigène assise dans l'allée les regardait travailler.

« Les Italiens ! » Les garçons assemblés dans le car les acclamèrent en agitant la main. « Les prisonniers de guerre. »

À l'école, Hendrik se rendit à la bibliothèque. Il ouvrit un atlas et trouva l'Italie. Il fit courir son doigt sur le désert d'Afrique du Nord où les Italiens avaient été capturés. Après la classe, son père l'emmena en voiture jusqu'à la voie ferrée. L'Italien au singe était en train d'acheter de la nourriture au magasin. Hendrik lui demanda comment s'appelait le singe.

« Toto », répondit l'homme. Le père de Hendrik ôta son chapeau et le salua de la tête ; ils étaient dans le même camp, expliqua-t-il. Hendrik ne voulait pas être dans un camp. Ses camarades et lui voyaient passer les convois britanniques en route vers les montagnes. Les garçons lançaient des cailloux sur les camions – ces mêmes garçons qui avaient essayé de pendre son ami. Il se joignait à eux.

Cette nuit-là, Hendrik prépara son sac. Il entendait son père ronfler dans la pièce voisine. Il enjamba la fenêtre et se laissa glisser sur le sol, puis se mit à courir dans le veld. Il se sentait de plus en plus léger ; la voix de sa mère n'était désormais qu'un lointain écho. Quand il atteignit les *koppies*, il s'allongea sur un rocher et s'étira. Il avait l'impression de nager dans le clair de lune. Peut-être qu'il ne rentrerait pas chez lui. Il trouverait une grotte dans les rochers, s'abreuverait à la rivière et se nourrirait de plantes, comme Jésus dans le désert. Le ciel était un amas d'étoiles, une étendue noire criblée de pointes de glace au-dessus des terres noires que constellaient les lumières des fermes. Hendrik était peut-être à l'envers : où était le ciel et où était la terre ? Il entendit quelque chose bruire dans les herbes et se dressa sur son séant. Un frisson le parcourut. Mais ce n'était qu'un *vlakhaas** qui fila se réfugier derrière les rochers.

Hendrik suivit un sentier accidenté qui montait parmi les *koppies.* Arrivé juste au-dessous de l'église, il s'arrêta dans l'ombre : quelqu'un bougeait derrière le bâtiment. Ses yeux s'accoutumèrent à l'obscurité et il reconnut la jeune indigène qu'il avait vue devant la maison. Elle était allée s'asseoir sur une tombe et, enveloppée dans une couverture, se balançait doucement d'avant en arrière. Elle avait dû l'entendre, car elle se retourna pour scruter la nuit. Elle resta sur la tombe un long moment, puis se leva et partit.

Hendrik sortit de sa cachette et s'étira les jambes – il était resté trop longtemps accroupi. Puis il escalada à l'aveuglette les derniers rochers. La porte de l'église était ouverte. Il se glissa à l'intérieur. Quelqu'un avait laissé une bougie allumée. Hendrik vit la photo accrochée au mur et il sut que c'était elle – la petite fille blanche de Hebron qui, avant de rentrer en Angleterre, venait prier ici avec les indigènes. Elle lui souriait ; elle avait un trou entre les dents. La photo s'arrêtait aux épaules, si bien qu'il ne pouvait se faire une idée de sa taille. Par terre, juste au-dessous, il trouva un livre illustré. Il l'ouvrit et braqua sa torche électrique sur la première page. Un nom était inscrit à l'encre noire : *Catherine.*

Maintenant, il savait qui elle était. Quand il la rencontrerait, il pourrait l'appeler par son nom.

*
* *

À son retour, Hendrik trouva les lumières éteintes. Les chiens se précipitèrent vers lui en aboyant ; il les caressa pour les calmer et ils se frottèrent contre ses jambes.

Après son mariage, il était revenu vivre ici, dans la maison de ses parents, la maison où il avait grandi. Son père était malade, et sa femme et lui étaient venus le soigner. Il était mort un an plus tard et avait été enterré sur leurs terres, dans un petit cimetière.

Hendrik longea le couloir en silence et s'arrêta devant la chambre de leur fille. Elle avait quitté la maison à dix-huit ans – deux ans après la mort de Tom Fyncham, deux ans après que Hendrik eut rendu visite à Catherine pour voir si elle avait besoin d'aide. À présent, leur fille vivait en ville avec sa propre famille.

Sa femme dormait quand il entra dans la chambre. Elle respirait régulièrement – inspiration, expiration. Une brise soufflait sur les rideaux et l'étoffe légère frémissait dans le clair de lune. La nuit était lumineuse. Depuis la fenêtre de leur chambre, le regard s'étendait sur les terres jusqu'à la crête où se dressait l'église. Celle-ci était toujours éclairée. Hendrik se demanda combien de temps il faudrait à Catherine pour monter là-haut et si ce qu'il lui avait laissé lui plairait. Il songea aux années passées à attendre son retour – des années durant lesquelles il avait observé, de loin, tout ce qui se produisait à Hebron.

DEUXIÈME PARTIE

I

1952. Les années d'après-guerre avaient glissé sur Maria : il y avait eu la chaleur des étés, le froid glacial des nuits et des petits matins d'hiver, et voilà qu'elle avait vingt-neuf ans. Il lui semblait avoir vécu un long sommeil dont les rêves étaient interrompus par le jour et se nourrissaient des livres qu'elle lisait. Le dernier gérant avait quitté Hebron six mois plus tôt. Le jardin était envahi par les mauvaises herbes. Les plantes grimpantes avaient pris d'assaut les murs et des ardoises étaient tombées du toit. L'un des palmiers qui encadraient les marches de la véranda avait été frappé par la foudre et décapité. Les rideaux restaient tirés, isolant la maison du monde extérieur. Les ouvriers étaient partis travailler dans les fermes voisines. Seul Gabriel était toujours là ; il faisait pousser des légumes dans le jardin et gardait ses chèvres à l'arrière de la maison.

Après la guerre, Maria s'était installée, à titre de gardienne, dans l'une des chambres donnant sur la cour intérieure. Le dernier gérant lui avait laissé les clés en disant qu'elle était responsable de la maison jusqu'à l'arrivée de son successeur. Elle les avait suspendues à une lanière de cuir passée autour de son cou. Mais personne ne venait. Pour autant qu'elle pût en juger, la maison était à elle. Elle rendait encore visite à sa mère et lui racontait ce qu'elle avait lu, mais elle rentrait toujours dormir. Elle avait son chez-elle – une grande demeure pleine de livres. Le matin, elle se réveillait tôt, allumait le fourneau et préparait du thé et du porridge pour elle-même et Gabriel. Ensuite, ils s'asseyaient sur un banc au soleil. Gabriel buvait son thé bruyamment ; il le faisait exprès pour l'agacer. Quand ils avaient terminé, elle le chassait de la maison et fermait à clé la porte de la cuisine pour qu'il ne puisse pas venir l'épier. À maintes reprises, il lui avait demandé ce qu'elle faisait à l'intérieur toute la journée. Elle ne répondait pas.

Quand elle était certaine qu'il avait pris sa pelle et était parti au potager, elle décrochait un plumeau et allait ouvrir la porte du salon. C'était une vaste pièce en forme de L avec une cheminée dans le petit segment. Un grand miroir était accroché au mur près de la porte principale. Le centre de gravité de la pièce était le gramophone. Maria l'avait dégagé du mur et tiré au milieu du tapis. Elle choisissait un disque et le posait sur le plateau. Elle aimait tourner la manivelle et regarder l'aiguille glisser à la surface en libérant le son ; il y avait de la musique cachée dans les sillons. Au fil des années, les gérants et leurs femmes avaient laissé des disques et des livres derrière eux. L'orchestre latino-américain d'Edmundo Ros plaisait particulièrement à Maria. C'était une musique d'un autre monde, un monde chaud, lumineux et plein de rires. Quand le disque était terminé, elle commençait à épousseter, promenant légèrement son plumeau sur le piano à queue, les bibelots, les rayons de livres qui couvraient les murs. Elle allait jusqu'à s'épousseter elle-même devant le miroir. Puis elle posait le plumeau sur la cheminée, s'asseyait par terre devant les rayons et se mettait à lire.

Au cours de la matinée, dans la maison silencieuse, elle traçait des voies à travers les continents, s'instruisait sur les étoiles, le désert, les maladies vénériennes, la culture des roses, les différentes variétés de serpents venimeux.

Le matin du jour où M. Fyncham arriva à Hebron, elle choisit dans la bibliothèque *Le Retour au pays natal.* Là, elle découvrit une femme du nom d'Eustacia qui sortait dans la lande et se tenait dos au vent. Elle se sentait seule. Elle scrutait l'obscurité à travers une longue-vue, cherchant quelqu'un à aimer. Maria laissa le livre ouvert sur le sol et courut au soleil de la cour intérieure. Quelque chose avait résonné en elle et touché son cœur.

Gabriel la trouva dans la cour, blottie contre le mur. Il lui dit qu'il l'appelait depuis dix minutes sans obtenir de réponse. « Tu n'écoutes jamais », se plaignit-il. Quand elle comprit qu'il voulait juste une tasse de thé, elle lui dit de la laisser tranquille et de s'en occuper lui-même. Puis elle alla dans sa chambre, prit la vieille couverture grise sur son lit et sortit dans l'allée. Là, elle étendit la couverture sous le pêcher et s'allongea pour dormir.

À l'heure du déjeuner, elle rentra chercher les côtes de mouton et le *pap** qu'elle avait préparés la veille au soir. Elle mangea au soleil. La viande était savoureuse. Elle épongea la sauce avec le *pap* et se lécha les doigts. Tout était alangui par la chaleur. Quand elle eut fini de nettoyer les os, elle s'allongea pour dormir et, en fermant les yeux, perçut un bruit sur la route.

Une voiture descendait la colline. Le bruit du moteur ne ressemblait pas à celui des camions et tracteurs habituels. Il était plus doux, comme un ronronnement. La radio du véhicule passait de la musique de jazz. Les notes miroitaient dans la chaleur, montaient et descendaient, sautaient de-ci de-là, brisant l'immobilité, soulevant la poussière.

La voiture freina en dérapant devant la maison. Une odeur d'huile et d'essence flottait dans la chaleur du moteur. Maria n'avait jamais vu de voiture aussi grande ni aussi élégante. Elle était couverte de poussière rouge, mais la peinture noire brillait au travers.

La première chose qu'elle vit quand M. Fyncham descendit de voiture, ce fut ses chaussures, aussi noires et rutilantes que son véhicule – pas des chaussures de fermier, mais des chaussures d'homme de la ville. Il portait un pantalon kaki et une chemise blanche déboutonnée à cause de la chaleur ; elle laissait voir sa poitrine, qui avait la couleur du miel. Il était plus vieux que Maria – dix ans de plus, jugea-t-elle. Dix était un bon chiffre. M. Fyncham était le Blanc le plus séduisant qu'elle eût jamais vu. Son visage était plein de caractère, avec des rides laissées par le rire et par le soleil. Mais c'était surtout la manière dont il regardait autour de lui – au-delà de la maison, en direction de l'écurie croulante. Ce regard-là voyait plus que les choses présentes : il les modifiait, donnait forme à l'avenir. M. Fyncham ressemblait à ces explorateurs qu'elle avait vus en photo dans les livres, des hommes qui découvraient et parcouraient de nouvelles terres, quittant leur foyer pendant des années et laissant leur épouse élever les enfants.

Il y avait quelqu'un d'autre dans la voiture, une femme, et, l'espace d'une seconde, Maria crut qu'il s'agissait de Katie. Qu'elle avait rencontré cet homme là-bas et l'avait ramené à Hebron. Mais la femme qui sortit de la voiture ne ressemblait en rien à son amie. Ses cheveux étaient noirs et brillants comme les plumes d'un étourneau, lissés et maintenus en arrière par une barrette en argent. Catherine n'avait jamais eu de brosse à cheveux : elle se contentait de peigner les nœuds avec ses doigts. Parfois elle enroulait ses cheveux et les attachait avec des bouts de ficelle ; d'autres fois, Maria les lui tressait. Elles s'asseyaient au soleil et jouaient avec leurs cheveux ou se chatouillaient le dos avec des herbes. La chevelure de Catherine luisait de cuivre et d'or.

La femme avait le teint mat et des yeux sombres comme des gouffres ; on s'y serait facilement noyé. Ses lèvres étaient pleines et fardées d'un rouge profond. Elle portait une robe d'été vert pâle, cintrée à la taille, dont l'étoffe se tendait sur sa poitrine généreuse et la courbe de ses hanches.

Debout près de la voiture, l'homme et la femme regardaient la maison. Ils n'avaient pas remarqué Maria assise sous son arbre. Elle était noire, elle n'était qu'une ombre, invisible pour eux.

« Eh bien, qu'en dis-tu ? demanda la femme en se tournant vers l'homme. Je ne pensais pas que ce serait si grand. Je pensais qu'il exagérait en disant qu'il y avait autant de chambres. » Sa voix avait quelque chose de triomphant, comme si elle avait gagné la maison à un concours et faisait admirer son prix à son compagnon. Elle parlait anglais avec un accent différent de tous ceux que Maria connaissait. Sa voix aussi était nouvelle, et pourtant familière : Maria en avait entendu une semblable quelque part.

« Tu t'attendais à ça ? La femme rejoignit l'homme et posa la main sur son bras en le caressant du bout des doigts. C'est à nous maintenant. »

Maria vit l'homme tressaillir ; elle vit ses pieds remuer dans la poussière. Il secoua la tête. « On ne peut pas dire que ce soit à nous, mais…

– Tom, on a pris la décision ensemble. Allons. Ce n'est pas le moment de douter. Pas après tout ce chemin. »

L'homme fixait toujours la maison. Maria la regarda également. Elle se demanda à quoi ressemblaient les maisons de l'endroit d'où ils venaient ; elle s'aperçut qu'elle ne savait pas si la maison de Hebron était différente de celles qu'on trouvait ailleurs, au-delà du district. Certes, elle ne ressemblait pas aux maisons des autres fermes – mais les King ne ressemblaient pas non plus aux autres fermiers.

« Allons. Il n'y a eu aucune nouvelle d'Angleterre. Tu sais bien qu'elles ne sont jamais revenues. Et si elles reviennent – eh bien, il sera trop tard. » La femme se pencha pour chasser une mouche de son mollet.

Maria sortit de l'ombre. L'homme et la femme se retournèrent et la dévisagèrent.

Elle se demanda si elle avait mis ses vêtements à l'envers. Elle n'avait pas pris la peine de se regarder dans le miroir ce matin, et Gabriel l'aurait laissée se promener toute nue rien que pour le plaisir de se moquer. L'homme fit quelques pas, main tendue vers elle.

« M. Fyncham. »

Maria hocha la tête, mais ne bougea pas de l'endroit où elle se tenait. Elle resta à distance.

« Et voici ma femme. »

Celle-ci regardait Maria avec méfiance, comme si elle avait à faire à un animal sauvage, prêt à mordre. « Nous venons d'acheter la ferme. Est-ce que ce sont les clés de la maison ? » M. Fyncham désigna le trousseau pendu au cou de Maria, puis la maison, pour le cas où elle ne comprendrait pas. Maria posa sur les clés une main protectrice. Ils n'allaient rien lui expliquer – ni d'où ils venaient, ni qui ils étaient, ni pourquoi il n'y avait pas de gérant, ni où se trouvait M. King. Elle n'était qu'une domestique.

« Dis-lui de s'occuper des bagages. » La femme contourna la voiture, ouvrit le coffre et attendit.

M. Fyncham parut sur le point de dire quelque chose, puis il se ravisa et, s'approchant du coffre, commença à sortir les valises.

« Laisse donc cette fille le faire, dit sa femme d'un ton impatient. Il fait trop chaud. J'ai besoin de boire quelque chose. »

Elle fourragea dans son sac, en sortit un paquet de cigarettes froissé, le secoua pour en faire tomber une et l'alluma. « Qu'est-ce qu'elle attend ? » dit-elle tout haut en regardant Maria. Celle-ci s'avança en caressant au passage le flanc de la voiture ; ses doigts laissèrent une trace sinueuse sur la poussière. L'homme leva les yeux des valises qu'il avait alignées sur le sol. « Il y a un boy qui pourrait laver la voiture ? »

Maria hocha de nouveau la tête. Elle ne se faisait pas assez confiance pour parler. Gabriel avait dû partir tôt car, lorsqu'elle se tourna vers le jardin, il ne s'y trouvait pas.

Les Fyncham avaient beaucoup de valises. Elles étaient toutes de tailles différentes, mais du même cuir vert foncé, et semblaient avoir coûté beaucoup d'argent. La plus petite avait la taille d'une boîte à chaussures. Maria se demanda ce qu'on pouvait bien transporter dans quelque chose d'aussi minuscule. Il restait une caisse pleine de bouteilles dans le coffre. Elle commença à les sortir une à une pour lire les étiquettes. Gin, tonic, vin, whisky... Ça faisait longtemps qu'elle n'avait pas bu d'alcool. Les Italiens lui avaient donné du vin bon marché.

« Qu'est-ce que tu fais ? La femme était venue se poster derrière elle. Remets-les à leur place. Elle écrasa son mégot avec le talon de sa sandale en cuir noir. Tu comprends ce que je te dis ? »

Maria l'ignora. Elle empoigna deux valises et se mit en route vers la maison. L'homme la suivit avec d'autres bagages.

En arrivant devant la porte, elle posa les valises et hésita. C'en était fini de sa vie en solitaire dans la maison. Mais elle ne pouvait rien y faire. Elle ôta les clés de son cou et ouvrit la porte. Edmundo Ros et son orchestre s'enfuirent, filant par la porte de derrière avec leur monde de lumière, de chaleur et de couleur. L'homme et la femme passèrent devant Maria pour pénétrer dans le salon, impatients de découvrir ce qu'ils avaient acheté, ce qui désormais leur appartenait.

Maria écouta les talons de la femme claquer sur les lattes du parquet : elle parcourait le couloir, ouvrant les portes à toute volée, soulevant la poussière, écrasant les ailes délicates des insectes qui s'étaient amassés sur le sol. *Défense d'entrer sous peine de poursuites* : Maria avait vu l'écriteau placardé sur la barrière de la ferme voisine. Elle aurait dû en mettre un sur la porte d'entrée. Les intrus seront pendus au figuier de Barbarie – car elle avait l'impression d'avoir à faire à des intrus. Ils n'étaient pas à leur place ici. Elle n'avait eu aucune nouvelle de M. King. Rien pour dire qu'il ne revenait pas, qu'il avait vendu la ferme.

Réfugiée dans un coin, près de la cheminée, elle se tenait aussi immobile que possible. Seuls ses yeux remuaient, suivant les déplacements de l'homme dans le salon. Il ouvrit le piano et fit courir ses doigts sur les touches, puis aperçut la pile de livres sur le sol. Maria n'eut pas le temps de traverser la pièce pour les ramasser : déjà, il se penchait et soulevait le volume qu'elle venait d'entamer.

« *Le Retour au pays natal*, lut-il à voix haute, et il leva les yeux vers Maria, interloqué. C'est toi qui lis ça ? »

Elle hésita, puis hocha la tête. Il ne la croyait pas – comment pourrait-elle lire ce genre de livre ?

« *Loin de la foule déchaînée*... Tu as lu ça ? » Il la taquinait à présent. Il la regardait droit dans les yeux ; elle soutint son regard sans broncher.

« Non. Sa voix était éraillée et elle toussa pour s'éclaircir la gorge. Non, je n'ai pas lu ça, dit-elle plus distinctement.

– Alors qu'est-ce que c'est que tous ces livres ? Il en ramassa un autre et le tint à la lumière. *L'Élevage des animaux*. En voilà des lectures éclectiques. »

Éclectiques, électriques ? Éclectriques ? Maria fouilla sa mémoire, mais n'y trouva pas ce mot ; il faudrait qu'elle le cherche dans le dictionnaire.

M. Fyncham parcourut la pièce en examinant ce qu'elle contenait. Il arriva près de Maria et se pencha en avant pour prendre une petite boîte en bois sur la cheminée ; elle se pencha en arrière pour éviter qu'ils se touchent. Curieusement, elle était incapable de mouvoir ses jambes.

Elle le regarda souffler sur la poussière qui tapissait le couvercle, ouvrir la boîte et la vider dans sa main. Il avait des mains magnifiques, ni grassouillettes comme celles de Gabriel, ni moites comme celles de l'homme qui travaillait à la voie ferrée. Elle avait envie de les toucher.

Le scarabée en émeraude scintillait dans la lumière qui entrait par la fenêtre. M. Fyncham le tint devant ses yeux et dit : « Tout ça au milieu de nulle part. Qui l'eût cru ? » Maria savait qu'il pensait à elle autant qu'à la maison et à son contenu. Une indigène éduquée qui parlait sa langue comme la reine d'Angleterre.

Elle dut faire un effort pour prendre la parole ; ses sourcils se soulevèrent et elle oscilla légèrement sur ses jambes. « M. King ? Comment va M. King ? »

Il se retourna pour lui faire face, mais elle ne lut rien sur son visage, qui était devenu aussi immobile qu'un masque. « Il est mort. Il y a deux mois.

– Je ne savais pas. Est-ce que… » Elle s'interrompit. Elle ne voulait pas prononcer le nom de Catherine devant lui ou sa femme. Elle allait pourtant être obligée de le faire, car M. Fyncham examinait le portrait de Katie au-dessus de la cheminée. Il l'observa un long moment, et Maria sut qu'il avait déjà vu ce visage quelque part. Il se tourna vers elle. « Qui représente ce portrait ? »

La question était directe ; elle n'avait d'autre choix que d'y répondre. Elle s'éclaircit la gorge.

« C'est Catherine. La fille de M. King. »

Il se pencha pour voir la signature. « M. King l'a peinte lui-même. Je ne savais pas qu'il peignait. Il recula pour embrasser le tableau du regard. Elle est très jolie », ajouta-t-il doucement.

Il était toujours devant le portrait quand sa femme revint dans la pièce. « Qu'est-ce que tu regardes comme ça ? » Sa voix était rieuse, mais méprisante. Sa réaction au portrait fut différente de celle de son mari : ses lèvres se pincèrent en un pli amer. Elle passa la main sur le manteau de la cheminée. « Cette maison est dégoûtante. » Mais il ne l'entendit pas : il fixait le portrait en fronçant les sourcils, comme s'il cherchait à se rappeler quelque chose.

« Oh, arrête de regarder ça. Ce n'est qu'un tableau. Elle n'est pas là, tu sais. Et puis je trouve ça très amateur. D'ailleurs toute la maison est de très mauvais goût – et si sale. Qu'est-ce que la bonne a fait pendant tout ce temps ? Pas le ménage, en tout cas.

– Elle lisait, répondit M. Fyncham. Il lança un clin d'œil à Maria, qui ne sut pas comment réagir.

– Nous voulons boire quelque chose. Deux gin tonics, il y a de la glace ? Elle parlait fort en articulant lentement. Tu as de la glace pour les boissons ?

– Elle parle anglais. Sans doute mieux que toi, dit M. Fyncham en se détournant pour traverser la pièce. Il prit une des valises et l'emporta dans le bureau.

– Eh bien, ne reste pas plantée comme ça, va chercher nos verres, dit la femme en montrant la porte.

– Il n'y a pas de bac à glace. La parole revenait à Maria : sa voix n'était plus un chuchotement.

– Du thé alors, ou autre chose. » La femme s'affaissa dans un fauteuil et retira ses sandales. Son vernis était rouge violacé, comme ces mûres qu'on trouvait sur l'arbre derrière la maison. Un rouge profond comme du sang visqueux. Un jour, Katie et Maria avaient grimpé à l'arbre pour cueillir les mûres. Katie avait du rouge partout. Ensuite, elles s'étaient glissées dans le couloir jusqu'à la chambre où jouait Lilly. Katie avait bondi devant sa sœur, la bouche écumante, en se tenant le cœur.

Aidez-moi.

Lilly avait hurlé. Les deux amies avaient éclaté de rire.

Les lèvres boudeuses de Mme Fyncham avaient la même couleur de mûre écrasée. Quand Maria revint avec le thé, M. Fyncham fourrageait dans une de leurs valises. Elle était pleine de livres, de papiers et de cartes – beaucoup de cartes. Donc *c'était* un explorateur. Elle aurait voulu lui demander où il avait été, qu'il lui parle de ces endroits sur lesquels elle avait lu des choses. Mais elle n'eut pas l'occasion de lui poser de questions, car Mme Fyncham se plaignait déjà. « Ce thé a un drôle de goût. » Elle lança à Maria un regard accusateur, comme si celle-ci l'avait fait exprès. Puis vinrent les ordres : « Je veux que tu nettoies tout correctement. Emporte les valises dans la chambre au bout du couloir. Celle de gauche, c'est là qu'on a la meilleure vue. Et nettoie-la aussi, à fond. Il y a un carton de provisions dans la voiture. Fais-nous des pâtes pour le dîner – tu trouveras des conserves pour la sauce. »

Le soir, les Fyncham allèrent s'asseoir dans la cour intérieure. L'air était doux. Mme Fyncham s'était changée et portait une robe longue à fleurs ; visiblement, elle s'était aussi remaquillée. Ses ongles rouges tournaient les pages d'un magazine tandis que son mari lisait un livre sur l'élevage. On y voyait des photos des différentes espèces de vaches et de moutons. S'il l'avait interrogée, Maria aurait pu toutes les lui nommer, lui indiquer les meilleures régions pour chacune, comment détruire les parasites, quelles races étaient bonnes pour la viande, le lait ou la laine. Elle songea à lui demander une cigarette, mais elle se ravisa. Sa femme ne le permettrait pas. M. Fyncham était intelligent et différent de sa femme – trop différent, se disait Maria. Il avait beaucoup vu et beaucoup appris. Mais si sa femme décidait qu'elle voulait une autre bonne, une bonne qui ne répondait pas et n'était pas trop savante, ils la renverraient de la maison, et elle voulait rester. Elle s'était habituée à vivre ici. Déjà, les choses allaient changer : finies les lectures, les soirées où elle invitait sa famille à manger dans la grande cuisine, la musique sur le gramophone. Rien de tout ça ne serait plus possible avec eux. Tout ce qu'elle pouvait faire, c'était essayer de rester pour être là quand Katie rentrerait.

Elle s'assit en attendant qu'ils aient terminé pour remporter leurs assiettes. Ils ne se parlaient pas. Mme Fyncham cornait des pages dans son magazine. De temps à autre, elle présentait à son mari une photo de rideaux ou de parure de lit, mais il n'était pas intéressé.

« Je vais commencer par le salon. Il faut enlever tous les tableaux. » Sa voix, haut perchée, déchirait l'air de la nuit.

M. Fyncham continua à lire. Elle jeta le magazine par terre et se leva. « Tu peux y aller maintenant, dit-elle à Maria. Nous prendrons du café demain matin.

Apporte-le dans la chambre. » Son mari ne leva pas les yeux. Était-ce ainsi qu'il la supportait ?

Pendant qu'ils dormaient, Maria erra dans la maison obscure en tâtonnant le long des murs. Une fois dans le salon, elle s'approcha du gramophone et tourna la manivelle. Il n'y avait pas de disque sur le plateau. Elle alla chercher un sac et y fourra quelques livres pris sur les étagères ainsi que le disque d'Edmundo Ros. « Je vais à l'église, dit-elle à Katie. Rendez-vous là-bas. » Elle prononça ces mots comme si elles se voyaient tous les soirs, comme si, en adoptant un ton léger, elle donnait à ce rendez-vous un caractère d'évidence.

Elle aimait se promener la nuit parce qu'elle pouvait se glisser dans l'ombre pour regarder les gens qui passaient en rentrant chez eux. Ça lui plaisait, ce sentiment de voir sans être vue. En arrivant à l'église, elle cacherait le sac quelque part pour pouvoir continuer à lire. Les nouveaux propriétaires ne pouvaient pas l'en empêcher. C'était sa vie. C'était ce qui la différenciait de Gabriel.

Comme si le simple fait de penser à lui le faisait apparaître, Gabriel surgit en face d'elle sur le sentier. Il sentait la bière et la sueur. Il l'attrapa par la taille avant qu'elle ait eu le temps de s'esquiver.

« Où tu vas ? demanda-t-il. Tu t'enfuis ? Ses mains faisaient mal à Maria. Emmène-moi avec toi.

– Il y a un nouveau *baas* à Hebron. Il m'a demandé où tu étais. » Elle savait qu'il serait ennuyé de ne pas avoir été le premier à savoir, de ne pas lui apprendre lui-même la nouvelle.

Il semblait stupéfait. Maria vit ses paroles faire lentement leur chemin dans ce gros crâne borné. Puis il tenta de nouveau de l'attraper.

« Où tu vas ? »

Elle le repoussa. Il s'éloigna et elle se remit en marche sur le sentier. Elle se sentait légère ici, dans le veld, et elle comprit à quel point elle était devenue lourde dans la maison. Comme le son étouffé du gramophone quand elle fermait la porte – il lui était arrivé la même chose. Mais, ici, les portes étaient ouvertes et le son était clair. Elle se mit à courir. Elle était jeune, mince et jolie. Il y avait un bel homme à Hebron. Le ciel était criblé d'étoiles. Il y avait eu un big bang. Elle se mit à fredonner, réveillant sa voix momentanément assoupie. En arrivant à la rivière, elle s'allongea pour humer l'odeur de la terre et sentir l'herbe sous sa peau. Ensuite, elle fit quelques mètres à quatre pattes pour voir à quoi ressemblait le monde sous cet angle. Comme un lièvre ou une petite antilope. Elle se mit à rire : pas étonnant qu'ils la croient tous folle. Puis elle se redressa et monta à l'église.

La porte était ouverte, calée à l'aide d'une pierre, et le clair de lune traçait un sentier de lumière jusqu'à la table en bois qui avait autrefois servi d'autel. Maria s'allongea sur le sol.

*

Hendrik courut dans le veld et entre les *koppies* pour monter à l'église. Il avait dix-sept ans et assez de vigueur pour cavaler tout du long sans s'arrêter, comme un coureur de fond. En arrivant à l'église, il s'aperçut que quelqu'un avait fermé la porte. Il s'approcha de la fenêtre pour regarder. C'était la bonne noire de Hebron. Elle était allongée sur le sol, les yeux fermés. Hendrik l'aurait crue morte si sa main n'avait soudain bougé – juste un léger tressaillement. Il resta immobile à la regarder. Il allait devoir attendre son départ.

Cette fois, Maria avait appelé la rivière.

Le vent souffle fort et le ciel est sombre. Elle ne sait pas où elle est, mais elle sent le sel sur ses lèvres et l'humidité dans l'air. Il y a des pierres sous ses pieds, des pierres rondes et lisses. Elle reste immobile et perçoit alors un claquement répété – quelque chose bat dans le vent. Lentement, elle se dirige vers le bruit. Elle entend maintenant l'eau qui se brise sur les rochers en contrebas. Katie est debout, penchée en avant, et le vent la retient : s'il cessait de souffler si fort, elle dégringolerait sur les rochers. Une valise est posée à ses pieds. Elle rentre à la maison.

II

La semaine suivante, tous les matins, Maria alla se poster à la barrière pour regarder la route, s'attendant à voir Katie approcher, sa valise à la main. Mais il n'y avait pas trace de son amie.

Le petit matin était le seul moment de la journée où elle était tranquille car, dès son réveil, Mme Fyncham la mettait au travail, l'obligeant à nettoyer, cuisiner et lessiver sans interruption. Elle n'avait pas une minute pour s'asseoir avec un livre ou monter à l'église.

M. Fyncham partait tôt : souvent, sa femme dormait encore. Il petit-déjeunait seul et Maria lui apportait son déjeuner dans le veld, à l'endroit où il travaillait. Il rentrait tard et se plongeait alors dans ses livres.

Dans la soirée, Maria le regardait lire ou étudier ses cartes. Sa femme l'appelait depuis leur chambre, tentant de le convaincre de venir se coucher. Une fois qu'elle dormait, il demandait à Maria de lui apporter un verre et veillait jusqu'à deux ou trois heures du matin. Alors, elle pouvait se remettre à lire. Il la laissait s'asseoir avec lui dans le salon, ou sur la véranda quand il faisait chaud.

Mme Fyncham donnait des ordres à Maria ; M. Fyncham discutait avec elle. Il voulait savoir qui lui avait appris un anglais si parfait, comment elle était devenue si intelligente et pourquoi elle n'avait pas de petit ami. Et il voulait tout savoir sur Katie. Il ne semblait jamais rassasié. Que faisaient-elles ensemble autrefois, où allaient-elles, quels étaient leurs endroits préférés à Hebron ? Katie jouait-elle du piano ? Comment était-elle ? Et Maria se mit à lui raconter des choses.

À la fin du mois, M. Fyncham avait fait revenir tous les ouvriers et les avait tous payés. Maria descendit au magasin acheter du sucre – un gros sac – et du *mealie meal* pour sa mère.

L'énergie de M. Fyncham ramena la ferme à la vie. Il remit le tracteur en état de marche, répara la pompe et clôtura les champs. Il créa une école dans un des bâtiments du magasin et embaucha un professeur noir de la ville pour faire la classe aux enfants des ouvriers. Excellente initiative, se disait Maria : ces enfants allaient avoir des livres ; ils allaient apprendre à lire.

À la fin de la journée, il rentrait fatigué, mais satisfait, car les choses commençaient à prendre forme, à ressembler à ce qu'il avait imaginé. À mesure que la ferme ressuscitait, la tension qui l'habitait les premiers temps se dissipait. Un matin, Maria l'entendit rire avec Gabriel devant la cuisine, et elle sut qu'il commençait à aimer cet endroit, cette terre, sa rivière, ses collines et ses arbres. Qu'il les avait faits siens et ne voulait plus les quitter.

Mme Fyncham n'aimait pas rester à la maison, Maria le voyait bien. Elle se sentait seule et ne tenait pas en place. Au cours du premier mois, elle prit souvent la voiture pour aller en ville. Elle passait la journée à faire des courses et rentrait tard. La voiture arrivait à tombeau ouvert dans l'allée, comme si sa conductrice voulait qu'un accident se produise, quelque chose qui bousculerait la routine. Elle rapportait de nouvelles assiettes, de nouveaux couverts, des verres, du linge de maison, des objets pour la salle de bains. Et, toujours, un carton plein de bouteilles : du whisky, du gin, du tonic… Elle était animée quand elle rentrait de ces expéditions : elle parlait de changer ceci ou cela, d'une robe qu'elle avait vue, d'un sac ou d'un chapeau qu'il lui fallait absolument. Puis, au bout d'une demi-heure, elle s'affaissait dans un fauteuil, réclamait un verre et se mettait à rudoyer Maria.

Un jour, elle revint avec un nouveau disque. Elle avait trouvé une chanson qui lui plaisait, dit-elle à Maria. C'était *leur* chanson préférée. Quand M. Fyncham rentra, elle l'obligea à danser avec elle. Maria pensa à Edmundo Ros silencieux dans l'église, emprisonné dans ses froides pochettes de disque. M. Fyncham était bon danseur. S'il avait invité Maria, il aurait vu quelle bonne danseuse elle était aussi. C'était la première fois qu'elle le voyait toucher sa femme. Mais Mme Fyncham était difficile : peut-être préférait-il ne pas trop s'en approcher. Son humeur changeait si vite. Un jour, elle lança un vase à travers la pièce. Le projectile faillit heurter son mari, qui lui saisit le poignet et le serra – assez fort, visiblement, pour lui faire mal. En cet instant, il détestait sa femme. Maria le voyait à son visage.

Le deuxième mois, Mme Fyncham se lassa d'aller faire des courses. À deux reprises, Maria la surprit debout devant la cheminée, en train de contempler le portrait de Katie, et eut envie de se glisser entre elles pour protéger Katie de ces yeux sombres.

Mme Fyncham se mit à traîner au lit de plus en plus tard. Un jour, l'heure du déjeuner arriva, et elle n'était toujours pas levée. Maria mit quelques tranches de viande froide sur un plateau et prépara une salade. En général, Mme Fyncham supervisait le déjeuner, la forçant à laver chaque feuille de laitue et à changer la présentation des tomates ; mais, aujourd'hui, elle était seule dans la cuisine. Elle regarda les minuscules limaces se tortiller sur les feuilles de laitue qu'elle disposait dans le saladier. C'est important les couleurs – elle croyait entendre la voix de Mme Fyncham et ce drôle d'accent qu'elle avait en anglais. On ne peut pas présenter les choses comme ça – elle qui avait chaque jour une nouvelle teinte de vernis. Maria, attention aux couleurs, regarde : d'abord les carottes, orange, ensuite le rouge et ensuite le vert. Elle avait appris ça dans un magazine.

Maria l'avait vue frotter le côté de son index pour tenter d'effacer la tache jaune qu'y avaient laissée les cigarettes. Un jour, elle frotta si fort avec une pierre ponce que son doigt se mit à saigner. Le lendemain, elle se procura un fume-cigarette, mais les taches étaient incrustées et elle ne pouvait pas s'en débarrasser. Elle fumait continuellement. Ses mains bougeaient en permanence – quand elles n'allumaient pas une cigarette, elles s'affairaient parmi tous ces flacons qui encombraient sa coiffeuse. L'idée de vieillir la terrifiait, ce qui semblait curieux à Maria, car Mme Fyncham était jeune et belle, belle à la manière de ces femmes qu'on voit dans les magazines. Mais, quand elle se regardait dans la glace, elle fronçait les sourcils, rentrait le ventre et pinçait la chair de ses bras.

Maria disposa les tomates en cercle, plaça deux radis au centre et, entre eux, planta une carotte à la verticale. Cela la fit rire.

Après avoir mangé son *pap* et sa viande à la cuisine, elle essuya ses doigts graisseux sur sa jupe, posa un carré de moustiquaire sur la nourriture et emporta le plateau dans le couloir. Elle le posa par terre devant la porte de la chambre et frappa.

Pas de réponse. Elle frappa de nouveau, puis ouvrit la porte. Mme Fyncham était assise au bord du lit, pliée en deux, et se tenait le ventre. Son visage était pâle. Elle leva les yeux quand Maria entra dans la pièce. « Sors d'ici », siffla-t-elle entre ses dents. Puis elle se précipita vers la salle de bains, bousculant Maria au passage, et vomit dans les toilettes. Son front était baigné de sueur. Maria voulut l'aider, mais elle tendit le bras pour la tenir à distance. « J'ai dit, sors d'ici. » Un filet de salive coulait sur son menton.

Maria remporta le plateau à la cuisine et sortit pour prévenir M. Fyncham, mais Gabriel lui dit qu'il était allé regarder des camions en ville. Il n'avait pas précisé à quelle heure il rentrait.

Quand Maria revint aider Mme Fyncham, celle-ci s'était enfermée à clé dans sa chambre. Elle colla son oreille à la porte et crut l'entendre respirer profondément – elle dormait sans doute.

Plus tard dans l'après-midi, le téléphone sonna. La sonnerie retentit plusieurs fois, mais Mme Fyncham ne bougeait pas. Maria alla donc décrocher. Elle n'était pas habituée au téléphone. La ligne crépitait.

« Allô ? »

Personne.

« Katie ? »

Elle ne savait pas pourquoi elle avait dit ça. Peut-être à cause de ce crépitement : la personne qui appelait devait être loin, peut-être au-delà des mers. Alors, il y eut un clic et la ligne coupa. Maria reposa l'écouteur. En se retournant, elle vit Mme Fyncham qui la regardait depuis la porte de sa chambre. Elle était maquillée, mais cela ne suffisait pas à masquer les cernes noirs ni les traces de larmes.

« Je vais vous apporter du thé. » Maria se tourna vers la cuisine.

Mme Fyncham fit un pas vers elle. « Tu as vécu ici toute ta vie. »

Maria hocha la tête. Elle se sentait sur un terrain glissant. Il y avait quelque chose d'implorant dans cette voix. Elle aurait aimé que Mme Fyncham retourne dans sa chambre. Il lui semblait que de petites mains cherchaient à l'attraper dans le noir et elle ne voulait pas se laisser faire. Elle ne voulait éprouver aucun sentiment pour cette femme. Elle n'était pas chez elle ici.

« Comment tu fais ? Mme Fyncham était toujours dans le couloir.

– Comment je fais quoi ?

Maria se demanda s'il fallait appeler un médecin. L'autre déraillait.

– Pour vivre ici comme ça. Tu ne te sens pas seule ? » Mais elle n'attendit pas la réponse : elle rentra dans sa chambre et ferma la porte.

Plus tard, quand Maria lui apporta du thé, Mme Fyncham semblait remise. Elle alignait ses lotions sur la coiffeuse. Le danger était passé.

Quand le soleil commença à décliner et les ombres à s'allonger dans l'allée, Maria mit du bois dans le fourneau pour préparer le dîner. Le menu était affiché sur le mur. Faire la cuisine ne l'intéressait pas.

Elle coupa la rhubarbe en morceaux et la mit à cuire. Il ne fallait jamais mélanger la rhubarbe et l'ananas : ensemble, ils causaient une réaction chimique toxique. Mais il n'y avait pas d'ananas. Maria faisait une tourte parce que M. Fyncham aimait ça. Elle se rendit au salon pour fermer les fenêtres et éviter que les insectes n'entrent dans la pièce. Elle trouva Mme Fyncham dans un fauteuil, la bouteille de gin à ses pieds sur le sol. « Nous dînerons sur la véranda. Mets la table là-bas. »

Le dîner refroidit, et M. Fyncham n'était toujours pas rentré. Mme Fyncham envoya Maria chercher ses cigarettes, une nouvelle bouteille de gin et des magazines, mais il faisait trop sombre pour lire sur la véranda. Elle rentra et se mit à faire les cent pas dans le salon. Elle ressemblait au chat sauvage que Maria avait vu près de chez sa mère : pris dans un piège, il s'était coupé la queue avec ses dents pour échapper au fil métallique.

Quand son mari rentra, Mme Fyncham se tenait devant le portrait de Katie. Sa langue fendit l'air comme un couteau : « Où étais-tu ? J'ai été malade. Où étais-tu ?

– Calme-toi. » Il avança la main pour lui prendre le bras, mais un coup l'atteignit en plein visage. Il la frappa à son tour. Elle vacilla. Il tendit les bras pour la stabiliser. Cette fois, elle se laissa faire. « Tu ne devrais pas boire.

– Et qu'est-ce que je suis censée faire d'autre ? Il n'y a rien à faire ici. Toi, tu as la ferme. Tu es dehors toute la journée. Tu n'as pas de problème.

– Assieds-toi. Allez, viens t'asseoir. Je vais te chercher de l'eau.

– Je ne veux pas d'eau.

– Tu vas enfin accepter d'aller voir le docteur ? »

Elle se mit à pleurer et tendit le bras vers la bouteille. Son mari la lança dans la corbeille où elle se brisa.

« Il ne faut pas que tu boives.

– Ne me dis pas ce que je dois faire. Elle se releva, chancelante. On n'aurait pas dû venir ici.

– C'était ton idée. C'est toi qui l'as toujours voulu.

– N'essaie pas de me culpabiliser.

– Quoi ?

– Ce n'est pas ce que je pensais. Je ne peux pas rester. Ça me rend folle. Rien à faire, juste cette *kaffir* pour me tenir compagnie.

– C'est ce que tu voulais. Souviens-toi.

– Je croyais que je le voulais.

– Eh bien *moi* c'est ce que je veux, Isobel.

– Si seulement tu ne me laissais pas seule toute la journée. Ça ne faisait pas partie du projet.

– Pourquoi tu ne rentres pas si tu es si malheureuse ? Laisse-moi gagner l'argent ici. Ça vaudrait peut-être mieux. » Il lui avait craché ces paroles au visage. Maria sentait son amertume. Son visage avait changé : ce n'était plus le M. Fyncham qu'elle connaissait, celui qui riait et plaisantait avec elle.

Elle recula un peu plus dans son coin obscur.

« Je ne te laisserai pas seul ici. Mme Fyncham regardait le portrait de Katie. C'est laid. Ce truc est laid. Je veux qu'on l'enlève. Maria.

Celle-ci s'avança.

– Enlève ce tableau, je ne veux plus le voir.

Maria se tourna vers M. Fyncham.

– C'est bon, Maria, tu peux partir maintenant. » Il maîtrisait de nouveau la situation, mais l'air était glacé autour de lui.

Maria fut bien obligée de les laisser. Elle emporta une bougie dans sa chambre, s'allongea sur son lit et contempla le plafond. Elle les entendait crier, mais ne distinguait pas leurs paroles. Le vent s'engouffra par la fenêtre et une bourrasque d'air tiède éteignit la bougie, plongeant la pièce dans l'obscurité. L'eau affluait : la rivière tourbillonnait sous son crâne.

Elle voit une femme en train d'écrire à un bureau. Une barrette en argent maintient ses cheveux en arrière. Elle reconnaît la barrette : elle l'a astiquée pour Mme Fyncham.

Courbée sur le papier, la femme se concentre. Elle s'arrête seulement pour remettre de l'encre dans son stylo. Un homme se tient derrière elle, le regard tourné vers la fenêtre et le soleil, la tête pleine de projets d'avenir. Mais il est mal à l'aise : Maria voit la tension qui noue ses épaules. Il sait qu'il ne devrait pas être dans la pièce avec cette femme.

Celle-ci arrête d'écrire pour lui toucher le bras, mais il refuse de la regarder ou de s'intéresser à ce qu'elle fait.

Maria voit alors le visage de Katie sous le soleil, et son amie lui sourit si franchement qu'elle éclate de rire.

Le lendemain matin, M. Fyncham partit avant le lever du jour. Mme Fyncham apparut vers neuf heures. Elle semblait reposée et de bonne humeur. Maria se dit qu'ils avaient dû se réconcilier. Elle allait chercher de nouveaux toasts quand Mme Fyncham l'arrêta.

« Non, ne t'en va pas. Assieds-toi. Elle tira une chaise. M. Fyncham dit que je devrais sortir, me promener sur nos terres, faire des choses. Elle se mit à rire comme si cette idée lui semblait ridicule. Il dit que j'ai besoin d'exercice. Que ça m'évitera de penser à… Elle s'interrompit et regarda Maria. M. King avait une fille, n'est-ce pas ? Celle du tableau.

– Il en avait deux.

– Catherine, dit lentement Mme Fyncham.

– Et Lilly, la plus jeune. Maria avançait à pas prudents sur des galets glissants. Elle sentait l'eau sombre juste au-dessous, le courant qui cherchait à l'entraîner.

– Tu jouais avec les filles ? Le ton de Mme Fyncham était léger, comme si la question ne l'intéressait pas vraiment, comme si elle faisait juste la conversation.

– Avec Katie.

– Où est-ce que vous alliez ? demanda-t-elle, platement cette fois.

– Dans les *koppies*, à la rivière.

– Tu sais nager ? Vous nagiez dans la rivière ?

– Katie m'a appris à nager.

– M. Fyncham dit que je devrais me baigner. Je veux que tu m'emmènes à l'endroit où vous alliez nager. On n'a qu'à y aller maintenant. Elle se leva, lissa ses cheveux en arrière et les attacha avec sa barrette en argent.

– Il fait chaud », objecta Maria. C'était complètement fou d'y aller en plein midi.

Mais la décision de Mme Fyncham était prise.

– On prendra des chapeaux, répliqua-t-elle sèchement. Tu porteras le parasol. »

Maria était chargée comme un baudet. Mme Fyncham avait insisté pour emporter non seulement des chapeaux et un parasol, mais aussi des magazines, des bouteilles d'eau glacée, un pique-nique et une chaise longue. Gabriel se moqua de Maria qui ployait sous son fardeau et tenta de la pincer au passage. Tous les cent mètres, il fallait s'arrêter pour que Mme Fyncham se repose. Elle se plaignait de la chaleur et de l'herbe qui la grattait, mais elle ne voulait pas faire demi-tour. Quand elles arrivèrent à l'étang, Maria avait le dos en compote.

Mme Fyncham se changea, puis demanda à Maria de lui montrer un endroit sûr pour descendre. Elle nageait la tête hors de l'eau ; ses épaules remontaient à chaque brasse. Maria resta assise sur la rive. Elle avait chaud et rêvait de piquer une tête, mais c'était impossible – pas dans la même eau : Mme Fyncham ne le permettrait pas.

Il fallut déplier la chaise à l'ombre pour que Mme Fyncham, en sortant de l'eau, puisse « se délasser », comme elle disait, et lui servir aussitôt un verre bien frais. Quelques minutes plus tard, Maria la regarda. Elle avait cessé de siroter son eau et observait la saillie rocheuse qui surplombait l'étang.

« Katie sautait de là-haut. Maria ne savait pas pourquoi elle avait dit ça. Elle ne voulait pas parler de Katie à cette femme.

– Quoi, de ce rocher ? La voix de Mme Fyncham était méprisante. Ça m'étonnerait.

– Elle était brave. Son père la regardait sauter.

Mme Fyncham lui jeta un rapide coup d'œil.

– Tu as parfois de ses nouvelles, des nouvelles de Katie ? Tu crois qu'elle reviendra un jour ?

Maria secoua la tête.

– Non, je n'ai pas eu de nouvelles. »

Elles avaient plié bagage et fait quelques pas sur le sentier quand Mme Fyncham dit à Maria d'attendre un peu : elle avait oublié quelque chose. Elle courut jusqu'à l'étang. Maria la voyait. Elle n'avait rien oublié derrière elle : elle restait immobile et regardait fixement le surplomb.

Hendrik les avait observées du sommet. Il s'était accroupi entre les acacias pour ne pas être repéré. C'était la première fois qu'il voyait Mme Fyncham, même si tout le district avait entendu parler des nouveaux propriétaires. Sa mère avait invité les dames à prendre le café pour en discuter et il avait écouté leurs cancans.

« J'ai vu Mme Fyncham se pavaner en ville avec ses airs de grande dame. Trop arrogante pour dire bonjour.

– Moi, je l'ai vue chez le pharmacien, en train d'acheter toutes les crèmes possibles et imaginables. Une *uitlander**, à ce qu'on dit.

– Je me demande combien de temps ils tiendront.

– Ils ont gardé la *mal meid**. Finies les récréations.
– Ils ont acheté la ferme, vous savez. M. King ne reviendra pas. Il est mort, mort de trop boire. Il a tout perdu.
– Voilà à quoi mène l'adultère.
– Et ses filles ?
– Aucune nouvelle. Elles pourraient aussi bien être mortes.
– Il est bel homme, ce M. Fyncham. Mais ne le répétez pas à mon mari.
– Je me méfie des hommes trop beaux. »

Quand Mme Fyncham et Maria furent parties, Hendrik descendit à l'étang et plongea dans l'eau.

*

Cette nuit-là, Maria sortit dans la cour intérieure. Il faisait trop chaud pour dormir. Elle se coucha sur le dos et écouta les bruits nocturnes en suivant des yeux les constellations. Si elle restait allongée assez longtemps, elle quitterait son corps et s'élèverait dans la nuit tiède au-dessus de la maison, assez haut pour voir le toit de l'église.

*

Le lendemain, Mme Fyncham alla se baigner seule. Elle laissa Maria plumer un poulet à la cuisine. Quand elle rentra, elle avait les cheveux mouillés et paraissait toute contente, comme si elle avait une raison secrète de se réjouir.

Le dernier jour du mois, Maria et les ouvriers touchèrent leur paie et M. Fyncham les emmena tous en ville faire des provisions. À leur retour, Mme Fyncham avait pris la voiture et était partie.

Son mari prétendit qu'elle avait dû aller voir un médecin. Pourtant, au bout d'un mois, elle n'était toujours pas revenue. Il ne fournit aucune explication à Maria, mais chaque semaine le téléphone sonnait et, pendant un long moment, il parlait à quelqu'un en sourdine. Parfois, Maria entendait de la colère dans sa voix ; parfois, il raccrochait brutalement le téléphone. Après ces conversations, il sortait se promener dans la nuit. Il arrivait qu'il ne rentre qu'au matin.

Quand revint le jour de paie, M. Fyncham demanda à Maria de préparer un dîner de fête. Il avait vendu du bétail et en avait obtenu un bon prix. Il l'invita à manger avec lui et, après le repas, lui dit d'aller chercher l'échiquier.

« Tu sais jouer ? » demanda-t-il.

Maria secoua la tête. Elle avait juste lu la description des coups dans le manuel.

« Je vais t'apprendre. »

Elle le regarda disposer les pièces sur l'échiquier.

Mme Fyncham était partie. Maria ne l'avait pas revue, pas même la nuit, pas même à la rivière. Elle avait oublié jusqu'au son de sa voix. M. Fyncham ne parlait pas de sa femme. Il ne décrochait plus quand le téléphone sonnait. Il ne voulait pas qu'elle revienne. Il ne l'aimait pas, Maria le savait. Et il avait, en plus de la ferme, une nouvelle passion : il s'était acheté un vieil avion qui restait garé près de la ville et il s'était mis à voler. Maria l'apercevait parfois au-dessus de la ferme : il décrivait des cercles dans le ciel bleu. Tentait d'oublier.

Maria aimait beaucoup les cavaliers du jeu d'échecs – en fait, c'étaient des chevaux. Enfant, elle était montée en croupe sur le poney de Katie et avait galopé dans le veld, cramponnée, en poussant des cris de peur et de joie.

« Tu apprends vite », remarqua M. Fyncham. À la fin de la soirée, elle savait jouer.

Le lendemain matin, il remit le portrait de Katie sur le mur. Maria se dit que ça devait signifier quelque chose.

Tu penses que tout a un sens. Elle entendait la voix de son amie. *Que tout est un signe. Alors qu'est-ce que ça signifie, le chant à l'église ?*

Katie était maintenant si proche qu'elle pouvait presque la toucher en tendant le bras.

III

C'était le week-end – un mois après le départ de Mme Fyncham. Hendrik avait invité son ami Dirk à la ferme de ses parents. Toute la matinée, ils avaient fouillé les abords de la maison et de l'écurie à la recherche d'une vipère heurtante que sa mère avait aperçue dans les fourrés, près du poulailler. Elle voulait qu'on l'emmène loin de la maison ou qu'on la tue d'un coup de feu – la tuer valait mieux, disait-elle. Mais Hendrik détestait tuer les serpents. Il les attrapait et les emmenait dans le veld. Il aimait les voir s'éloigner et disparaître dans l'herbe haute en utilisant leur environnement pour se camoufler.

Au bout de deux heures passées à soulever les fourrés avec leurs fourches et à retourner les pierres, ils abandonnèrent leurs recherches et rentrèrent pour le déjeuner. Le soleil tapait dur. La bonne avait sorti de la viande froide et de la salade, mais la mère de Hendrik se contentait de picorer.

« Allons, maman, mange quelque chose. » Hendrik lui passa une assiette contenant des tranches de jambon, mais elle refusa. Elle n'y arrivait pas ; elle n'avait pas d'appétit. Sa tête était lourde, elle avait le tournis, il fallait qu'elle aille s'allonger un moment. Le père de Hendrik était en ville. Il avait pris le camion et était parti acheter des pierres à lécher pour le bétail.

Les garçons restèrent deux heures à traîner en écoutant la radio. Ils fumèrent des cigarettes dans la chambre de Hendrik. Il faisait frais à l'intérieur. Puis ils allèrent à l'écurie et sellèrent deux chevaux. Ils voulaient descendre à la rivière, qui passait par la ferme des parents de Hendrik. Les pluies estivales l'avaient fait grossir et Hendrik avait construit un radeau en attachant entre eux des bidons de dix gallons : les garçons l'utiliseraient pour descendre le courant. Ils verraient bien jusqu'où ils pouvaient aller avant que l'orage n'éclate – peut-être jusqu'au gué. Déjà, le ciel se couvrait de nuages.

Dirk chevauchait devant Hendrik. Il avait pris son fusil de chasse et l'avait placé en bandoulière dans son dos en resserrant la bretelle en cuir pour qu'il ne ballotte pas quand il galoperait dans le veld.

« Si je vois quelque chose, je veux pouvoir tirer. » Il avait la gâchette facile. Hendrik espérait qu'il n'aurait pas l'occasion de s'en servir. Quand il atteignit la fourche du sentier, Dirk arrêta sa monture. Hendrik le rattrapa. Son cheval était impatient d'arriver jusqu'à l'eau. Dirk regardait fixement la crête en plissant les yeux sous le soleil de plomb.

« Allons là-haut, à l'église. » Il tira sur les rênes pour obliger son cheval, qui broussait, à redresser la tête, puis ramena son fusil devant lui et appuya la crosse contre son épaule. Il mit l'église en joue comme s'il s'apprêtait à tirer et fit semblant d'appuyer sur la détente.

« Pan ! Il abaissa son arme. Il paraît que les indigènes prient le diable dans cette église *kaffir*. Ils ne croient pas en Dieu. Ils font semblant, ils chantent les cantiques et tout ça, mais, là-haut, il y a du sang de poulet sur l'autel. Notre fille de cuisine dit qu'elle passait par là l'autre soir en rentrant et qu'elle a vu un fantôme sortir de l'église. Il était tout blanc, avec du sang autour de la bouche. Il courait et il poussait des hurlements.

– Et tu la crois ? Hendrik tira sur une rêne et talonna son cheval. Viens. J'ai chaud. Allons-y !

Mais Dirk regardait toujours l'église.

– Moi, je vais là-haut. On pourra se baigner dans l'étang de l'autre côté.

– Mais l'étang est à Hebron. C'est une propriété privée. Il fallait convaincre Dirk de descendre à la rivière et le tenir éloigné de l'église. Hendrik ne voulait pas qu'il aille là-haut.

– Depuis quand tu respectes la propriété privée ? » demanda Dirk en riant. Et il s'élança au petit galop vers la *koppie.* Hendrik le suivit.

Arrivé au pied de la *koppie*, Dirk descendit de cheval, attacha sa monture à la branche d'un arbre et se mit à escalader les rochers. Il sautait de l'un à l'autre avec une agilité surprenante pour quelqu'un d'aussi trapu.

« Viens ! » criait-il en bondissant de plus en plus haut. Hendrik mit pied à terre et attacha son cheval à l'ombre, puis déplaça celui de Dirk, qui était en plein soleil. Ils les feraient boire tout à l'heure à la rivière.

Dirk avait ôté sa chemise et se tenait, jambes écartées, au bord d'un gros rocher de granit. Il se frappa la poitrine du poing et cria : « *Shaka Zulu*[1] ! » Sa voix se répercuta contre les rochers. Puis il prit une poignée de cailloux qu'il avait dans la poche et se mit à les lancer vers les nuages noirs. Un à un, ils rebondirent sur les rochers et disparurent dans le *krantz* en contrebas. Hendrik rejoignit son ami.

« Qu'est-ce que tu fais – tu es fou ?

---

1. Shaka : roi des Zoulous (1816-1828), célèbre pour ses prouesses militaires.

– Tu peux parler. Fou ? Dirk se mit à rire. C'est toi qui es fou, Hendrik. Tu sais bien ce qu'ils disent à l'école – *différent*. Une manière polie de dire cinglé.

Hendrik détourna les yeux.

– Différent, c'est ce qu'a dit De Beer. Et moi je dis complètement cinglé. Dirk rit de nouveau. C'est pour ça que je t'aime bien. Il lui donna une claque dans le dos, puis lança son dernier caillou en l'air et poussa un cri vers le ciel. Je vais faire venir la pluie, moi, tu vas voir. Il prit son fusil et visa les nuages.

– Arrête ! » Hendrik lui arracha l'arme des mains. Ils se mirent à lutter sur les rochers. Hendrik était près du bord ; le fusil lui échappa et dégringola. Dirk descendit tant bien que mal le chercher.

Après avoir récupéré l'arme, ils s'allongèrent sur les rochers, épuisés par la chaleur et l'effort.

« Quand j'aurai fini l'école, j'irai combattre les communistes en Russie. J'écorcherai un ours pour me faire un chapeau comme eux. Je boirai de la vodka et je me taperai ces fameuses Russes. Tu viendras ? »

Mais Hendrik ne l'écoutait pas. Il s'était assis et regardait fixement l'église. Dirk se dressa sur son séant.

« Qu'est-ce qu'il y a ? »

Alors il la vit aussi. Devant l'église, dans la clairière, il y avait une femme. Elle leur tournait le dos. Elle portait une robe jaune, de la couleur des fleurs d'onagre, que le vent faisait voler autour de ses jambes. Hendrik contemplait la peau pâle de ses cuisses. Sous le soleil, ses cheveux brillaient de cuivre et d'or.

« Eh ! cria Dirk en se levant. Eh ! Mais la femme ne se retourna pas. Elle est sourde ou quoi ? Dis donc, et si c'était ce fantôme ? Je monte. Il ramassa son fusil, mais Hendrik lui prit le bras et enfonça les doigts dans sa chair. Eh, arrête.

– Non.

– On va s'amuser. »

Hendrik força Dirk à se retourner pour lui faire face. « Qu'est-ce qui te prend ? demanda Dirk en riant nerveusement. Hendrik avait les traits déformés. Je veux juste aller voir qui c'est.

– Je sais qui c'est. Hendrik évita le regard de son ami : il ne voulait pas que ses yeux ou sa voix le trahissent. Il tourna la tête en direction de la maison.

– C'est Mme Fyncham, de Hebron », mentit-il, et il entraîna Dirk. Ils descendirent la colline en trébuchant et en glissant sur les rochers. À l'arrivée, ils avaient les jambes couvertes d'écorchures.

« Eh, attends-moi », cria Dirk en voyant Hendrik monter à cheval.

Celui-ci se retourna pour vérifier que Dirk le suivait. Puis il leva les yeux vers l'église : Catherine avait disparu.

*

Maria était assise près de l'étang. Ce matin-là, elle s'était réveillée avec la certitude que quelque chose avait changé, qu'il fallait qu'elle aille à la rivière. Katie rentrait ; elle n'avait plus qu'à attendre.

L'air était lourd, chaud et immobile : si elle avait eu un couteau, elle aurait pu trancher dedans. Sur le rocher, de grosses fourmis noires accouraient vers le noyau de pêche qu'elle venait de jeter. Elles mangeaient ce qui restait de chair rapidement et efficacement. Maria les regardait ; il faisait trop chaud pour bouger. Combien de temps vivent les fourmis ? Elle poserait la question à Katie quand elle serait là. Il y avait des gens qui ressemblaient aux fourmis – tout le temps occupés. Ils ne levaient jamais le nez et mouraient sans avoir vu le ciel nocturne. Ils n'avaient jamais observé les constellations, ne s'étaient jamais demandé ce qu'il y avait là-haut. Tandis que Katie et elle, à huit ans, connaissaient toutes les étoiles du ciel.

Il allait y avoir de l'orage. Le soleil lui brûlait la nuque – bientôt, elle serait aussi noire que ces gens qui vivaient dans la jungle plus haut en Afrique. Elle passa une main dans son cou : sa peau était toujours douce. Elle rit. Depuis que M. Fyncham était à Hebron, elle achetait de la vaseline avec l'argent qu'il lui donnait et, tous les jours, s'en enduisait pour avoir la peau douce. Ses petits seins étaient encore fermes, contrairement à ceux de sa sœur, qui avait eu trois enfants avant dix-huit ans et dont les seins pendaient comme les mamelles d'une chienne.

Maria avait recommencé à se regarder dans la glace. Elle avait demandé à l'une de ses sœurs de lui tresser les cheveux. L'extérieur de son crâne présentait maintenant des rangées bien alignées, un entrecroisement de sentiers ; seul l'intérieur restait une jungle. En cet instant, sa tête était brûlante et abrutie par la chaleur : elle attendait depuis le début de la matinée. Elle la plongea sous l'eau, puis s'ébroua. À ce moment, un bruissement lui fit tourner la tête vers la rive opposée. Elle entendit alors des cris de l'autre côté de la crête. Des voix de garçons. Elle recula dans les fourrés pour le cas où ils viendraient de son côté, mais le silence était revenu. Elle se rassit et laissa pendre ses pieds dans l'étang. L'eau était froide en profondeur. Des insectes glissaient à la surface, marchant sur l'eau comme Jésus dans la Bible – simplement, ce phénomène-ci n'était pas considéré comme un miracle.

Alors elle leva les yeux, et Katie se tenait sur le surplomb au-dessus de l'étang. Ses cheveux formaient un halo doré autour de son visage pâle. Son arrivée silencieuse avait pris Maria par surprise.

Elles se dévisagèrent.

Saute, Maria, tiens-moi la main.

Je sais pas nager.

Ce n'est pas grave. Je t'aiderai. Je compte jusqu'à trois. Allez, viens.

La robe jaune de Catherine se gonfla comme un parachute lorsqu'elle sauta. Elle toucha l'eau et disparut sous la surface. Sa peau était toute blanche, comme si elle n'avait pas été au soleil depuis des années. Maria fut trempée par les gerbes d'eau et le choc la fit rire. Catherine, toujours sous l'eau, l'attrapa par la cheville et l'entraîna. Maria n'eut pas besoin de se pincer pour savoir que c'était réel – elle sentait la main de son amie fermement cramponnée à sa jambe. Catherine refit surface. Elles se regardèrent.

Maria parla la première. « J'aurais pu me noyer.

– Mais je savais que tu savais nager. Je savais que c'était toi », dit Catherine. Elle tendit la main pour toucher le bras de Maria.

Leurs visages étaient proches. Tout était harmonieux dans les traits de Catherine – ses pommettes hautes, son nez droit, la ligne de ses sourcils. Elle avait gardé le même sourire en biais, et avait toujours un trou entre les dents. Mais son visage était aussi marqué par les années d'éloignement. Des années, songea Maria, où elle avait été coupée d'elle-même.

À ce moment, Maria perdit l'équilibre, glissa sur une pierre et tomba à la renverse. Catherine lui tendit la main pour l'aider à rejoindre le rocher. Elles se hissèrent hors de l'eau et Catherine serra son amie dans ses bras. C'était un geste irréfléchi. Ça faisait longtemps que personne n'avait étreint Maria. Elle ne savait pas quoi dire. Catherine n'avait pas conscience que les Blancs ne faisaient pas ce genre de chose avec les indigènes. Ça lui causerait des ennuis.

Elle était debout au soleil, dégoulinante. Maria savait qu'elle ne pouvait pas lui parler des choses inquiétantes qu'elle avait vues ou senties. De la femme assise à son bureau dans la pénombre, de l'homme qui regardait la lumière par la fenêtre.

« Tu es mouillée. Ce fut tout ce qu'elle trouva à dire.

– Tu penses que je suis folle ? demanda Catherine en essorant sa robe.

– Ça devrait sécher vite, répondit Maria en touchant le tissu.

– Non, folle de revenir. Catherine s'assit et tâtonna dans sa poche. Folle de sauter du rocher dans ma robe. Je voulais juste voir… Elle leva les yeux vers les arbres et l'église. Je voulais voir si j'en étais encore capable. C'est haut, hein ? Il faut dire que je manque d'entraînement. » Ses mains fouillaient le sol autour d'elle. Maria la sentait nerveuse. Tous ses mouvements étaient fébriles.

« Qu'est-ce que tu cherches ?

– Des cigarettes. Tu as des cigarettes ? C'est une mauvaise habitude, je sais. Mais j'ai vraiment besoin d'en fumer une. Elle se mordit la lèvre. Tu vois comme je suis nerveuse. Ça se voit ? Ce dont j'ai vraiment besoin, c'est de boire un verre. J'ai des cigarettes dans la voiture. »

Maria regardait son amie. Elle avait peine à croire qu'elle était revenue, qu'elle était là, sous ses yeux, à lui demander une cigarette, comme si elles étaient sorties se promener toutes les deux. Comme si elle n'était jamais partie. Elle aussi, à sa place, elle serait nerveuse, avec cet homme étrange dans la maison et cette femme dont la langue coupait comme un couteau. Cette femme qui était partie, mais pouvait revenir à tout moment. Ce n'était pas rien, rentrer chez soi après avoir disparu si longtemps.

« Tu as une voiture ? demanda-t-elle à Catherine – et aussitôt elle se sentit bête : comment serait-elle venue sinon, puisqu'il n'y avait pas d'autocar.

– Je l'ai garée devant le magasin. Je ne pouvais pas monter à la maison. Lilly pensait que j'étais folle de revenir. Tu ne penses pas comme elle, dis ? Je voulais juste voir par moi-même.

– Où est Lilly ? Et ta mère ?

– Lilly est en Angleterre. Maman est morte.

– Désolée. » Maria pensa à la dernière fois où elle avait vu Mme King : blottie à l'arrière de cette voiture noire qui s'éloignait, les cendres des robes qu'elle avait brûlées formant un tas dans l'allée.

« Lilly ne voulait pas que je revienne. Elle disait à quoi bon puisque papa est mort. Elle disait… Catherine prit une drôle de voix. Catherine, il ne nous a rien laissé. Rien. C'était un ivrogne. Elle regarda l'eau. Tout ce qu'on a reçu, c'est une lettre disant qu'il était mort, et sa montre. Moi, je n'étais pas sûre de sa mort. Lilly n'a même pas voulu lire la lettre. Elle a dit que ça ne l'intéressait pas, qu'elle ne l'avait jamais connu. Qu'il n'était jamais venu nous chercher. Catherine hésita. Et puis, une nuit, je l'ai vu dans mon sommeil. Il était debout près de cette rivière et j'ai su qu'il était mort. J'ai su aussi qu'il voulait que je revienne. Il était sur la rive et les anges chantaient. C'était magnifique.

Un frisson parcourut Maria.

– Tu devrais t'allonger sur le rocher – ça ferait sécher ta robe. Mets ta tête à l'ombre sous l'arbre. Elle balaya les branches tombées sur le rocher pour que Catherine puisse s'étendre.

– Ça me paraît raisonnable. Catherine leva les yeux et son visage se dérida. Elle avait toujours aimé taquiner Maria. Je ne me souvenais pas que tu étais raisonnable.

– Tu m'as fait peur dans l'étang.
– Désolée. »

Elle s'allongea sur le rocher et ferma les yeux. Maria regarda l'eau. Catherine était de retour. Mais Mme Fyncham n'était pas loin, et son mari était à la maison. Il fallait se méfier.

Un camion passa sur la route et Catherine se redressa. Elle leva les yeux vers le bosquet d'acacias et l'église. « Quelqu'un a mis ma photo dans l'église. C'est toi ? »

Maria hocha la tête. Les deux femmes regardaient les arbres où elles s'étaient cachées enfants.

« Je me suis perdue, mais tu ne m'as pas oubliée. Tu vois que je me souviens de tout. » Catherine souriait – ce sourire de biais si charmant qui la tirait toujours d'affaire autrefois.

Maria se rappelait aussi que Catherine souriait même quand elle était triste. Elle cachait des choses derrière ce sourire.

Elles restèrent un moment sans parler. Maria ne savait pas quoi dire ; elle avait la langue nouée. Catherine rompit le silence.

« Donc qui a acheté la ferme ? Elle s'efforçait de prendre un ton désinvolte, comme si c'était sans importance.

– M. Fyncham. C'est le nouveau propriétaire. » Maria scruta le visage de son amie pour voir si elle connaissait ce nom, mais, à l'évidence, elle n'avait jamais entendu parler de Tom Fyncham. Elle se demanda ce qu'il ferait quand il verrait Catherine adulte, de retour à Hebron.

« Comment est-il ? » demanda Catherine. Une partie d'elle voulait en savoir davantage ; une autre aurait préféré que cet homme reste un étranger sans visage, quelqu'un dont elle ignorait tout.

« Il est beau. Il apprend à gérer une ferme.

– Il apprend seulement ?

– Oui, dans les livres. » Le ton de Maria les fit rire toutes les deux. Elle regardait ses pieds comme s'ils n'appartenaient pas à son corps.

« Et mon père n'est jamais revenu ? » La question était lâchée. Les doigts de Catherine jouaient avec trois brins d'herbe qu'elle tressait pour s'occuper les mains.

Maria secoua la tête. « Il a envoyé des gérants. Je travaillais pour eux. » Elle repensa aux heures passées à ranger et à faire la cuisine dans la pénombre de la maison. « M. Fyncham m'a dit que ton père était mort. » Elle aurait voulu prendre la main de Catherine et la serrer dans la sienne. Lui dire qu'elle était désolée. Mais elle se sentait gauche tout d'un coup.

Catherine ramassa un galet et le jeta dans l'eau. « Et toi ? Qu'est-ce qui t'est arrivé de beau ?

– Je suis restée ici. Maria prit une petite branche et se mit à dessiner dans le sable pour masquer sa gêne.

– Et ta mère ?

– Elle est à la maison. Ma sœur s'occupe d'elle.

– Tu ne vis plus là-bas avec elles ?

Maria secoua la tête.

– Je dors dans la maison. J'ai une chambre près de la cuisine.

– Tu ne t'es jamais mariée ?

– Non.

– Tu n'as rencontré personne ?

– Si. Maria leva les yeux vers l'église et le cimetière où elle avait passé tant de temps assise auprès de lui sous les étoiles. Il est enterré là-haut.

– Je suis désolée. »

Maria voyait que c'était sincère. Catherine se remit sur pied et tendit la main pour l'aider à se lever.

« Ma robe est presque sèche. Allons à la voiture ? On conduira jusqu'à la maison. Je ne peux pas repousser indéfiniment la rencontre avec ce M. Fyncham. Je ne sais même pas s'il m'invitera à rester pour la nuit. »

Sur le sentier qui rejoignait la route, Catherine grimpa sur un rocher et tressaillit. Elle leva un pied pour examiner la plante. « Tout pâle et tout douillet, dit-elle d'un ton dédaigneux. J'ai laissé mes chaussures dans la voiture. Je croyais mes pieds plus résistants que ça. »

Avant d'arriver à la route, elle s'arrêta et regarda Maria comme si une question la travaillait. « Tu vois encore des choses ? demanda-t-elle.

Maria hocha la tête.

– Est-ce que tu m'as vue ?

– Des fois. Une ou deux fois.

– J'étais où ?

– Sur la plage.

– En Angleterre, on vivait au bord de la mer, dans une ville qui s'appelle Salcombe. Maman, Lilly et moi. Catherine hésita, puis secoua la tête comme pour chasser une pensée. Tu as vu autre chose ?

Maria fit signe que non.

– Et ce M. Fyncham est marié ?

– Sa femme elle est partie. Je ne crois pas qu'elle reviendra. Elle buvait beaucoup.

– Comme moi.

Maria leva les yeux.

– Mais là je suis sobre. Regarde. Catherine fit quelques mètres à cloche-pied sur le sentier. Donc elle est partie un jour comme ça ? Sans dire où elle allait ni quand elle rentrait ?

– Il ne parle jamais d'elle.

– Peut-être qu'il l'a enfermée à la cave.

– Non, j'ai regardé.

Catherine éclata de rire.

– Je plaisantais. Tu crois qu'il me laissera rester un peu ? »

Elles avaient rejoint la route et l'école. Les enfants se pressèrent autour de la voiture. Dans la poussière qui couvrait la vitre, ils avaient écrit : *I need kleen.* Ils voulaient toucher la peau de Catherine. Elle tendit le bras et les laissa caresser le fin duvet doré. Maria frappa dans ses mains et commença à distribuer des tapes, mais Catherine l'arrêta. « Ça me fait plaisir », dit-elle.

Elle ouvrit la portière et Maria s'assit avec précaution sur le siège en cuir, comme s'il pouvait se casser. C'était la première fois qu'elle montait dans une voiture. Quand ils allaient acheter des provisions, ils prenaient un des camions ou s'installaient sur la remorque du tracteur.

Le sol était jonché de bouteilles de soda vides, de paquets de cigarettes, de cartes et de livres. Il y avait de la poussière partout.

Catherine se pencha et tâtonna dans la boîte à gants pour trouver ses cigarettes. Elle les tendit à Maria. « Tu m'en allumes une ? »

Maria s'était beaucoup amusée à le faire le jour où elles avaient volé les cigarettes de M. King. Elles avaient failli s'étouffer, mais elles s'étaient senties si adultes.

« Des Sprinbok. Maria en alluma une et inhala. Des cigarettes de cow-boy. Elle eut une quinte de toux.

– Je les ai achetées à la voie ferrée. »

Elles étaient arrivées devant la barrière. Catherine accéléra en s'engageant dans l'allée. « Tu vas nous tuer ! s'écria Maria, mais elle riait en même temps.

– Ma voiture te plaît ? Catherine freina en dérapant devant la maison.

– Où tu l'as achetée ?

– À Johannesburg. J'ai vu Mme Coombe là-bas. Tu te souviens d'elle ? J'ai dormi chez elle.

– Chez Mme Coombe ? Mais… Elle repensa à Katie galopant, armée d'une petite cuiller, vers quelque chose qu'elle ne pouvait empêcher.

– Je sais. C'est difficile à croire, mais c'était la seule personne dont je connaissais le nom quand je suis arrivée, donc j'ai cherché son adresse. »

*

Mme Coombe n'était pas la femme dont Catherine se souvenait, cette femme froide et distante à la peau de porcelaine qui lui avait volé son père. Elle habitait une maison dans une banlieue blanche. On chassait les indigènes de la ville, expliqua-t-elle à Catherine – il leur fallait un laissez-passer pour venir travailler. C'était comme ça maintenant. C'était le « développement séparé » – la nouvelle politique d'apartheid. Ça valait mieux ainsi, ajouta Mme Coombe.

Catherine pensa à Maria. À la ferme, elle leur montrerait que tous les Blancs ne croyaient pas à cette nouvelle politique. Et elle songea à son propre « développement séparé » en pays étranger, loin de tout ce qui avait constitué son univers.

Il n'y avait pas de bruit dans la rue. Un homme promenait son terrier sur le trottoir. Deux bonnes discutaient, assises sur la bande de gazon ; à la tombée de la nuit, elles devraient retourner dans les townships s'occuper de leurs propres enfants. Devant sa maison, une femme regardait son mari regarder le jardinier qui lavait la voiture.

La maison de Mme Coombe était sombre et sentait le renfermé – une odeur de chou et de boules de naphtaline. Mais il y avait chez cette femme une forme de gentillesse, de réserve timide que Catherine n'avait jamais remarquée.

Elle avait fait le lit de son invitée et rabattu la courtepointe. Une cruche contenant une rose était posée sur la table de nuit.

Catherine resta au salon pendant qu'elle préparait le thé. Il y avait des babioles partout : des chiens en porcelaine, des vases, une statuette d'Espagnole dont la jupe servait à ranger les serviettes. Catherine se promena dans la pièce en observant les objets que Mme Coombe avait amassés au fil des années. Elle s'arrêta devant un cadre accroché au mur. C'était un collage de cartes postales. Elle passa son doigt sur le verre. Les photos étaient si différentes de tout ce que contenait la pièce. Elles venaient d'ailleurs, d'une autre vie dans un monde tropical avec des palmiers, une mer turquoise et des pêcheurs noirs. Au centre, on voyait une forteresse – un vieil édifice croulant qui avait dû être grandiose autrefois. Un palmier poussait parmi les ruines ; des marches descendaient jusqu'à l'eau. Les cartes étaient décolorées par le temps.

Mme Coombe entra avec le thé sur un plateau. Catherine prit un biscuit en forme de cœur dans une boîte en fer-blanc. Mme Coombe regarda les cartes postales. « Ça vient d'un ami. » Elle rougit, puis se tourna vers Catherine. « Ma vie n'a pas été très passionnante, je le crains », dit-elle doucement.

*

« Ta cigarette. » Maria tendit le bras pour recueillir la cendre qui allait tomber sur la robe de Catherine. Ça faisait un moment qu'elles étaient assises dans la voiture. Catherine lui tendit la fin de sa cigarette. « Termine-la. Je suis trop nerveuse. »

Elle sortit du véhicule. Maria remarqua qu'elle avait laissé ses chaussures à l'intérieur et montait les marches pieds nus. Elle sortit à son tour et appela son amie, mais il était trop tard : la grande porte voûtée s'était ouverte et M. Fyncham se tenait sur le seuil.

IV

Tom Fyncham l'avait invitée à passer la nuit dans son ancienne chambre, dans son vieux lit en bois aux lattes branlantes. Maria lui avait donné un drap en coton ; il faisait trop chaud pour les couvertures. Catherine entendait son hôte se mouvoir dans la chambre voisine – celle de ses parents. Si sa présence le gênait, il n'en avait rien laissé paraître. Il s'était montré poli et charmant tout au long du dîner ; à la fin, elle s'était rendu compte qu'il n'avait rien dit de lui-même. Il avait posé beaucoup de questions et elle avait trop parlé ; de son côté, il l'avait entretenue de la ferme. À l'évidence, il était fier de tout ce qu'il y avait fait et adorait cet endroit. Et il était séduisant, Maria avait raison.

Il t'attire ? Elle entendait la voix de Lilly, comme si se sentir attiré par quelqu'un était quelque chose de peu ragoûtant – du linge sale qu'on manipulait le plus loin possible de soi. Mais, pour Catherine, c'était comme de l'électricité dans l'air qui vous hérissait les cheveux et provoquait de petites décharges au bout de vos doigts.

Il n'avait pas mentionné sa femme et lui avait fait comprendre tacitement qu'il ne fallait pas poser de questions. Elle l'imagina en train de plier ses vêtements. Il ne devait pas les jeter sur le sol comme elle : il était trop maître de lui pour ça. Mais il n'était pas obsessionnel, comme Hesketh en Angleterre. « Appelez-moi Tom », avait-il dit.

Tom Fyncham allait remettre ses vêtements à leur place dans la penderie. Mais pas elle : il ne voudrait pas lui rendre sa place à l'endroit d'où elle venait. Cette maison lui appartenait.

Tout ce qu'elle désirait, c'était qu'il l'autorise à passer quelques jours ici, à monter à cheval dans le veld, à aller à l'église avec Maria. Ensuite, elle s'en irait.

La peinture des murs s'écaillait ; il y avait des toiles d'araignée dans les coins que le balai de Maria ne pouvait atteindre ou qu'elle n'avait pas pris la peine de nettoyer.

« Votre maison est la mienne », avait-il dit avec une grâce exquise. Puis il avait ri de lui-même et elle s'était sentie soulagée – ça paraissait trop solennel. Elle ne pouvait pas rester, pas si sa femme rentrait.

Quelque chose avait changé dans la chambre : on avait enlevé le lit de Lilly. Allongée, les yeux rivés aux taches d'humidité du plafond, Catherine entendait la voix de sa sœur. Elle la voyait dans leur maison de Salcombe, debout, les mains sur les hanches. Et elle voyait Hesketh, une ombre en arrière-plan, qui les regardait.

« Pourquoi tu veux y retourner ? Tu ne trouveras rien là-bas. Ça ne le ramènera pas, tu sais. Il est mort, Catherine.

– Je sais. Tu ne crois pas…

– Il n'est jamais venu nous chercher. Il n'a même pas écrit. Il s'est saoulé à mort. Tout ce qu'on a de lui, c'est sa montre.

– Tais-toi, Lilly. Ferme-la. Catherine aurait pu la frapper, lui cogner la tête contre le mur.

– Qui vas-tu retrouver ? Qui espères-tu voir ?

– Maria est là-bas.

– C'est une domestique. Ce n'est pas pareil. Vous n'êtes plus des petites filles. Vous êtes des adultes. Tu ne peux pas avoir huit ans toute ta vie, tu sais. Il faut tourner la page, Catherine. D'ailleurs là-bas, les gens ne comprendront pas. Les Noirs sont des domestiques, ils ne peuvent pas être tes amis.

– Vraiment ? Voyez-vous ça ! J'aurais parié le contraire.

– Oh, ne fais pas l'idiote, Catherine. Sois sérieuse pour une fois. Pourquoi faut-il que tu te moques toujours des choses sérieuses ? »

Pour se protéger. Maria et elle avaient appris ça quand elles étaient petites. On rit pour se protéger. On plaisante et ça rend les choses plus légères.

« Tu ne sais pas à quel point je suis sérieuse.

– Et qu'est-ce que tu vas faire là-bas ? Hein ?

– Peu importe. Catherine était fatiguée. Laisse-moi tranquille, Lilly.

– Tu as bu ?

– Non, et toi ?

– Pourquoi tu bois tant ?

– Parce que je me sens en cage ici.

– Pourquoi tu ne t'arrêtes pas à un verre ? Tu ne penses qu'à toi. Et Hesketh ? Tu te demandes ce qu'il ressent ? On ne peut pas toujours avoir ce qu'on veut. On ne peut pas tout avoir. » Et ainsi de suite, comme un disque rayé.

« Pourquoi on ne pourrait pas ?

– Oh, arrête.

– Tu crois que je ne le sais pas ? Qui s'est occupé de maman mourante ? Qui a essuyé son vomi ? Pas toi, Lilly, tu étais trop dégoûtée. Personne ne peut dire comment on doit conduire sa vie.

– Hesketh est bon pour toi. Mère et moi…

– Laisse maman en dehors de ça. Comment sais-tu ce qui est bon pour moi ? Tu ne sais même pas ce qui l'est pour toi.

Mais Lilly n'écoutait pas.

– On pensait que si tu avais des enfants…

– Quoi ? Qu'est-ce que vous pensiez ? Que ça me ferait grandir ?

– Mais qu'est-ce que tu veux ? »

Je veux ce qu'a M. Fyncham. Je veux rester ici. Je veux m'occuper de la ferme, peindre et me sentir chez moi. Elle écarta les doigts dans l'obscurité. Était-ce trop demander ?

Elle se leva, ouvrit la fenêtre et se pencha au-dehors. Des éclairs illuminaient le ciel ; un grondement de tonnerre se faisait entendre au loin. Catherine ferma les yeux et huma la pluie qui approchait. Il allait y avoir un orage. Les nuages allaient se fendre et les gouttes s'abattre sur la terre desséchée qui dégagerait un parfum âcre, et elle pourrait de nouveau respirer. En Angleterre, la pluie était différente.

« Où vas-tu, Catherine ? Il est tard.

– Dehors, Lilly. Je sors. Tu ne peux pas m'en empêcher.

– Mais il pleut.

– J'ai besoin de sortir d'ici.

– Calme-toi. Tu as une crise de panique ?

– À ton avis ?

– Raconte-moi. La voix de Hesketh, sa voix douce et suffocante, surgit du coin où il est assis. Dis-moi ce qui te panique – qu'est-ce que tu ressens ? »

Toi – toi, c'est toi qui me paniques. Mais elle n'arrive pas à le dire – les mots se bloquent dans sa gorge.

« Tout va bien, Catherine, Je suis là. »

Elle sort en courant sur la plage, les laissant parler derrière son dos. Les oiseaux filent sur le sable. Leurs pattes sont un tourbillon de mouvement. Elle court pour se fuir elle-même. Ils ne comprennent pas ça. Ils sont assis à la lueur de la lampe. Lilly se penche en avant. Hesketh pose une main sur son genou. Lilly pousse un soupir.

« Catherine n'a aucune maîtrise. Elle n'a aucun sens des convenances, de ce qu'on peut dire et faire ou pas. C'est une femme maintenant, elle ne peut pas se comporter… » Ils boivent du thé. Aspirent une petite gorgée, la remuent dans leur bouche, avalent. « Et ça empire. Je ne sais pas pourquoi elle se comporte si bizarrement. Elle va revenir trempée, vous savez. »

Sa mère comprenait. Elle aussi voulait sentir la pluie. Avant sa mort, elle avait demandé à Catherine d'ouvrir la fenêtre et tendu les bras dans l'air froid de la nuit pour sentir les gouttes sur sa peau.

Un éclair illumina l'église. Catherine l'aperçut depuis sa fenêtre et se demanda si Maria était là-haut. Elle se souvenait du mot swazi pour désigner la pluie. Et d'autres mots aussi. Ils finiraient par tous lui revenir – c'était comme le vélo, disait-on. Des mots qui flottaient dans les airs : chien, chat, cheval, courir, mère, nager, rivière, père. Elle les prononça à voix basse. Si elle réussissait à les dire, ça signifiait qu'elle pouvait rester. Mais elle n'arrivait pas à les relier entre eux ; ils étaient comme des insectes volant dans l'obscurité, bourdonnant çà et là, déconnectés.

Il allait lui falloir un autre verre pour s'endormir, et peut-être quelque chose de plus fort. Le couloir était obscur ; elle laissa la porte de sa chambre ouverte pour pouvoir s'orienter jusqu'au salon. La porte de

M. Fyncham était fermée et le silence régnait dans la maison. Il y avait une bouteille de whisky sur le piano – peut-être qu'il savait qu'elle en aurait besoin ; peut-être qu'il s'attendait à sa venue. La lampe projetait un cercle de lumière sur le tapis. Il avait laissé la porte d'entrée ouverte, ou Maria avait oublié de la fermer. Catherine emporta la bouteille de whisky sur la véranda. Un grondement de tonnerre se fit entendre et une porte claqua dans la maison.

Demain matin, elle demanderait à Tom Fyncham si elle pouvait emprunter un cheval, irait se promener à la rivière et pousserait jusqu'aux limites de la ferme.

L'hiver, on brûlait l'herbe à Hebron. Maria et Catherine avaient couru dans les restes noircis pour voir qui se dégonflerait la première.

Les bruits qu'elle avait dans la tête formaient maintenant une sorte de fond sonore, comme de la friture à la radio. Elle écouta le tonnerre et les battements de son cœur ; elle ferma les yeux, huma l'odeur sauvage des plantes du jardin et le parfum des lis. Puis elle s'allongea sur le muret de la véranda pour regarder les étoiles. Dans leur enfance, elles connaissaient ces constellations.

« Maria. Regarde en l'air.

– Quoi ?

– Il y a des animaux dans les étoiles. Des taureaux, des vaches, des moutons.

– Quel genre de moutons ? Des dorpers ou des mérinos ?

– Je ne sais pas.

– Ils ont des grandes cornes ?

– Non.

– Alors c'est des dorpers. Y a aussi des poules ?

– Hein ?

– *Y a des poules là-haut ?*

– *Tu es folle ?*

– *Des poules dans le ciel. Moi, je crois qu'y a un homme avec une poule. Il la tient sous son bras et elle pond les étoiles.*

– *Tu es folle.* »

Il commença à pleuvoir. De grosses gouttes tambourinaient sur le toit. La fenêtre de la chambre de ses parents était ouverte et claquait dans le vent. Tout ce qui se trouvait dessous allait être trempé. Tom Fyncham ne pouvait pas être dans la chambre – il aurait fermé cette fenêtre. Il avait dû sortir sans que Catherine l'entende.

Elle descendit les marches et alla se poster sous la pluie dans l'allée. Elle pouvait attendre d'être trempée : c'était comme se baigner, et on séchait ensuite. Elle ne savait pas depuis combien de temps elle était là – ni depuis combien de temps il se tenait à ses côtés – quand il prit la parole.

« Ça vous arrive souvent de rester sous la pluie sans bouger ? » Il était tout près mais, dans l'obscurité, elle ne distinguait pas bien son visage.

« Ça vous arrive souvent d'aller vous promener la nuit en plein orage ? » Sa prompte répartie la surprit elle-même. Il ne répondit pas.

« Quelque chose ne va pas ? Il s'est passé quelque chose ? » Elle voyait mieux son visage à présent, et elle sentait son corps tout proche.

« Non, fit-il en secouant la tête. Je n'arrivais pas à dormir, c'est tout. »

Elle ne trouvait rien à lui dire ; les mots ne venaient pas, mais elle avait envie de lui prendre la main – elle était si proche. Lilly aurait appelé ça un geste déplacé : « Tu ne peux pas toujours faire ce qui te passe par la tête. Où irait le monde ? » Mais Tom Fyncham s'éloigna d'un pas. « Je rentre. J'ai besoin de boire quelque chose de chaud. Si ça vous tente, vous êtes la bienvenue.

– J'arrive. »

Elle le regarda monter en courant les marches de la véranda. Elle aussi commençait à avoir froid.

Quand elle rentra, il s'était changé et leur avait préparé du café. Il lui apporta une serviette et ils s'assirent tous les deux sur la véranda. La pluie avait cessé aussi vite qu'elle était venue.

« Quand il fait chaud, je dors parfois ici. Il la regardait. Elle détourna les yeux et observa l'église, qui était éclairée. Il y a quelqu'un là-haut, dans l'église.

– Vous y êtes déjà allé ? Elle se tourna de nouveau vers lui.

– Ça vous surprend ? Elle est sur mes terres. Il alluma une cigarette. Vous en voulez une ? »

Catherine tenta en vain de craquer une allumette. Il se pencha vers elle et mit ses mains en coupe pour protéger la flamme ; un frisson la parcourut.

« Ça doit être étrange pour vous de revenir et de trouver quelqu'un d'autre dans votre maison. »

Ça recommençait : il allait en apprendre plus sur elle qu'elle n'en savait sur lui. Il fallait rester sur ses gardes, ne pas lui faire confiance à la légère, même si elle avait l'impression de pouvoir tout lui dire sans problème, sans avoir à subir les reproches de Lilly ou les analyses de Hesketh. Étrangement, il lui semblait que cet étranger la connaissait déjà mieux qu'ils ne l'avaient jamais fait.

« Vous l'avez rencontré, mon père, quand vous avez acheté la ferme ? »

Elle ne distinguait pas grand-chose d'autre que la braise de sa cigarette.

« Non, dit-il en secouant la tête. Il jeta sa cigarette et l'écrasa sous son talon. Il n'en avait fumé que la moitié. Catherine, il y a quelque chose… Il se tenait debout devant elle et la regardait. Puis il se ravisa et déclara : Je suis fatigué. Je vais me coucher. Je dois me lever tôt pour aller voler.

– Vous avez un avion ?

– C'est interdit ? Il la taquinait à présent.

– Où est-il ? Vous le garez ici ? Je ne l'ai pas vu.

– Il y a une petite piste avant d'arriver en ville. Pourquoi ne venez-vous pas avec moi demain ?

– Vous avez volé pendant la guerre ? demanda-t-elle, éludant son invitation. Elle préférait différer cette nouvelle étape.

– Oui. Il attendait qu'elle se lève pour rentrer avec lui.

– Où ça ?

– Un peu partout. Je pars tôt demain. » Il ouvrit la porte.

Catherine hésita. Elle était tentée de rester dehors dans la nuit, de marcher sous les arbres et de monter à l'église pour voir qui avait allumé cette lumière.

« Votre femme vole aussi ? Ça y était : elle avait gaffé.

– Non, Isobel n'est jamais venue avec moi.

– Quand rentre-t-elle ? » La question était là, suspendue entre eux. Elle ne pouvait pas la retirer, mais elle aurait aimé la ravaler au fond de son gosier. Lilly avait raison, c'était déplacé, et prématuré, et elle ne voulait pas connaître la réponse.

« Je ne sais pas. Je ne pense pas qu'elle reviendra. » Il avait disparu à l'intérieur de la maison. Catherine le suivit dans le couloir. Devant la porte de sa chambre, il se retourna pour la regarder. « Il faudra partir tôt si vous voulez venir. Dormez bien. » La porte se referma sur lui.

Une fois dans sa chambre, Catherine ôta sa chemise de nuit et l'étendit sur une chaise pour la faire sécher. Puis elle se mit au lit et tira le drap sur elle. Il devait être encore debout, car elle entendit les lames du parquet grincer une ou deux fois. Ainsi donc, il volait.

La nuit, la maison respirait, comme si elle avait une vie propre. Le bois se dilatait et se contractait, le vent soupirait dans les couloirs. La pluie tambourinait sur le toit de tôle. Catherine imagina Maria fouillant la cave à la recherche d'un corps. Elle pensa à la lumière dans l'église.

Elle se laissa sombrer peu à peu ; sa respiration ralentissait et s'approfondissait, comme un plongeur qui descend dans l'eau jusqu'à un lieu de calme, de souffle, de bulles et de couleurs – un film sans le son.

« Katie !

– J'arrive.

– Dépêche-toi. La voix de Maria est pressante. On va être en retard.

– J'arrive, attends-moi. » Elle baisse les yeux. Elle est dans l'eau jusqu'aux chevilles. Il fait doux et le soleil ruisselle sur son visage. Elle se sent légère. Maria court dans le sable devant elle, puis s'arrête, se retourne et lance un appel dans le vent.

Catherine voudrait courir la rejoindre, mais ses pieds refusent de bouger. Un nuage masque le soleil et il se met soudain à faire froid. Ses jambes s'enfoncent lentement dans le sable ; du varech s'enroule autour de ses chevilles. Elle n'entend plus la voix de Maria et, quand elle lève les yeux, son amie a disparu – à sa place, une autre personne se tient sur la plage. Catherine ne la voit pas très bien, mais c'est une petite fille brune. Elle est là, immobile, et la regarde fixement.

*

Maria était toujours debout. Pendant le dîner, elle avait entendu Tom et Catherine discuter et s'était sentie triste de manger seule dans la cuisine. Ils avaient bavardé, ils avaient ri. Tom avait parlé à Catherine de ces endroits où il était allé et que Maria ne connaissait que par les livres. Quand elle était entrée dans la pièce pour débarrasser, Catherine s'était levée, avait empilé les assiettes elle-même et l'avait raccompagnée à la cuisine, puis elle était allée retrouver M. Fyncham – ç'aurait été impoli de rester discuter avec son amie. Mais Maria savait aussi que le nouveau propriétaire plaisait à Catherine, qu'elle avait envie de continuer à lui parler, de découvrir des choses sur lui. Il y avait de l'électricité dehors, dans les nuages noirs, et de l'électricité à l'intérieur de la maison.

Maintenant, Catherine dormait. Maria se dirigea vers le placard du salon et en sortit la boîte où elle rangeait ses perles. Elle s'assit, enfila une aiguille et se mit à ramasser les perles avec la pointe : dorées, vertes, noires et rouges comme sang. Elles glissaient sur le fil de coton et créaient des motifs. Ce travail apaisait ses mains et sa tête. Elle raconterait à Catherine ce qu'elle avait vu à la ferme, lui parlerait des gérants successifs et de ses lectures. Elle l'emmènerait dans le veld ramasser des champignons et lui tresserait les cheveux. Elle avait trop laissé s'échapper d'un coup – tout le sable qu'elle avait dans les mains. Elle avait écarté les doigts et il avait filé. Elle aurait dû le laisser s'écouler lentement. Il fallait garder quelque chose. Il y avait un mot dans les livres, le mot « énigmatique » – c'était ce qui retenait les gens. M. Fyncham était énigmatique. Il continuerait à cacher son secret à Catherine, et Maria ferait pareil. Et, si Mme Fyncham revenait, elle emmènerait son amie à l'église en tôle : là-haut, elles seraient en sécurité.

V

Il était encore très tôt ; le ciel était bleu pâle et l'air était frais. Les nuages de la veille au soir s'étaient dissipés. La journée allait être chaude. Quelqu'un frappa à la porte de Catherine, mais le temps qu'elle se lève et sorte dans le couloir, il n'y avait plus personne. Une tasse de thé l'attendait sur le seuil.

Quand elle fut habillée, elle se dirigea vers la cuisine pour remercier Maria : elle se rappelait exactement comment elle aimait son thé, avec beaucoup de sucre et de lait. Mais Maria n'était pas dans la cuisine, et quand Catherine frappa doucement à sa porte, elle n'obtint pas de réponse. Elle sortit regarder dehors et vit Tom qui examinait le moteur de sa voiture dans l'allée. Elle l'observa un moment, persuadée qu'il ne l'avait pas vue arriver tant il était absorbé par sa tâche. Mais, quand il leva les yeux, elle comprit qu'il n'avait pas manqué une seconde de sa présence. « Donc vous venez. » Ce n'était pas une question.

« Combien de temps ça va durer ? » C'était dangereux. Accepter de l'accompagner, c'était faire un nouveau pas vers lui et hors d'elle-même. Tôt ou tard, elle risquait de perdre l'équilibre et de déraper de façon incontrôlable.

« Vous n'êtes pas obligée de venir. »

Et Maria ? pensa-t-elle dans un éclair. Si elle se réveillait et ne les trouvait pas ?

« Vous pouvez lui laisser un mot, dit-il, comme s'il lisait dans ses pensées.

– Je sais.

– Bien sûr que vous savez.

Il la taquinait de nouveau.

– Je vais chercher mes affaires. Elle rentra dans la maison.

– Prenez quelque chose de chaud », lui cria-t-il de loin.

Elle laissa un mot à Maria sur le piano, puis descendit les marches et le rejoignit près de la voiture. Il était penché sur le moteur, les mains pleines d'huile. Elle sentait qu'il était content.

« Vous voulez bien monter et voir si ça démarre. Je vous dirai quand. »

À l'intérieur, la voiture était propre et bien astiquée – pas comme celle de Catherine. Elle ouvrit la boîte à gants. *Touche-à-tout*, disait Lilly. *Tu ne peux jamais laisser les choses à leur place. Ça te causera des ennuis.* Il y avait une carte. Elle la déplia rapidement. Elle eut juste le temps d'entrevoir le contour d'une côte, des cercles rouges et des croix tracés çà et là, car Tom lui cria : « Maintenant ! »

Elle tourna la clé et le moteur démarra dans un crachotement.

« OK. Il ferma le capot et se dirigea vers la portière du conducteur. Changez de siège, on est prêts à partir. » Tandis qu'il essuyait ses mains pleines d'huile, elle remarqua une longue cicatrice qui partait de son pouce et s'étirait en travers de son poignet. Elle se demanda ce qu'il s'était fait – ou ce qu'on lui avait fait. C'était peut-être un accident : il avait pu tomber de cheval ou se blesser sur des barbelés.

« Vous vous y connaissez en voitures. » Elle se sentait gauche avec lui en plein jour. Parler n'était plus si facile.

La voiture grimpa la colline. Tom fredonnait un air. Ce n'est qu'une fois sur la route goudronnée qui conduisait en ville qu'il se tourna vers elle.

« Vous avez bien dormi ?

– Oui, après tout ce whisky. Et vous ?

– Je dors mal », répondit-il d'un ton neutre.

Elle se demandait pourquoi elle avait accepté de l'accompagner. Elle était venue revoir Maria, revoir la maison. Il allait lui faire survoler la ferme et ensuite elle voudrait recommencer, encore et encore. D'après Hesketh, elle tombait facilement dans la dépendance. S'il y avait des limites, elle ne les percevait jamais.

Cet homme était tout le contraire, pensa-t-elle. Il était avenant, mais il y avait chez lui des frontières, avec des postes de contrôle et des chiens policiers. Il était autosuffisant. Il ne la laisserait pas entrer, en tout cas pas facilement.

« Pardon ? » Il la regardait. Elle s'aperçut qu'elle avait prononcé tout haut le mot « frontières ».

« Rien. Je réfléchissais.

– C'est tout.

– C'est tout.

– Vous allez voir, ça va vous plaire.

– Comment le savez-vous ? » Mais ça ne la gênait pas qu'il s'avance ainsi. Il adorait voler, ça se voyait. Et il était charmant, Maria avait raison. Son énergie avait quelque chose de contagieux. Elle baissa la vitre et sortit son bras pour sentir le vent.

« C'est plus long que dans mon souvenir, pour aller en ville. » Il n'avait pas dû l'entendre, car il ne répondit pas ; il fredonnait encore cet air. Puis il se tourna vers elle et la regarda comme s'il cherchait à déceler quelque chose.

« Donc vous avez laissé votre sœur en Angleterre ?

– Je ne l'ai pas laissée. Elle était soulagée qu'il se concentre de nouveau sur la route : ça la troublait quand il la regardait de cette manière.

– Mais elle est restée là-bas avec votre mère.

– Ma mère est morte.

– Je ne savais pas, je suis désolé. Il paraissait surpris, comme s'il était censé le savoir.

– C'est pour ça que je suis venue. Elle a laissé de l'argent, et je voulais revenir pour dire au revoir. Rien ne me retenait là-bas.

– Pas d'homme ?

Elle ne répondit pas.

– Je suis désolé pour votre père. Il ajustait le rétroviseur extérieur ; elle ne voyait pas son visage.

– Peut-être que je n'aurais pas dû revenir.

Il ignora la remarque.

– Vous aimez le jazz ? Il cherchait une station à la radio. Ses doigts se mirent à marteler un rythme sur le volant. Eh bien ? Vous aimez le jazz ?

– J'aime danser.

– Alors il faudra que je vous emmène danser. »

Ils étaient à la périphérie de la ville.

*

Maria s'éveilla dans une maison silencieuse. Elle allait préparer à Catherine un petit-déjeuner spécial. Elles s'assiéraient dans la cour intérieure et elle parlerait à Catherine de sa vie et l'écouterait raconter la sienne en Angleterre. Catherine lui dirait ce qu'elle comptait faire maintenant et ce qu'elle pensait de M. Fyncham. Elle sortit dans l'allée et se pencha pour ramasser une barrette sur le sol. Catherine avait dû la laisser tomber en arrivant. Les poules avaient fait un nid dans les fourrés à la lisière du potager. Elle tendit le bras pour tâter les œufs : ils étaient encore tièdes. Elle les emporta dans sa jupe. Puis elle cueillit des épinards et quelques fleurs – des chrysanthèmes, elle adorait leur odeur – et enfouit son visage dans les pétales. Mme Fyncham était partie. Plus de plateaux de petit-déjeuner renvoyés à la cuisine parce que les œufs étaient froids. Plus de traces de rouge à lèvres à nettoyer sur les verres.

Son rêve commençait à lui revenir.

Elle poursuit Katie sur le sentier conduisant à la rivière. Quelque chose bouge dans les roseaux au bord de l'eau. Mme Fyncham les a regardées arriver. Maria crie à Katie de s'arrêter, mais son amie ne l'entend pas. Quand elle se tourne à nouveau vers les roseaux, Mme Fyncham n'est plus là. Avalée par la boue ou enlevée dans les airs – elle a disparu. C'est ce qu'ils veulent tous : qu'elle disparaisse.

De retour dans la cuisine, Maria cassa les œufs dans la poêle, puis trancha du pain et le mit à griller sur le fourneau. Du café, des œufs, des toasts et du jus de fruit. Elle parlerait à Catherine des garçons qu'elle avait embrassés dans la cave et des prisonniers de guerre italiens et des gérants qui s'étaient succédé à Hebron. De toutes ces choses qu'elle avait enterrées, enfouies sous une couche de poussière rouge, mais dont elle distinguait encore les contours. Maintenant, elle pouvait souffler sur la poussière et les regarder à nouveau.

Elle posa le petit-déjeuner sur un plateau et l'emporta dehors, où elle avait installé une table avec deux couverts.

Il était neuf heures. Catherine avait assez dormi. Mais, quand Maria frappa à sa porte, personne ne répondit. Elle ouvrit : Catherine était partie. Ils avaient dû quitter la maison tous les deux. M. Fyncham l'avait emmenée voler.

Maria s'assit et tenta d'avaler son petit-déjeuner, mais elle n'avait plus d'appétit.

Elle resta assise un moment sur la véranda, les yeux rivés sur l'allée, puis rentra dans la maison pour attendre. Elle regarda les aiguilles de l'horloge à balancier. Le tic-tac se brouillait dans sa tête. Des images défilaient.

*

Tom s'arrêta devant un garage pour faire le plein d'essence. Un Blanc âgé vêtu d'une blouse de travail s'avança lentement vers la voiture. Tom sortit le saluer. À l'évidence, il fréquentait régulièrement ce garage. Il avait dû dire quelque chose sur Catherine, car l'homme s'approcha de la vitre et se pencha pour la regarder.

« Catherine King, dit-il en lui tendant la main. La fille de M. King. Vous ne vous souvenez pas de moi ? »

Sa paume était moite ; Catherine résista à la tentation de s'essuyer après lui avoir serré la main. « Vous veniez chercher du kérosène quand je travaillais près de la voie ferrée. Vous et votre amie noire, toujours ensemble. Il eut un rire âpre et râpeux. Je vous ai prise pour un garçon la première fois que je vous ai vue. Avec votre négrillonne. Laissez-moi vous regarder. Donc vous êtes revenue.

– Juste en visite. Catherine chercha Tom des yeux, mais il était allé chercher un bidon d'huile à l'intérieur du garage.

– La dernière fois que j'ai vu votre père… Il se gratta la tête. C'était avant la guerre. Il est passé ici en voiture et n'est jamais revenu. Ça, quel dommage. » Il secoua la tête. Catherine se souvenait de lui maintenant. C'était l'homme qui avait battu presque à mort un de ses employés parce qu'il avait mis du diesel, et non de l'essence, dans la voiture d'un client.

« Alors, comment elle roule ? demanda-t-il en se tournant vers Tom qui revenait. Il passa une main sur le capot. Ça se voit qu'elle vient de la côte. Faites attention à ces taches de rouille. Gardez-la par ici, dans le haut veld, et il n'y aura pas de problème. »

Tom remplit d'essence un bidon qu'il avait dans le coffre.

Quand ils reprirent la route, Catherine se retourna. L'homme les regardait s'éloigner en faisant un signe de la main.

*

À l'heure du déjeuner, Maria quitta la maison et se mit en chemin vers la rivière. En approchant de l'étang, elle entendit un avion au-dessus de sa tête. Elle plissa les yeux pour regarder l'insecte géant. Ils étaient là-haut tous les deux. Elle n'était qu'une minuscule tête d'épingle, une fourmi sur le sol. Elle agita les bras en l'air. L'avion vira et décrivit un cercle audessus de l'église.

*

Catherine regarda la terre, repéra l'église en tôle et, pour la première fois, vit une grande croix blanche peinte sur le toit. Tom prit un virage et descendit audessus de Hebron.

Il revenait en arrière, décrivait des cercles. Elle voulait montrer ça à Maria. Elle voulait apprendre à piloter un avion pour ne dépendre de personne. Tom avait raison – d'une manière ou d'une autre, il l'avait deviné : elle avait toujours adoré voler. Même quand elle était à terre.

« Qu'est-ce que tu fais ?
– Je regarde les avions, Lilly. »
Elle est allongée sur le dos dans les dunes, au milieu des touffes d'herbe, et regarde les appareils qui volent dans le ciel.
« La guerre – j'adore ça, murmure-t-elle.
– Rentre, c'est dangereux, avec les bombes. »
Je préfère courir ce risque plutôt que rester enfermée avec toi, pense-t-elle. « La guerre est la meilleure chose qui me soit arrivée depuis que j'ai quitté la ferme. La meilleure ! Elle crie dans le vent.
– Comment peux-tu dire une chose pareille, Catherine ?
– C'est la vérité. Ça m'aide à me sentir vivante. Je vais apprendre à voler. Je veux monter là-haut. Je veux disparaître. »

Elle regarda de nouveau le sol et vit deux cavaliers qui galopaient dans le veld. Tom fit encore une fois le tour de l'église. Ils étaient maintenant au-dessus de l'étang. Catherine aperçut une silhouette dans les roseaux au bord de l'eau.

Un instant, elle crut que c'était Mme Fyncham, qu'elle regardait passer l'avion sans se douter que quelqu'un était là-haut avec son mari. Elle se sentit glacée : Mme Fyncham était de retour. En rentrant, ils la trouveraient en train d'attendre Tom à la maison.

Alors la silhouette s'avança en plein soleil et Catherine reconnut l'orange de la jupe de Maria.

*

Quand ils rentrèrent à Hebron, Tom descendit à l'écurie et Catherine se mit en quête de Maria. Elle voulait lui apprendre la bonne nouvelle – Tom avait dit qu'elle pouvait rester aussi longtemps qu'elle le voulait. Elle allait donner un coup de main à l'école. Elle allait apprendre à voler, emmener Maria là-haut et lui montrer le toit de l'église. Mais Maria n'était pas dans la maison.

À son retour, Tom l'emmena dans la pièce que sa mère utilisait autrefois pour les leçons. On avait enlevé tout le mobilier, à l'exception d'un bureau et des étagères sur le mur.

« Vous pourriez vous installer ici pour peindre. La lumière est bonne. Il ouvrit les fenêtres.

– Cette pièce sent encore les abeilles. Elle se pencha pour renifler le bois des étagères. Vous saviez qu'il y avait une ruche sous le plancher ?

– Non. Il y a beaucoup de choses que je ne sais pas. Je vais demander à Maria de nettoyer la pièce. Elle est nulle en ménage, vous savez. Elle lit toute la journée. Elle a lu presque tous les livres de la bibliothèque.

– Je lui ai appris à lire. Et à parler si bien l'anglais.

– Donc c'est de votre faute.

– Quoi ?

– Si elle n'arrive pas à s'adapter.

– Qu'est-ce que vous voulez dire ?

– Juste ça. »

Catherine se détourna. Qu'est-ce qu'il savait de ces choses-là ? Il paraissait distrait et regardait dehors vers l'allée. Il ne savait rien. Il ne comprenait pas.

« On prenait nos leçons ici. Elle fit courir ses doigts sur le bureau, les couvrant de poussière.

– Et qu'est-ce que vous appreniez ? » Il regardait toujours par la fenêtre. Son ton avait changé, la légèreté s'était enfuie d'un coup. Elle n'arrivait pas à deviner si la question l'intéressait vraiment ou s'il se moquait d'elle.

« Toutes sortes de choses. Elle se tourna vers lui. Les bonnes manières.

– Alors vous n'avez rien appris. » Bon, il plaisantait. Avec lui, c'était comme avec ces nuages qui passent devant le soleil : l'atmosphère était froide une seconde, puis chaleureuse et rassurante, puis un autre nuage arrivait. « Parfois, il vaut mieux ne pas connaître la vérité. On ne peut pas revenir en arrière. On ne peut qu'aller de l'avant.

– Je ne crois pas. Au bout du compte, il vaut mieux savoir. »

Quand il reprit la parole, ce fut pour lâcher abruptement : « Mes hommes m'attendent, je dois partir. À plus tard. »

Catherine le regarda s'éloigner depuis la fenêtre. Elle se dit qu'il allait se retourner pour voir si elle le regardait, mais il n'en fit rien. Elle suivit du doigt les lettres qu'elles avaient gravées sur le bureau avec un canif – celui que son père lui avait offert pour ses huit ans.

« Écris ton nom, Maria.

– Je sais pas écrire.

– Comment ça ? Tout le monde peut écrire. Regarde, je vais te montrer.

– Pas avec un couteau. Pas sur la table.

– Je dirai que c'est moi. Et maintenant, essaie. Essaie avec la craie sur l'ardoise. Écris : Maria aime Philemon. Elle veut l'embrasser dans l'écurie et lui faire des enfants.

– Non.

– Allez, écris. »

Elle avait perdu le canif lors d'une de leurs promenades le long de la rivière. À présent le soleil déclinait, et Maria n'était toujours pas rentrée. Elle alla chercher un chiffon et un pot d'encaustique dans la cuisine, s'agenouilla sur le sol de son futur atelier de peinture et se mit à cirer le bois, par mouvements circulaires, jusqu'à ce qu'il reluise. Tom dirait que ce n'était pas à elle de faire le ménage, que c'était le boulot de Maria.

Elle ne devrait pas se fier à lui quand il disait qu'elle pouvait rester. Elle ne devrait pas se laisser avoir. Il allait lui demander de partir. À son retour, il aurait changé d'avis.

Mais quand il rentra, en fin de journée, il chantonnait un des airs de jazz qu'elle avait entendus à la radio.

Il avait déchiré sa chemise pour se bander la main : il s'était coupé sur des barbelés pendant qu'ils construisaient une clôture dans le champ près du vieux magasin. Le sang filtrait à travers le tissu. Catherine lui demanda s'il avait besoin de points de suture et offrit de le conduire en ville. « Ce n'est pas si méchant que ça en a l'air. J'ai connu pire. Avant, je me battais pour gagner ma vie. » Il plaisantait, mais elle mit une seconde à s'en apercevoir. « Ce que j'aimerais, c'est une cigarette. J'ai fini les miennes. »

Elle alla chercher son paquet dans sa chambre. Quand elle revint, il avait mis un disque et préparait des cocktails. Il s'interrompit pour lui sourire et tout son visage se détendit. « J'adore cet endroit. Je ne savais pas que je l'aimerais autant. Aujourd'hui, je ne voudrais plus rien faire d'autre de ma vie. »

Elle lui prit un citron et commença à le couper en rondelles. Elle se concentrait pour trancher le plus fin possible – se concentrait sur sa respiration.

« Je vais vous apprendre à faire le daiquiri », dit-il en s'emparant des rondelles.

Elle commençait à se détendre. « J'imagine que vous avez aussi travaillé dans un bar ? Boxeur professionnel et barman ?

– J'ai travaillé dans un bar, creusé pour trouver de l'or, exploré des territoires inconnus, lutté avec des crocodiles. »

Il ne lui livrerait rien.

Il ajouta les rondelles de citron et de la glace dans leurs verres.

« Pas de petites ombrelles, désolé.

– On fera semblant, d'accord ?

– J'ai l'impression qu'on va devoir se faire à manger tout seuls, ce soir. Vous savez cuisiner ?

– Maria sera de retour avant la nuit. Mais Catherine n'en était pas si certaine. Elle commençait à s'inquiéter. Elle n'avait pas vu son amie de la journée.

– Vous semblez bien sûre de vous. Mais j'oublie toujours que vous vous connaissez depuis si longtemps. Il y avait dans sa voix quelque chose de mordant – ce ton de moquerie bienveillante qui la troublait.

– Les gens changent.

– Vous avez changé ? C'était un défi.

Elle le regarda droit dans les yeux.

– Non, pas vraiment. Je crois que je veux toujours la même chose.

– Et qu'est-ce que vous voulez ? » Il remua son cocktail avec son doigt. Il flirtait avec elle : elle le savait et elle aimait ça. Elle ne pouvait pas s'en empêcher.

Elle détourna le regard. Il savait bien ce qu'elle voulait – c'était ce qu'il avait.

En relevant les yeux, elle ne vit sur son visage ni triomphe ni autosatisfaction, comme elle s'y attendait, mais une expression tout autre. Son père avait la même le jour où elle lui avait demandé si Maria pouvait venir vivre avec eux dans la maison – il avait répondu que non et n'avait pas su lui donner de raison.

« Je meurs de faim », déclara-t-elle en se levant. Leur échange devenait trop intense, et l'intensité ne lui réussissait pas – elle la faisait paniquer.

« Aucun problème. Il semblait soulagé qu'elle ait changé de sujet. Je vais préparer en vitesse un bœuf Stroganoff et des meringues pour le dessert.

– Chef cuisinier, en plus ? »

Il se mit à rire.

*

En rentrant de l'église par le sentier qui descendait la colline, Maria chantait toute seule dans la lumière du soir. Une de ces chansons idiotes qu'on rythme en frappant dans ses mains.

Près des buissons de ronces
Au bord de la mer
Boum boum boum
Le grand amour pour toi mon bien-aimé
Le grand amour pour moi
Quand on sera mariés
On aura des enfants
Et on vivra heureux.
Dis, dis mon ami
Viens jouer avec moi…

Maria n'était jamais allée à la mer, contrairement à Katie.

« Elle est toujours aussi jolie? lui avait demandé sa mère. Quelle belle enfant. Quels cheveux magnifiques.

– Des cheveux de Blanc, maman – tu dis toujours ça. Tu penses que la vendeuse du magasin a de beaux cheveux juste parce qu'ils sont longs et raides. Mais ils sont toujours gras, on pourrait faire frire un œuf dessus.

– Mais Katie a de beaux cheveux.

– Oui.

– Je les lui brossais. Il faut qu'elle vienne me voir. Promets-moi de l'amener. Elle est mariée ? Il est temps que tu te maries. Bientôt tu seras trop vieille. Personne ne voudra de toi. »

Elle avait ses livres. Elle avait la glace aux pôles et la jungle entre les deux. Mais cet après-midi, quand elle avait essayé de lire dans le silence de l'église, elle n'avait fait que penser à Catherine et à Tom. Elle avait tant voulu que Catherine revienne, et maintenant elle se sentait perdue. Elle ne les avait pas croisés de la journée.

En arrivant à la barrière, elle les vit assis sur la véranda dans une bulle de lumière. Elle resta dans l'ombre. Ils étaient en train de dîner. Tom rentra dans la maison et Catherine se leva. Elle regardait la crête. Maria savait qu'elle cherchait à voir si l'église était éclairée, si quelqu'un se trouvait là-haut dans la nuit.

« Qu'est-ce que vous allez peindre ? Maintenant que vous avez un endroit pour ça. Tom revenait avec le café.

– Je ne sais pas. La rivière. Maria, si elle veut bien se tenir tranquille.

– Elle m'a dit que vous jouiez du piano.

– Qu'est-ce qu'elle vous a dit d'autre ? »

La lune s'était levée au-dessus de la crête.

Elle vous a dit ce qu'on avait fait dans l'église ? Qu'on avait fait un vœu ?

Mais il ne répondit pas. Maria était sortie de l'ombre et venait vers eux.

« Tiens, regardez qui est là. » Il y avait dans la voix de Tom une pointe de sarcasme qui déplut à Catherine.

« Ma mère était malade, dit Maria sans regarder Catherine.

– Elle n'a pas d'excuses à faire. Catherine se leva et se dirigea vers son amie, qui s'était arrêtée près de la porte. Il reste des choses à manger. Je vais te les réchauffer.

– Je suis sûr qu'elle peut s'en occuper elle-même, dit Tom.

– On a fini de toute manière. Je viens avec toi, Maria. » Et elle suivit Maria dans la cuisine.

« Est-ce que ta mère est très malade ? demanda-t-elle en lui servant de la viande et des pommes de terre.

– Elle a la tuberculose. Certains jours, elle se sent moins bien que d'autres. Elle a demandé de tes nouvelles.

– Tu m'emmèneras la voir ? On ira ensemble.

– Oui.

Catherine s'assit sur la table. Il y avait un malaise entre elles. Maria n'avait pas envie de parler.

– Je suis désolée de ne pas t'avoir vue aujourd'hui. On est partis tôt. Il m'a emmenée voler. Je vais rester ici. Tom, M. Fyncham, m'a demandé de donner un coup de main à l'école. J'habiterai la maison.

– Et…

– Je ne sais pas. Elle est partie. L'important, c'est que je puisse rester. Catherine empoigna la bouteille de vin qu'ils avaient entamée au dîner. Buvons un coup pour fêter ça. Elle leur servit deux verres, puis reprit : Il va falloir que je fasse deux ou trois choses avec lui si je reste. Comme aujourd'hui. Je vais apprendre à voler, je t'emmènerai là-haut dès que je le pourrai. Tu savais qu'il y avait une croix peinte sur le toit de l'église ?

Maria secoua la tête.

– Je t'ai vue près de l'étang.

Cette fois, Maria leva les yeux vers elle.

– Je t'ai vue aussi. L'avion bourdonnait comme un insecte dans le ciel.

– Tu te souviens quand on a attrapé cette sauterelle et qu'on a fait peur à Lilly ? »

Elle avait réussi à faire sourire son amie.

Quand elle retourna sur la véranda, Tom était rentré dans sa chambre. Qu'est-ce qu'il faisait ? Est-ce qu'il lisait ? Étudiait ses cartes ? Écrivait ? Il ne le lui dirait pas. Elle s'allongea sur son lit et écouta. Elle pensait à des choses agréables. À Maria, à ce qu'elles avaient fait ensemble. Ça lui donnait un sentiment de sécurité.

Des scarabées de Noël. Quand on les attrape, on peut les faire chanter en les pinçant entre ses doigts.

La maison est si calme ; ça fait ressortir les bruits du dehors. J'entends les souris qui jouent au football dans les combles. Elles courent dans tous les sens. Un but, deux buts. Une danse : un, deux, cha cha cha. Vous aimez le jazz ? Vous voulez apprendre à voler ? Qu'est-ce que vous voulez ?

Mes doigts sont pâles dans l'obscurité.

« Maria, arrête de gigoter.

*– Maman sait pas que je suis ici. Elle croit que je dors dans le pondok**.*

– Pourquoi tu dis pondok ?

– C'est un pondok. Y a pas de vrais lits et pas d'eau du robinet.

– Tiens-toi tranquille.

– Et si ta mère vient te voir au milieu de la nuit ? Katie, tu m'entends ?

– Elle ne viendra pas. Elle prend des pilules pour dormir. Allons à l'église demain quand il fera nuit.

– Pourquoi ?

– Tu sais pourquoi.

– J'arrive pas à dormir.

– Compte les moutons, ça t'aidera.

– Dorper ou mérinos ?

– Pourquoi tu demandes toujours ça ? Qu'est-ce que ça peut faire, Maria ?

– Et s'ils courent à l'envers ? Ou s'ils courent trop vite ?

– Dodo, dodo dodo dodo… »

Catherine se leva et retourna dans le salon. Il y avait une nouvelle bouteille de whisky sur l'étagère. Elle se demanda si Tom l'avait laissée pour elle, s'il était allé se promener dans la nuit et comptait revenir lui parler. Mais, quand elle sortit, ce n'était pas lui qui était assis sur le muret de la véranda : c'était Maria. Elle lisait à la lueur d'une torche électrique.

Catherine jeta un coup d'œil par-dessus son épaule. « Ton livre est à l'envers, observa-t-elle.

– Je n'arrive pas à dormir.

– Ça fait deux insomniaques.

– Insomniaques ?

– Les gens qui n'arrivent pas à dormir.

– Comme les zombies. » Maria ne pouvait lui dire à quel point c'était vrai : que, la nuit, elle était comme un zombie ; qu'elle voyait des choses qui la terrifiaient.

« Tu veux du whisky ? Catherine s'assit à côté de son amie. Il te manque ?

– Qui ?

– L'homme dont tu étais amoureuse.

– Ça fait longtemps. J'oublie.

– Je suis venue chercher du papier. Je vais écrire à Lilly que je suis toujours en vie et dire à Hesketh que je suis désolée, mais que je ne rentre pas en Angleterre.

– Hesketh, c'était ton petit ami ?

– Oui. Mon fiancé, un temps. Elle frémit – quelqu'un dansait sur sa tombe. Je l'appelais l'homme-crayon. Il avait l'habitude d'aligner ses crayons, tous pointés dans la même direction. Il faisait bouillir ses œufs quatre minutes pile le matin et, le soir, il mettait une couverture sur ses jambes. Il était ridicule, en fait. Je ne sais pas pourquoi je suis restée si longtemps.

– Et qu'est-ce qu'il fait maintenant ?

Catherine ne répondit pas.

– M. Fyncham a du papier dans son bureau », dit Maria en fermant son livre.

Catherine alla dans le bureau et alluma la lumière. Demain matin, elle dirait à Tom qu'elle lui avait pris du papier. Sur la table, elle trouva son écritoire en cuir. Il restait une ou deux pages de papier à lettres : elle hésita, puis les détacha du bloc.

Elle ne remit pas tout de suite l'écritoire à sa place, comme elle aurait dû le faire, mais commença à fouiller dedans. Mlle Berry, l'Anglaise qui avait été leur préceptrice à Hebron, lui avait raconté une histoire édifiante où Mlle Touche-à-Tout finissait les doigts coupés.

Elle comprit qu'elle cherchait un objet personnel, un indice qui l'aiderait à déchiffrer Tom. Une photo de sa femme, de sa famille ou de l'endroit d'où il venait. Il y a forcément quelque chose, se dit-elle. Mais il n'y avait rien. Rien, jusqu'au moment où elle reposa l'écritoire et vit le bord blanc d'une photo qui dépassait d'un livre sur l'élevage. Elle prit la photo et l'approcha de ses yeux, mais ce n'était pas la femme de Tom, ni sa famille, ni personne d'autre.

Elle l'examina et sentit une pierre lui tomber sur l'estomac. Ça faisait si longtemps – mais elle savait ce que c'était, elle en était sûre.

Maria était allongée sur le dos et regardait l'avant-toit. Catherine lui mit la photo devant les yeux.

« Regarde ça. Dis-moi ce que c'est, à ton avis. »

Maria s'assit et braqua sa torche sur la photo. Au bout d'un moment, elle dit : « C'est un rocher dans l'eau.

– Oui. Mais où ?

Maria se pencha de nouveau et fit courir ses doigts sur l'image en noir et blanc.

– C'est l'étang de Hebron. C'est une des photos de ta mère.

– Je l'ai trouvée dans son écritoire.

– Il l'a sans doute ramassée quelque part dans la maison. Il y a plein de choses qui traînent. Elles restèrent silencieuses un moment, puis Maria reprit : Qu'est-ce que tu vas faire ?

– La remettre où je l'ai trouvée. »

Mais elle ne bougea pas de l'endroit où elle s'était assise. Les deux femmes commençaient à avoir froid ; pourtant, elles restèrent longtemps l'une près de l'autre dans l'obscurité. Maria cherchait un moyen de détourner les pensées de Catherine.

« Tu vas voler demain ? Il fallait la faire parler.

– Non. Et il est tard. Catherine se leva. Je devrais dormir. Je me lève tôt demain pour descendre à l'école voir le maître. Ça va me faire du bien de travailler... Et j'ai déjà enseigné.

– Tu m'as appris à parler anglais comme la reine, dit Maria en riant. Elle prit la main de son amie. Ses doigts étaient froids.

– Ce n'est pas moi. Catherine secoua la tête. Tu voulais apprendre. Pourquoi tu ne viendrais pas aussi faire la classe ?

Maria secoua la tête à son tour.

– Ils me rendent folle, ces gamins. »

*

Après s'être recouchée, Maria pensa à Catherine perchée sur le surplomb au-dessus de l'étang. Prête à sauter.

Elle voit un nom sur la feuille de papier posée devant Isobel dans la pièce obscure. Le nom de Catherine.

VI

Ça faisait quatre semaines que Catherine King était de retour à Hebron. Hendrik avait barré les jours sur un calendrier. Dix orages, dix visites à l'église en tôle, et il ne l'avait toujours pas rencontrée. En se promenant à cheval, il avait entendu l'avion de M. Fyncham et eu la certitude qu'elle était là-haut avec lui. Un autre jour, en passant sur la route pour aller en ville avec sa mère, il l'avait aperçue devant l'école de la ferme. Elle était pieds nus dans la terre, entourée de visages noirs. Ils faisaient un jardin.

Il l'avait revue un après-midi où il était à l'église. Elle se baignait dans l'étang avec son amie indigène. Ce soir-là, il avait poussé jusqu'à la maison et, depuis la barrière, avait observé Catherine et M. Fyncham qui jouaient aux échecs dehors, à la lueur d'une lampe.

Deux soirs plus tard, alors qu'il montait à l'église, il avait vu la bonne indigène marcher seule dans le veld. À sa sortie de l'église, elle était assise sur une tombe, enveloppée dans une couverture. Elle se sentait seule ; il le savait parce qu'il se sentait seul lui aussi. Son amie était revenue, mais passait de plus en plus de temps avec M. Fyncham. Il s'interposait entre elles. Tout comme il s'interposait entre Hendrik et Catherine.

Dans l'église, il y avait des soupirs et de la rogne et de l'agitation. Un soir, Hendrik avait trouvé le vase de fleurs renversé et les pages d'un livre de cantiques déchirées.

Sa mère lui criait d'apporter une autre tasse de la cuisine. Elle avait invité les dames du district à prendre le café et des gâteaux, et l'avait appelé à la rescousse parce qu'elle ne s'en sortait pas. Son père était en ville.

Le café signifiait une chose : des cancans. Et cette fois, il y avait un sujet sur lequel cancaner. Hendrik vit toutes les têtes se pencher sur la table basse, comme s'il s'y était produit un accident. Les dames chuchotaient. « Elle est revenue.

– Qui ?

– La fille de M. King.

– Je l'ai vue rentrer à la ferme en voiture. Je ne savais pas qui c'était. Maintenant je sais, bien sûr. Je croyais qu'elle était perdue et je lui ai dit vous êtes perdue. Non, elle a répondu. Je vais à Hebron. Je me suis présentée. J'ai pensé que c'était poli. Et alors elle m'a dit son nom. Catherine King. J'ai dit pas la fille de M. King… Et elle a répondu si. Et vous savez ce qu'elle a dit ensuite ?

Tout le monde se pencha de nouveau.

– Quoi ? Qu'est-ce qu'elle a dit ?

– Elle a dit : je suis rentrée à la maison.

Nettie de Vries se laissa aller dans son siège, triomphante.

– Elle ne savait pas, pour M. et Mme Fyncham ?

– Mme Fyncham est partie. Ça fait deux mois que je ne l'ai pas vue. La dernière fois, c'était chez le pharmacien, en ville. Elle achetait des médicaments. Vous savez, j'ai pensé…

– J'ai vu M. Fyncham en ville une ou deux fois. Un bel homme – comme dans les films.

– Trop beau.
– Je me méfie des hommes trop beaux.
– En tout cas, le jour où j'ai rencontré Mlle King, quand je suis repassée sur la route, sa voiture était toujours là, mais pas elle.
– Où était-elle ?
– Je crois qu'elle était montée à l'église indigène. Je n'ose même pas imaginer ce que ces gens font là-haut. Il paraît que l'église est *getoor**.
– Elle est à la ferme en ce moment. Elle vit dans la maison. Elle a emménagé, comme si elle n'était jamais partie. Je préfère ne pas savoir ce qui se passe dans cette maison. Ce n'est pas bien, avec un homme marié.
– Elle a surgi de nulle part.
– Et qu'est-ce qui est arrivé à la femme ? Ça n'a pas trop l'air de le troubler, vous savez. C'était si brutal. La manière dont elle a disparu.
– Je n'aimerais pas être là quand elle rentrera, dit Nettie d'un ton rogue.
– Si elle rentre un jour.
– Qu'est-ce que vous voulez dire ?
– Eh bien…
Il y eut un silence, mais de courte durée.
– Il n'y a que la bonne indigène avec eux. Si on l'avait au téléphone, on jurerait qu'elle est blanche. C'est anormal – comme ces ventriloques qu'on voit au cirque. »
Nettie se pencha pour prendre un autre scone.

Hendrik aurait voulu les faire taire. Elles ne savaient rien de Catherine, et voilà qu'elles se jetaient sur elle comme des vautours qui dépècent un cadavre. Il se sentait oppressé.
« Et Ina les a vues au bord de la rivière… en train de rire.

– Où était-elle pendant tout ce temps – la fille King ?

– La mère les avait emmenées. Le père s'est fait prendre en plein adultère avec une autre femme. Il a quitté la ferme, on ne l'a jamais revu. »

Hendrik regardait leurs visages : ils étaient flous. Il voyait leurs paroles teinter l'air d'un brun sale, l'embrumer, l'alourdir. Il alla ouvrir la fenêtre et, dos tourné aux dames, regarda les étendues d'herbe et les collines qui moutonnaient jusqu'à la crête. Il aspira à pleins poumons, tentant de faire abstraction de leurs voix.

« Hier, je suis passée en voiture près du magasin de Hebron. Elle était devant l'école avec les négrillons. Pieds nus. Elle essaie de leur apprendre des choses. Ça ne sert à rien. Quelqu'un devrait lui dire. Ça ne lui causera que des ennuis et elle s'en repentira. Il faut garder ses distances avec ces gens-là. À la prochaine occasion, ils seront dans la maison et emporteront tout avec eux. »

« Qu'est-ce qu'il y a, Hendrik ? demanda sa mère en levant les yeux.

– Je dois sortir.

Elle lui prit le bras sur son passage.

– Mais tu n'as pas bu ton café. Qu'est-ce qui ne va pas ? » Elle le suivit des yeux tandis qu'il quittait la pièce.

Hendrik entendit Nettie de Vries : « Il est devenu si beau garçon. Tu dois être fière de lui. »

Il alla prendre deux bouteilles de bière dans le garde-manger, les mit dans son sac, puis s'élança dans la cour et se mit à courir sur le sentier en direction des *koppies*. Ses pieds martelaient le sol. Il écoutait sa respiration – inspire, expire. Il sentait la chaleur sur sa tête et la sueur qui lui collait au corps.

Il fredonna un air pour se débarrasser de leurs voix. La terre était tiède sous ses pieds. Arrivé au bas de la *koppie*, il s'allongea sous un arbre, ouvrit une bouteille et fit couler la bière dans son gosier. Les voix commençaient à se dissiper. Catherine devait avoir terminé l'école. Elle arrêtait à l'heure du déjeuner. Elle était sans doute à la maison ou à la rivière. Il allait monter à l'église et regarder l'étang depuis le bosquet d'acacias ; si elle levait la tête, il la saluerait et ils feraient connaissance.

Il alluma une cigarette et resta allongé à penser à Catherine. S'il parvenait à fendre cet air lourd et suffocant pour pénétrer dans son monde, il était sûr qu'il pourrait respirer librement.

Il ne savait pas depuis combien de temps il entendait leurs voix. Quand il se dressa sur son séant, ils étaient déjà tout près, de l'autre côté des rochers. Il se réfugia dans l'ombre de l'arbre. Ils s'étaient arrêtés derrière un gros bloc de pierre et il fit quelques pas de façon à les entendre. Il n'avait jamais été aussi proche d'elle.

Catherine éclata de rire. M. Fyncham avait dû dire quelque chose de drôle.

Hendrik fit lentement le tour du rocher et s'arrêta à un endroit d'où il pouvait les voir sans être vu. Ils étaient assis dos à la roche, à quelque distance l'un de l'autre. Elle avait les cheveux mouillés. Elle cueillit un brin d'herbe et commença à le mâchonner. Sa peau, dorée par le soleil, n'avait plus cette pâleur qui l'avait frappé le premier jour, quand il l'avait aperçue devant l'église. Il vit qu'elle avait l'air heureuse et il en eut le cœur serré.

M. Fyncham épluchait une mangue avec son couteau de poche. Il en tendit un morceau à Catherine – le porta, en fait, à sa bouche, mais elle le prit avec ses doigts. Elle ne voulait pas qu'il la touche, pensa Hendrik.

« Dites-moi ce que vous aimez, demanda M. Fyncham.

– Comment ça ? Elle était gênée, Hendrik le voyait. Mais quand elle se tourna vers M. Fyncham, souriante, il reconnut la petite fille de la photo dans l'église.

– Les choses qui vous plaisent. Ça ne doit pas être bien difficile, insista-t-il. Il la fixait. Le regard de Catherine se perdit dans le veld.

– Allez.

– Et pourquoi devrais-je vous le dire ? Vous ne répondez jamais à mes questions, pas directement. Pourquoi tant de secret, M. Fyncham ? Mais elle riait.

– OK, je vais vous dire ce que j'aime. J'aime être ici. Avec vous.

Il lui tendit un autre morceau de mangue et elle le prit.

– Et ?

– Ça me suffit. Et j'aime les mangues. »

Hendrik vit le visage de Catherine s'éclairer.

Il lui aurait posé d'autres questions. Des petites et des grandes. Il voulait tout savoir sur elle ; il connaissait déjà certaines des réponses.

Quelle est votre couleur préférée ?

Qu'est-ce qui vous fait peur ?

Qu'aimez-vous par-dessus tout ?

Il l'avait vue tournoyer sur elle-même dans le veld, encore et encore, jusqu'au vertige. Il l'avait vue courir dans l'herbe, se baigner et s'allonger langoureusement sur un rocher, le regard tourné vers l'église.

« J'aime aussi voler… À présent, M. Fyncham levait les yeux vers Catherine. Elle se tenait devant lui et lui tendait la main pour le mettre debout.

– Pourquoi vous aimez tant ça ? demanda-t-elle en l'aidant à se lever.

– Parce que, là-haut, je peux tout oublier. Il garda sa main dans la sienne.

– Et qu'est-ce que vous cherchez à oublier ?

– Vous ne lâchez donc jamais prise ? Qu'est-ce que vous voulez de moi ?

– Votre corps. Vous n'aviez pas deviné ? Sur ce, elle se détourna et se mit à courir sur le sentier. Il partit à sa poursuite.

– Le premier arrivé au sommet ! » cria-t-il en escaladant les rochers. Il l'avait presque rattrapée.

Hendrik les suivit des yeux jusqu'à ce qu'ils disparaissent.

Quand il rentra, sa mère l'attendait.

« Où étais-tu ? J'étais si inquiète.

– Je suis allé me promener.

– J'ai la migraine. Elle s'affaissa dans un fauteuil.

– Je vais aller te chercher de l'eau. »

Une mouche s'était laissé enfermer dans la cuisine et bourdonnait contre la moustiquaire. Hendrik ouvrit la fenêtre pour la libérer.

« Hendrik ?

– J'arrive, maman. »

Il lui tendit son verre d'eau et s'assit à côté d'elle. Elle se mit à boire à petites gorgées.

« Ça va mieux. » Elle sourit à son fils et il se sentit triste.

Hendrik possédait une photo de sa mère à l'âge de vingt-quatre ans. Il l'avait accrochée dans son placard. Elle était jeune, souriante et jolie dans sa robe d'été.

Quelque chose lui était arrivé depuis ; il ne savait pas quoi. Il se rappelait sa mère courant derrière lui dans l'herbe haute de l'hiver, imitant le chant des oiseaux, le faisant rire.

« Tu es un bon garçon, Hendrik. Je devrais dire jeune homme. Dix-sept ans, c'est si grand. Elle lui tapota le genou. Je ne sais pas ce que je ferais sans toi. Tu n'iras pas trop loin l'an prochain, n'est-ce pas ? Tu sais que tu peux rester à la ferme, ton père serait bien content d'avoir de l'aide. Elle lui sourit. Mais c'est toi qui dois décider. Tu dois faire ce qu'il te plaît. Je veux juste te voir heureux, tu sais ? » Sa voix se perdit.

« Je le serai, maman, bientôt. Il se leva. Je suis fatigué, je vais m'allonger.

– Moi aussi, je suis fatiguée. J'ai été très fatiguée toute la journée. » Elle soupira.

Hendrik se mit au lit et fixa le plafond. Il dut dormir des heures. Quand il se réveilla, il faisait nuit ; son père ronflait et sa mère déambulait dans la maison.

*

Catherine peignait.

Elle avait trébuché sur les pierres du sentier en montant à l'église et Tom l'avait attrapée par la taille pour la retenir. Elle avait senti sa poitrine contre son dos. Puis il l'avait relâchée. Elle l'avait dans la tête maintenant. Il s'y était logé et refusait d'en sortir. Elle n'avait pas voulu ça. Il avait une femme, il avait la ferme, et elle ne savait à peu près rien de lui ; mais elle voulait qu'il la touche encore.

Elle fit gicler un peu de peinture noire sur la palette. Le ciel aurait dû être plus sombre et la lune plus brillante sur le fond bleu. Elle n'arrivait pas à trouver les tons justes.

Elle sentit quelque chose remuer et le plancher grinça. Elle leva les yeux. Maria se tenait dans l'encadrement de la porte.

« Qu'est-ce qui se passe ? Elle voyait à son visage que quelque chose n'allait pas.

– J'ai fait à manger, mais tu n'es pas rentrée. On devait aller voir ma mère après le déjeuner.

– Mon Dieu. Elle posa son pinceau et s'approcha de Maria. Après la classe, je suis allée me baigner dans l'étang, j'avais chaud. Et puis Tom m'a rejointe. On était là-bas. Je suis désolée. Tu aurais dû venir me chercher.

– C'est ce que j'ai fait.

– Pourquoi tu ne m'as pas appelée ? J'étais près de l'étang.

– Je ne voulais pas vous interrompre.

– C'est ridicule. C'est ridicule et tu le sais. Elles avaient passé des après-midi entiers ensemble. Qu'était-elle censée faire, ignorer Tom complètement ? Et si tu dînais avec nous ce soir ? » proposa-t-elle.

Maria astiquait le bord de l'étagère avec sa jupe. Catherine interpréta son silence comme un oui.

Quand Tom rentra ce soir-là, elle vit bien que cela le contrariait que Maria dîne avec eux. Il ne dit pas un mot du repas, et Maria l'imita. Dès qu'elle eut quitté la pièce, il lança : « Vous voyez. Elle est mal à l'aise à table avec nous.

– Non. Elle essaie de me culpabiliser. Je vais arranger les choses.

– D'un coup, comme ça ? Son ton était cassant. C'est si facile ?

– Mais qu'est-ce qui vous prend ? Elle se leva.

– Rien. Je suis fatigué. Je vais lire. » Il refusait de la regarder.

À ce moment, le téléphone se mit à sonner. Ils l'écoutèrent tous les deux. C'était la sonnerie pour

Hebron[1] : deux appels courts, un long; deux courts, un long. Catherine se leva pour aller répondre, mais Tom l'arrêta en lui prenant le poignet. Elle n'avait encore jamais décroché. Tom disait qu'il valait mieux qu'elle s'abstienne, et elle ne discutait pas, car elle savait qu'il avait sans doute raison. Mais elle avait écrit à Lilly, et c'était peut-être elle. Et même si *c'était* Isobel ? Il fallait bien qu'elle sache un jour.

« N'y allez pas. Il l'avait serrée si fort qu'elle avait une trace rouge sur le poignet.

– Pourquoi ? C'est peut-être pour moi. C'est peut-être Lilly.

– Je vais voir. »

Elle le laissa faire.

Le correspondant avait dû raccrocher – Catherine entendit Tom dire : « Allô ? Allô ? Qui est à l'appareil ? »

« Qui c'était ? demanda-t-elle quand il revint.

– Ça a raccroché.

– Il n'y a pas eu de allô, rien ?

– J'ai dit ça a raccroché. »

Il était déjà dehors. Catherine sortit à son tour, mais il avait disparu dans la nuit.

Maria se tenait derrière elle.

« Qu'est-ce qu'il y a ?

– Il est parti.

– C'était Isobel ?

– Je ne sais pas. Sans doute. Parfois le téléphone sonne tard le soir et il parle à quelqu'un. Il ne veut pas que je réponde. Il ne veut pas qu'elle sache que je suis ici. Il ne l'a jamais dit, mais je le sais. »

1. Les lignes téléphoniques pouvaient à l'époque être partagées entre plusieurs fermes, avec une sonnerie spécifique pour chacune.

Maria ne pouvait pas lui parler de cette pièce obscure qu'elle avait vue dans son sommeil, de Tom qui regardait la lumière par la fenêtre, d'Isobel qui lui touchait le bras pour le ramener vers elle.

« Qu'est-ce que tu vas faire ?

– Qu'est-ce que je peux faire ? Boire un whisky, ou deux, ou quatre. Tu m'accompagnes ? » Elle leur versa un verre à chacun.

Maria allait la distraire de Tom. Ce ne serait pas la première fois qu'elle le faisait.

« Mettons de la musique. J'ai un disque. » Et elle alla chercher Edmundo Ros et son orchestre.

Elles étaient rien que toutes les deux. Elles pouvaient danser. Catherine se récria en voyant le visage rayonnant d'Edmundo Ros sur la pochette. « Je connais ce disque. Je dansais là-dessus pendant la guerre. Tiens, je vais te montrer les pas. La rumba, la samba. » Elle prit Maria par la taille. « Je fais l'homme. Tu n'as qu'à me suivre. »

Maria éclata de rire quand elles commencèrent à trébucher l'une sur l'autre. Elles tournaient et tournaient et elle avait le vertige. À la fin du morceau, elles s'écroulèrent sur le sol.

« Tom dansait, avant. » Maria remplit de nouveau leurs verres. Elle n'aurait pas dû dire ça. Elle devait être saoule.

Catherine se rassit en fronçant les sourcils. « Avec Isobel ? »

Elles s'amusaient tant une minute auparavant.

« Une fois seulement. Et c'est elle qui l'a forcé, s'empressa de préciser Maria. Elle ne voulait pas gâcher ce moment.

– Qu'est-ce qu'il faisait d'autre avec elle ? Il l'emmenait voler ?

– Non.

– Où il va quand il sort la nuit ?

– Je ne sais pas. »

Le disque était terminé et l'aiguille raclait la surface. Maria la souleva, puis remit Edmundo Ros dans sa pochette. Les deux femmes restèrent assises et le silence s'installa dans la pièce.

« Tu te rappelles, au début, le premier vœu qu'on a fait à l'église ?

Catherine se tourna vers Maria.

– Oui.

Catherine faisait des ronds de fumée et les regardait s'envoler.

– Tu te rappelles comment ça a commencé ? »

C'était la nuit. En quittant la maison, Catherine avait pris la main de Maria pour courir à l'église dans l'obscurité.

« Viens, Katie.

– Attends, je cherche la torche électrique.

– Et si quelqu'un nous voit ?

– Personne ne nous verra.

– S'ils nous entendent ?

– Non. Pas si tu ne rigoles pas.

– Je rigolerai pas. Je pense à ma tante morte.

– Tu vois : ça y est, tu rigoles. Arrête ou je te fourre un chiffon dans la bouche.

– Tu me tueras. Après, tu auras des problèmes.

– OK. *Maintenant, il faut synchroniser nos montres.*

– J'ai pas de montre.

– Si on court un peu et marche un peu, on y sera plus vite sans s'essouffler. Les scouts font ça.

– OK. *Et si y a quelqu'un là-haut ?*

– Il n'y aura personne. »

L'église est magnifique dans la nuit. La porte est ouverte : elles entrent et s'immobilisent dans le clair de lune, face à l'autel.

« La dame elle chante pas ce soir.

– Elle a besoin de dormir.

– Qu'est-ce qu'on fait maintenant ?

– Maintenant, on s'ouvre le doigt et on mélange nos sangs. J'ai pris un couteau.

– Un couteau ?

– Allez.

– Et on fait un vœu ?

– Oui. »

C'était un vœu tout simple. Inoffensif. Le vœu de rester amies pour toujours.

*

Il était tard. Catherine avait dû s'assoupir sur le canapé. Quand elle se réveilla, Maria était partie se coucher. Elle se leva, alla jusqu'à la chambre de Tom et frappa légèrement à la porte. Pas de réponse. Alors elle quitta la maison et se mit en marche dans l'obscurité, comme elles l'avaient fait cette nuit-là – mais seule cette fois. La double rangée de gommiers formait comme une cathédrale au-dessus de sa tête. Les feuilles bruissaient. Elle courut sur la route de terre, puis sur le sentier qui menait à l'étang et, l'espace d'un instant, elle oublia quel âge elle avait. Elle croyait presque entendre le rire de Maria dans son dos.

Tom était assis sur un rocher, les pieds dans l'eau. Elle distinguait la braise de sa cigarette. Elle s'avança jusqu'au bord de l'étang et commença à ôter ses vêtements. C'était un défi ; ça rendait son cœur plus fort.

« Vous voulez vous baigner ? » demanda-t-elle. *Tu ne peux pas faire ce genre de chose, Catherine. Ce n'est pas convenable.* Elle le vit écraser sa cigarette et se lever. Puis elle sauta dans l'eau et se mit à nager vers la rive opposée. Elle ne se retourna pas en l'entendant sauter derrière elle.

Il la rejoignit et lui prit la main sous l'eau. Elle se retourna. Alors, il mit ses mains autour de son visage et l'embrassa. Elle eut un choc très bref en sentant sa langue dans sa bouche. Il la regarda. Il lui semblait qu'il pleurait, mais elle ne pouvait en être sûre – c'était peut-être l'eau de l'étang.

Elle lui toucha la joue. « J'ai quelque chose à vous montrer.

– Qu'est-ce que c'est ?

– Rhabillons-nous – c'est là-haut, sur la crête. »

Il la suivit sur le sentier. Ils entrèrent dans l'église et s'arrêtèrent devant la photo de Catherine. Elle braqua sa torche dessus, puis glissa ses doigts entre ceux de Tom.

« Vous n'avez pas changé, dit-il en la regardant. Pas tellement.

– Vous voulez bien m'embrasser ici ?

– Pourquoi ici ? C'est un endroit spécial ? Il semblait amusé.

Elle ne pouvait pas lui expliquer.

– J'en ai envie, c'est tout. »

Ils s'assirent sur le sol et il la prit dans ses bras. Elle ferma les yeux.

« Qu'est-ce qui ne va pas ? demanda-t-il.

– Rien.

– Vous êtes sûre ?

– Rien. »

Ils firent le trajet du retour en silence, mais il lui tenait la main. En arrivant à la maison, ils s'assirent sur la véranda. Il l'embrassa de nouveau. Puis il lui dit qu'il allait devoir partir – pas pour longtemps, juste quelques jours, le temps de régler quelque chose.

« Je vous expliquerai tout quand je rentrerai.

– Vous l'aimez ? La question était lâchée.

– Ce n'est pas ça, dit-il, c'est compliqué. Je… Vous serez là quand je rentrerai, n'est-ce pas ?

– Oui.

– Vous allez me manquer. La prochaine fois, il faudra venir avec moi. Vous avez déjà mangé des crevettes ?

– Non.

– J'ai tant de choses à vous montrer. Tous les endroits où je suis allé, je veux vous les montrer. Vous dormez avec moi cette nuit ?

Elle hésita.

– Allongez-vous juste à côté de moi. »

Elle se blottit près de lui, mais les pensées se bousculaient dans sa tête. Il s'était passé quelque chose à l'église, quelque chose de différent. Elle s'était sentie seule – jamais encore elle ne s'était sentie seule dans cet endroit ; ce n'était pas normal. Elle n'arrivait pas à mettre le doigt dessus. Tom passa un bras autour d'elle et l'attira vers lui dans son sommeil.

VII

Dans son rêve, Catherine cherche Tom dans les vieux quartiers d'une ville en bord de mer. L'air est humide et la végétation tropicale. La ville tombe en ruine. Des demeures jadis majestueuses sont laissées à l'abandon. Les plantes envahissent librement les cours des maisons. Les bassins et les fontaines sont à sec. Des feuilles se sont amassées sur le béton fissuré. Elle longe une étroite rue pavée qui descend vers la mer. Elle est pieds nus. Les rues sont désertes, mais, quand elle lève la tête vers les bâtiments, elle voit du linge qui pend aux balcons et sent des odeurs de cuisine.

En bas de la rue, elle trouve une ancienne forteresse. Elle l'a déjà vue quelque part, mais elle ne sait plus où. La bâtisse lui est familière, comme une vieille parente. Les murs croulent et des palmiers poussent dans la cour centrale. Des marches descendent jusqu'à l'eau turquoise. La marée est haute. Catherine le sait parce que la mer recouvre le sable devant le bâtiment et vient clapoter sur les marches inférieures. L'eau est tentante. Elle pourrait enlever sa robe et s'y glisser, mais elle cherche quelqu'un. Tom.

Elle entend des enfants rire à proximité, mais elle ne les voit pas. Devant elle, des boutres dansent sur l'océan. Elle baisse les yeux et s'aperçoit qu'elle se tient sur un tas d'écailles de poisson – ça explique cette sensation rugueuse sous ses pieds. Elle se dirige vers l'endroit où jouent les enfants et arrive sur une petite place entourée de faux poivriers. Une fillette noire vêtue d'une robe en loques poursuit un gamin qui lui a volé sa mangue.

Un groupe de femmes se tient debout autour d'un bloc de pierre. Elles sont occupées à vider du poisson. Un homme s'approche avec un seau plein de poissons et le vide sur le bloc. Les femmes se mettent à rire et lui crient quelque chose dans une langue que Catherine ne comprend pas. Elle s'approche à son tour, mais les femmes ne semblent pas la voir.

Elle est dans une maison. Il fait frais à l'intérieur. Il y a des carreaux sous ses pieds. Devant elle, un escalier permet d'accéder à l'étage. Là, elle trouve un long couloir obscur avec des portes sur le côté et une autre au bout, droit devant elle. Elle aimerait faire demi-tour, redescendre le couloir et sortir en courant dans la lumière et la chaleur, mais quelque chose la pousse vers cette porte fermée. Elle arrive au bout du couloir et l'ouvre.

Elle voit un lit et deux corps nus dans les bras l'un de l'autre. Tom lève les yeux vers elle par-dessus l'épaule de sa femme. Tous deux la dévisagent comme une intruse.

*

Maria était près du lit de Tom et secouait le bras de Catherine. « Tu criais dans ton sommeil. » Catherine s'assit et enfouit sa tête dans ses mains.

« J'ai fait un cauchemar. Elle balaya la pièce du regard. Où est Tom ? Puis elle se souvint qu'il était parti.

– Qu'est-ce qui s'est passé ? Maria s'assit au bord du lit. J'ai été voir dans ta chambre, mais tu n'y étais pas.

– Je suis allée à l'étang et il était là. Maintenant, il est parti.

– Pourquoi tu criais ?

– Dans mon rêve, il était avec elle. Je les trouvais ensemble. Elle se leva et alla ouvrir les rideaux et les fenêtres. Je ne veux plus y penser. Je vais descendre à l'étang. J'ai besoin de m'éclaircir les idées. »

Maria regardait fixement par la fenêtre. Sans se tourner vers Catherine, elle dit : « Le petit-déjeuner est prêt et Gabriel veut savoir ce qu'il doit faire dans le jardin. M. Fyncham lui a dit de venir ce matin.

– Dis-lui que je serai avec lui dans dix minutes. Allez, va… »

*

Allongé dans l'herbe, Hendrik regardait la route de la ville. Le car scolaire approchait. Il s'arrêtait tous les matins à l'intersection de la route de Zevenfontein et de la route goudronnée. Là, Dirk, Hendrik et Elise, la fille de Tweefontein, montaient pour aller à l'école en ville. Ce matin, Hendrik était en avance : quand il était arrivé au rendez-vous, Dirk et Elise n'étaient pas encore là et, au lieu de les attendre au bord de la route, il s'était dissimulé dans le fossé. De là, il avait regardé le père de Dirk déposer son fils et Elise.

Les gens prétendaient qu'Elise était simple d'esprit, mais Hendrik savait qu'elle était juste différente. Il le comprenait parce qu'il était différent aussi. Les garçons la taquinaient à l'école. Ils tiraient sur ses nattes et tentaient de la faire parler contre son gré.

À présent, elle était assise sur son cartable et dessinait des formes dans la terre avec un bâton. Le car arriva. Elise monta. Dirk jeta un coup d'œil autour de lui : à l'évidence, il se demandait où était Hendrik, mais le car ne pouvait pas attendre. Hendrik vit le véhicule s'éloigner depuis sa cachette. Ensuite, il resta longtemps allongé dans le fossé à regarder les crécerelles tournoyer sur les courants ascendants, en cercles de plus en plus élevés, avant de plonger vers le sol.

Il savait voler – il ne savait pas piloter un avion, mais il avait volé la nuit. Un matin, il s'était réveillé sur le sol.

Il regarda le soleil monter dans le ciel. Il était parfaitement calme. Il n'avait pas besoin d'aller en classe, pas pour ce qu'il voulait faire. Il savait gérer une ferme, il savait dessiner, et il savait qu'il allait rencontrer Catherine King. Quand il commença à fairc trop chaud, il se leva et s'en retourna à travers le veld. Il ôta sa chemise et l'enroula autour de sa tête comme un turban. Sa peau était tannée par le soleil.

L'église était encore fraîche lorsqu'il entra, mais elle ne tarderait pas à chauffer : alors, il irait se réfugier sous les arbres au-dessus de l'étang.

*

Catherine flottait dans l'eau.

Un oiseau descendit tout près de l'étang et le survola en faisant froufrouter sa lourde queue, puis disparut dans les roseaux. Catherine nagea jusqu'au bord et se hissa sur les rochers. Ses sens étaient comme aiguisés. Elle sentait les couleurs, goûtait la suavité de l'air, l'odeur de la terre gorgée d'eau et des arbres au-dessus de sa tête.

Hendrik la regardait du bosquet d'acacias. Elle leva les yeux. Quand elle l'aperçut, il perdit l'équilibre et glissa le long de la pente. En tombant, il se blessa la jambe contre un rocher et poussa un cri. Il tenta de se relever, mais il s'était tordu la cheville : il grimaça de douleur. Sa plaie au mollet saignait abondamment.

Catherine l'appelait de la rive en se séchant avec une serviette. « Ça va ? Ne bougez pas, j'arrive. Restez où vous êtes. »

Ce n'était pas ainsi qu'il avait imaginé leur rencontre. Il voulait la rencontrer dans l'église. « Tout va bien », cria-t-il, et il tenta de se hisser au sommet, mais Catherine grimpait déjà le sentier. Il la regarda progresser parmi les arbres. Elle avait enfilé une robe, mais ses pieds étaient nus et ses cheveux pleins d'herbe. Elle s'accroupit près de lui et examina sa blessure.

« On pourrait utiliser votre chemise pour arrêter le saignement. Tom s'est fait une coupure comme ça et ce n'était pas si méchant que… » Elle s'interrompit. Hendrik avait défait son turban improvisé. Elle enroula sa chemise autour de sa jambe et la noua solidement.

« Ce n'est pas grand-chose, dit-il – mais il trébucha en se levant.

– D'où venez-vous ? »

Il expliqua alors qu'il arrivait de Zevenfontein, qu'il s'apprêtait à descendre à la rivière de l'autre côté de la crête – il espérait qu'elle ne lui en voulait pas d'être passé sur ses terres.

Maria avait parlé à Catherine de ce garçon étrange, ce garçon qui allait à l'église la nuit.

« Vous ne pouvez pas marcher dans cet état. Passez votre bras autour de mon cou. Je vais vous aider à rejoindre la maison. Elle n'est pas loin. On nettoiera votre blessure et je vous ramènerai en voiture.

– Je ne veux pas vous déranger…

– Vous ne me dérangez pas. Je n'ai rien de spécial à faire. Tom… Tenez, laissez-moi porter votre sac. »

Il allait oublier son sac. Il l'emportait partout avec lui. Il y fourrait son carnet à croquis et ses crayons, des allumettes, des cigarettes et, parfois, une bouteille de kérosène enveloppée dans des sacs en plastique pour la lampe de l'église.

Catherine ramassa le sac, passa la courroie sur son épaule et prit Hendrik par la taille pour le soutenir. Il posa son bras sur les épaules de la jeune femme. Ils se touchaient, il venait de la rencontrer et ils se touchaient, elle avait un bras autour de sa taille et il sentait l'odeur de sa peau et de ses cheveux et la chaleur de son corps.

Ils progressèrent lentement vers la maison. Hendrik sautillait aux côtés de Catherine ; ils s'arrêtaient régulièrement pour se reposer. Il avait conscience qu'il transpirait et qu'elle devait sentir la sueur. Ça le mettait mal à l'aise. Les choses devinrent plus faciles quand ils arrivèrent en bas de la pente et se retrouvèrent sur une surface plane. Ils firent une pause et elle alla lui chercher de l'eau. Puis ils se remirent en chemin sur le sentier. Le trajet paraissait sans fin. Catherine lui posait des questions sur leur ferme, sur les bêtes qu'ils élevaient, sur ses visites à l'église.

Quand ils atteignirent la maison, elle appela Maria et partit à sa recherche. Hendrik attendit, mais Catherine revint seule.

« Venez dans la salle de bains, je vais nettoyer la blessure avec un antiseptique. »

C'était la première fois qu'il pénétrait dans cette maison – la maison du péché, comme sa mère et ses amies l'appelaient. Il n'avait jamais dépassé la barrière. De là, il avait scruté l'obscurité. Il avait entendu la musique et vu les rideaux voltiger dans la brise au cours de ces nuits chaudes où toutes les fenêtres étaient ouvertes. Il les avait vus entrer et sortir, avait entendu la rumeur de leurs conversations. Un soir, il avait dû plonger dans l'ombre tandis que Tom Fyncham passait près de lui sur la route. Une autre fois, la bonne indigène, qui cueillait des épinards dans l'obscurité, s'était redressée et l'avait regardé droit dans les yeux.

Les fenêtres étaient ouvertes. Au fond de la grande pièce, une porte donnait sur une cour intérieure. Un parfum de fleurs montait jusqu'à lui ; quelqu'un avait cueilli des roses et les avait disposées dans un vase sur le piano. Un bruit de radio s'échappait de la cuisine. Les sièges étaient couverts de tissus qui semblaient provenir de pays étrangers. Il y avait aussi des coussins en cuir, un plateau en argent avec une cafetière et, suspendu au mur, un de ces longs rangs de perles que les femmes indigènes fabriquaient dans les fermes.

Catherine l'entraîna dans la cour intérieure. Il constata qu'elle avait commencé à peindre une fresque sur l'un des murs. Les couleurs étaient vives, comme la bavure d'un oiseau rouge dans l'herbe sèche.

Un figuier de Barbarie se dressait au milieu de la cour ; des euphorbes et des rosiers poussaient dans les plates-bandes entre les ardoises. Il sentait leur parfum flotter dans la chaleur. Le centre de la maison était calme et alangui, troublé seulement par le bourdonnement des insectes. La salle de bains était fraîche. Catherine alla chercher une chaise pour le faire asseoir et nettoyer sa blessure. Elle remplit une cuvette où il posa son pied, puis lava et désinfecta la plaie en silence ; elle semblait absorbée par sa tâche. Hendrik était attentif au contact de ses mains. Enfin, elle sécha sa jambe avec une serviette et la banda.

« En rentrant chez vous, mettez votre chemise à tremper pour faire partir le sang. Elle se leva et contempla son travail. Je vais aller vous chercher une des chemises de Tom.

– Vraiment, ne vous embêtez pas pour ça.

– Vous n'aurez qu'à la ramener quand vous pourrez. »

Catherine se demandait ce qu'aurait pensé Maria de la présence de l'étrange jeune homme dans la maison. Elle l'aurait sans doute laissé se débrouiller avec sa blessure et rentrer seul chez lui. Elle ouvrit le placard de Tom et passa ses chemises en revue afin d'en trouver une pour le garçon – une qu'il ne lui en voudrait pas d'avoir prêtée. Il n'avait pas beaucoup d'habits, mais ils étaient soigneusement pliés. Au fond du placard était pendu un costume qu'elle n'avait jamais vu sur lui. Elle se souvint de Maria décrivant les chaussures qu'il portait le premier jour, à sa descente de voiture. Des chaussures de ville.

Hendrik prit la chemise et, en l'enfilant, sentit quelque chose de dur dans la poche. Il sortit l'objet et le tendit à Catherine. C'était un petit disque blanc orné d'un fin motif en pointillé. Catherine ne le toucha pas, mais le regarda fixement.

« Qu'est-ce que c'est ? demanda-t-il.

– Un *pansy shell*[1], dit-elle lentement. On en trouve sur les plages le long de la côte. Elle lui prit le coquillage et le retourna dans sa main. J'en avais un quand j'étais petite ; je l'avais trouvé pendant les vacances. Elle le tint devant ses yeux pour qu'il puisse de nouveau le regarder.

– C'est très beau, dit-il.

– On appelait ça un dollar de mer.

– De l'argent sous-marin, dit-il en riant.

– Je vais le laisser ici. Elle posa le coquillage sur le rebord de la fenêtre, au-dessus de la baignoire.

– Comme ça, il restera près de l'eau. Hendrik regretta aussitôt ses paroles. Il avait déjà dit tant d'imbécillités.

– La chemise vous va bien, elle est un peu grande mais…

– Je vous la ferai porter dès que possible. M. Fyncham ne sera pas fâché ? Vraiment, je préférerais lui demander.

– Il n'est pas là. Il est parti pour quelques jours. » Elle frottait la chemise de Hendrik pour essayer d'en ôter le sang. Elle lui dit de faire ça chez lui.

1. Invertébré marin de la famille de l'oursin dont on retrouve la coquille blanchie sur certaines plages d'Afrique du Sud.

« Comment va votre jambe ?

Il fit quelques pas boitillants.

– Je vais prendre ma voiture pour vous ramener.

– Ça va aller.

– Vous ne pouvez pas marcher comme ça. Je vous en prie. »

Ils firent le trajet en silence, empruntant une série de petites routes jusqu'à la ferme de Hendrik. Quand ils atteignirent la barrière, Hendrik vit le camion de son père devant la maison.

« Je vais continuer à pied », dit-il en se tournant vers Catherine. Elle comprit qu'il serait gêné qu'on le voie dans la voiture de cette Anglaise qui vivait à Hebron avec un homme marié. Elle avait remarqué les regards qu'on lui lançait en ville. Il serait obligé de s'expliquer.

« J'ai été heureuse de vous rencontrer… En lui tendant la main, elle s'aperçut qu'elle ne connaissait pas son nom.

– Hendrik. Moi aussi, Mlle King – Catherine, ajouta-t-il timidement. Je vous rapporterai la chemise. Il hésita. Et merci », dit-il en sortant de voiture.

Elle le regarda claudiquer dans l'allée. Une femme sortit de la maison et vint à sa rencontre. Elle jeta un coup d'œil à la voiture, mais ne fit pas de signe de la main.

Quand Catherine rentra, le téléphone sonnait, mais la sonnerie cessa avant qu'elle ait eu le temps d'atteindre l'appareil. C'était Tom, elle en était sûre : il avait dit qu'il appellerait.

Elle se mit en quête de Maria et la trouva dans la cuisine, où elle coupait de la rhubarbe.

« J'espère que tu ne mets pas d'ananas avec ça, observa Catherine. Il paraît que c'est mortel.

– Où tu l'as trouvé ? Maria leva les yeux vers elle. Le garçon afrikaner.

– Je ne l'ai pas trouvé. Il était près de l'église. Il s'était coupé à la jambe et je l'ai ramené ici pour panser la blessure. Ensuite, je l'ai raccompagné chez lui.

– Il te regardait te baigner dans l'étang.

– Pour autant que je sache, il descendait juste se baigner aussi. Il m'a paru sensible et gentil. Et puis qu'est-ce qui t'arrive ? On dirait un détective privé. »

La phrase arracha un rire à Maria. Elle s'essuya les mains sur sa jupe, prit un sac sur la table et le tendit à Catherine. « Il a oublié ça.

– Tu pourras le lui déposer quand tu iras voir ta mère ? demanda Catherine sans toucher au sac.

– Tu as vu ce qu'il y avait dedans ? Maria voulait qu'elle regarde. Elle voulait qu'elle sache combien ce garçon était étrange.

– Je ne fouillerai pas.

– Il y a un carnet de dessin. Tu devrais regarder les dessins.

– Pourquoi ?

– Regarde-les.

– Non. Je vais mettre ce sac dans le bureau. Et je pense que tu as besoin de sortir. Tu deviens paranoïaque. On pourrait aller voir un film en ville demain après-midi ?

– Je ne peux pas aller au cinéma avec toi. Tu oublies toujours. Je suis noire.

– Alors on achètera une bouteille de vin et on prendra la voiture pour aller aux chutes. Tu pourras conduire. »

*

Une promenade en voiture rien que toutes les deux. Maria conduisait vitres baissées sur les routes de terre et le vent s'engouffrait à l'intérieur en soulevant la poussière. Première, deuxième, troisième, quatrième vitesse – le paradis.

Catherine déboucha la bouteille de vin avec son couteau de poche et alluma la radio. « Ralentis, Maria, tu vas nous tuer. »

Maria avait appris à conduire remarquablement vite, comme si elle avait su dans une vie antérieure.

La voiture grimpait de plus en plus haut sur l'Escarpement[1]. De chaque côté, la terre plongeait dans les vallées. Les nuages se rapprochaient peu à peu.

Maria aurait pu rester à jamais avec Catherine dans cette bulle de poussière, de son et de lumière. Elle aurait pu prendre une photo d'elles sur la route et vivre dedans jusqu'à la fin de ses jours. Catherine et elle en voyage. Elle aurait aimé que ça ne s'arrête jamais.

Elles rentrèrent en fin de journée. Catherine sursautait chaque fois que le téléphone sonnait, mais ce n'était jamais la sonnerie pour Hebron. Maria la regarda attendre cet appel de Tom qui ne venait pas.

Enfin, Catherine se leva du siège où elle s'efforçait de lire et annonça qu'elle allait se coucher. Elle avait lu la même phrase dix fois de suite sans parvenir à l'assimiler.

Plus tard, en revenant de l'église, Maria vit de la lumière dans le bureau et sut que Catherine était en train de regarder les dessins du jeune Afrikaner. Elle espérait sans doute y trouver des indices sur Tom ; elle se disait que le garçon avait peut-être remarqué quelque chose.

---

1. *Escarpment* : nom donné à la chaîne de montagnes qui sépare le plateau du haut veld des régions littorales (bas veld).

Catherine tournait les pages du carnet de Hendrik en suivant lentement les lignes du doigt. Elle reconnaissait tout ce qu'il avait dessiné, parce que tout se trouvait à Hebron : les cussonias, les rochers où Maria et elle jouaient enfants, la rivière, les oiseaux dans les roseaux. C'étaient de magnifiques croquis, bien meilleurs que tout ce qu'elle avait jamais fait. Puis, à la fin du carnet, elle trouva une autre série qu'il avait mise à part.

Il avait dessiné l'intérieur de l'église. Le croquis représentait l'autel, avec à l'arrière-plan les fonts baptismaux et, à côté, une petite fille qui souriait à l'artiste – un sourire de travers avec un interstice entre les dents. Elle avait à la main une fleur de cosmos. On distinguait même les paons brodés sur l'ourlet de sa robe et ses pieds nus.

Catherine tourna la page. Elle vit alors une femme nue en train de nager dans l'étang, sa chevelure répandue autour d'elle. Il avait dessiné Isobel Fyncham. Il l'avait connue. Elle ferma le carnet et resta un moment assise à retourner le problème dans sa tête. Puis elle alla prendre du papier à lettres sur le bureau de Tom.

Cher Hendrik,
Vous avez oublié votre sac.

Elle déchira la feuille et recommença.

Si vous voulez de l'aide pour vos dessins, retrouvez-moi samedi au bord de l'étang.

Elle plia la feuille, la glissa dans le carnet à croquis et remit celui-ci dans le sac. Elle demanderait à Maria de le rapporter la prochaine fois qu'elle irait par là-bas.

VIII

La mère de Hendrik trouva le sac en rentrant des courses. Maria l'avait laissé sur la table. Hendrik était sorti aider son père sur leurs terres. Elle sortit le carnet, l'ouvrit et trouva le mot.

Quand Hendrik rentra, elle remarqua son air excité. Elle avait remis le carnet dans le sac. Hendrik s'assit et posa son pied sur un tabouret. « Ça va mieux ? » demanda-t-elle, constatant que sa blessure s'était refermée. Il allait avoir une cicatrice.

« J'ai trouvé ça en rentrant », ajouta-t-elle, et elle tendit le sac à son fils. Il l'emporta dans sa chambre. Elle attendit qu'il revienne lui parler des croquis et de ce qu'ils signifiaient. Elle voulait savoir ce qu'il faisait avec cette femme à Hebron, mais, quand il ressortit de sa chambre, il alla droit dans la cuisine se préparer du café. Ensuite, il s'assit pour lire.

« Hendrik. Elle fit une pause. Je ne savais pas que tu dessinais.

Il leva brusquement les yeux. Il avait l'air en colère.

– C'était sur la table, dit-elle d'un ton presque implorant. J'ai pensé que ça ne t'ennuierait pas.

– C'était personnel, maman. » Il se leva et partit dans sa chambre. Elle le suivit dans le couloir, mais il lui ferma la porte au nez. Une demi-heure plus tard, il sortit de la maison.

*

Hendrik avait mis le mot de Catherine dans sa poche et emporté son carnet à croquis. Il chevauchait et criait dans le vent. Plus il s'éloignait de la maison, plus il se sentait léger – et, au bout d'un moment, il se mit à rire.

Mlle King voulait le voir, elle allait lui apprendre à dessiner et à peindre, il allait la retrouver au bord de l'étang. Elle le réclamait. Elle avait vu ses croquis, elle les trouvait bons, et M. Fyncham était parti. Rien d'autre ne comptait.

L'église était silencieuse. Il s'assit sur le sol et ouvrit son carnet. Puis il ferma les yeux et plaça son crayon au-dessus de la page. Alors il sentit leur haleine, les sentit qui se penchaient par-dessus son épaule pour regarder le crayon se mouvoir sur le papier.

*

« Katie. » Catherine ouvrit les yeux. Maria était debout près de son lit. « Tu m'as appelée dans ton sommeil.

– Je dors depuis combien de temps ? Catherine s'assit. Sa tête était lourde et embrumée. Est-ce que Tom est rentré ? J'ai cru entendre une voiture.

– C'était l'homme qui nous livre le kérosène.

Catherine se leva.

– Et si elle revenait ? demanda-t-elle à Maria.

– Elle ne reviendra pas.

– Mais si elle revenait quand même ? Pendant qu'il n'est pas là ? Ou bien avec lui ?

– Non.

– Comment tu le sais ? Tu as vu quelque chose ? Hein ?

Maria secoua la tête.

– J'ai fait du thé. Et il y a du gâteau. Ton gâteau préféré. »

Maria coupa le gâteau en tranches. Elle ne dit pas à Catherine qu'elle avait vu Mme Scholtz ouvrir le carnet de son fils. Elle ne décrivit pas l'expression de son visage quand elle avait lu le mot. Elle ne mentionna pas non plus le coup de téléphone. Celui qui avait retenti dans la maison ce matin-là et qui venait de loin. La friture sur la ligne. De frayeur, elle avait raccroché avant que le correspondant puisse prendre la parole.

Catherine termina son thé et se mit en route pour l'école. Maria la regarda partir.

Quand elle était avec les enfants, qu'ils lui posaient des questions et tiraient sur sa jupe en riant, Catherine parvenait à oublier que Tom n'était pas là.

En rentrant de l'école, elle demanda des ciseaux à Maria. Celle-ci prit un air inquiet.

« Qu'est-ce que tu vas faire ?

– Me couper les cheveux. Tu sais, les gens font ça après un trauma. »

Elles rirent toutes les deux.

Une heure plus tard, Maria sortit dans le jardin pour voir ce que Catherine avait fait et la trouva debout au milieu de la plate-bande de dahlias. Elle avait coupé toutes les têtes.

« J'ai toujours détesté les dahlias – trop de chichis. Arrogants et prétentieux. C'est beaucoup mieux comme ça, non ?

– Tu es folle, dit Maria, mais elle souriait. Mme Fyncham les aimait tant, ces dahlias. Elle en avait fait planter toute une plate-bande à Gabriel.

– Je me sens mieux, pourtant. Catherine jeta un regard autour d'elle. C'est vrai qu'elle avait l'air mieux, songea Maria – moins anxieuse.

– Qu'est-ce que tu vas en faire ? Maria s'avança sur le tapis de fleurs coupées ; ses pieds noirs se détachaient sur le fond jaune et rose vifs.

– Je me disais qu'on pourrait les noyer dans la baignoire, pour être tout à fait sûres.

Elles s'assirent sur le muret et contemplèrent les fleurs.

– Je vais les emporter chez moi. Elles plairont beaucoup à ma sœur, dit Maria.

– Allons-y ensemble ce soir.

– On peut y aller maintenant. Elle avait commencé à recueillir les fleurs dans sa jupe.

– Je ne peux pas y aller tout de suite. J'ai rendez-vous avec le jeune homme près de l'étang. Je lui ai promis de l'aide pour ses dessins. »

Maria regarda Catherine sortir une bouteille de vin. Elle ne pouvait pas l'arrêter : sa décision était prise. « J'emporte du vin : c'est un pique-nique. J'emporte aussi du fromage et du pain. Il n'y a aucun mal à ça, lança-t-elle sur un ton de défi.

– Et pourquoi pas des fraises ? Il y en a toujours dans les pique-niques des livres. Et chacun des deux donne à manger à l'autre. La voix de Maria était sarcastique.

– On n'a pas de fraises. » Catherine savait qu'elle ne devrait pas y aller, mais c'était plus fort qu'elle : il fallait qu'elle sache ce que Hendrik avait vu.

Maria la regarda partir. Elle ne proposa pas de l'aider à porter le panier et le sac contenant son matériel de dessin. Arrivée à la barrière, Catherine se retourna. « Tu m'appelleras s'il rentre, hein ? Tu viendras me chercher à l'étang ? » Maria ne répondit pas.

Catherine voulait arriver la première. C'était sa rivière ; Hendrik n'était qu'un visiteur. Elle devait garder le contrôle de la situation. Une fois au bord de l'étang, elle étendit la couverture sur le sol, sortit la nourriture et mit le vin à refroidir dans l'eau. Puis elle prit son carnet et ses crayons afin d'avoir l'air occupée quand Hendrik arriverait. Ça ferait professionnel. Elle était artiste : elle allait l'aider à dessiner. Le soleil était cuisant et elle avait soif. Elle ouvrit la bouteille de vin et s'en versa un verre. Ce n'était pas une bonne heure pour se retrouver ; ils n'auraient qu'un petit coin d'ombre et il serait obligé de se tasser à côté d'elle. Elle avait apporté la montre de Tom pour savoir pendant combien de temps ils dessineraient. Ce serait professionnel.

*

Hendrik repassa une fois de plus dans sa tête les événements de la matinée. Il avait changé de chemise quatre fois. Il avait rempli et vidé son sac. Sa mère l'avait arrêté au moment où il s'engageait dans l'allée. Elle était assise sur la véranda, immobile et le regard vide. Il ne savait pas depuis combien de temps elle était là.

« Je me fais du souci, Hendrik.

– Il ne faut pas, maman.

– Et comment veux-tu que je fasse autrement ? Il ne faut pas aller là-bas, Hendrik – dans cette église, à Hebron. J'ai un mauvais pressentiment. Il se passe là-bas des choses qui…

– Maman.

– Promets-le-moi. Elle regarda le sac de son fils. Où vas-tu avec ça ?

– Je vais retrouver Dirk à la rivière.

– Je peux venir ? Elle se leva. Ça fait si longtemps que je ne suis pas descendue à la rivière. Tu te souviens quand on y allait avec ton père ? Mais tu ne veux pas que ta mère t'accompagne.

– Ce n'est pas ça, maman. » Il allait être en retard, il risquait de manquer Catherine. Il fallait qu'il quitte cette maison.

*

Mais quand il atteignit les acacias et regarda l'étang, Catherine était là, en costume de bain, allongée sur une couverture. De là-haut, elle semblait dormir. Il ne voyait pas son visage, juste l'arrière de sa tête et ses cheveux épars sur la couverture. Il se hâta de descendre le sentier, puis approcha lentement, en s'efforçant de ne pas faire de bruit. Il se demanda s'il devait l'appeler, mais il se contenta de dire son nom tout bas, pour se tester : « Catherine – Mlle King. » Il n'y avait pas de raison pour qu'elle prenne peur s'il avançait tout doucement jusqu'à elle.

« Catherine ? »

Il lui *avait* fait peur.

« Tout va bien. » Il avança la main comme s'il avait à faire à un animal pris au piège.

« Oh, c'est vous. Elle se redressa. J'ai dû m'endormir. J'ai cru que c'était quelqu'un d'autre. » Elle semblait hébétée. Il attendit en silence qu'elle soit prête à parler. Il lui servit un verre d'eau. Elle s'adossa contre l'arbre et il s'assit au bord de la couverture.

« Il fait chaud. » C'était si bête comme phrase. Mais Catherine ne semblait pas l'avoir entendue. Elle se leva et se dirigea vers les rochers qui bordaient l'étang.

« Ça va me réveiller ! Elle se retourna pour lui faire signe. Vous ne venez pas vous baigner ?

– Je préfère vous regarder. Nouvelle sottise. Elle allait penser qu'il l'épiait. Elle sauta dans l'eau.

– Venez », cria-t-elle. Il avait une serviette dans son sac. Il tenta de se dissimuler derrière l'arbre pour ôter son short, sa serviette nouée autour de la taille. C'était ridicule. Catherine avait traversé l'étang. Elle devait être assise sur un rocher à fleur d'eau, car il voyait ses jambes flotter. Il courut jusqu'au bord, plongea et s'égratigna le bras sur un rocher. Quand il refit surface, Catherine nageait vers lui. « Vous devriez faire attention. On ne peut plonger qu'à certains endroits. Il y a des rochers sous l'eau. Ça va ? » Elle faisait du surplace près de lui, dans la partie la plus profonde de l'étang.

« Ce n'est qu'une éraflure.

– Vous semblez porté sur les accidents. Hendrik ne comprenait pas. Vous en avez beaucoup. »

Seulement quand vous êtes là, pensa-t-il, mais il se contenta de hocher la tête. Il nagea un moment pour lui laisser le temps de sortir, de se sécher et de se changer, puis se hissa sur la rive et s'enveloppa dans une serviette.

« Tenez. » Elle lui tendit un verre de vin.

Ils parlèrent d'abord du temps qu'il faisait et de l'état des fermes, puis elle lui demanda s'il avait apporté son carnet à croquis. Il le prit dans son sac.

« Laissez-moi les regarder encore une fois. »

Il lui tendit le carnet. Elle sentait qu'il était nerveux. Elle était nerveuse aussi, mais pour une autre raison : parce que ce qu'elle faisait était mal, et parce qu'elle l'aimait bien ; parce qu'il était si jeune et si naïf. « Vous en voulez une ? » Elle lui offrit une cigarette et leurs doigts se touchèrent quand elle la lui alluma. Il inhala et se mit à tousser. « Elles sont très fortes, je sais », dit-elle en riant.

Il adorait le son de sa voix.

« Vous montez souvent à l'église ? » Elle feuilletait le carnet.

Il ne savait pas s'il s'agissait d'une question ou d'une affirmation. « Oui. »

Ils regardèrent le dessin représentant la petite fille près des fonts baptismaux. Catherine ne demanda pas qui c'était ; peut-être qu'elle le savait.

« Je vous ai vue là-haut, dit-il. Vous avez gardé le même sourire.

Elle le regarda.

– J'avais huit ans quand la photo a été prise.

– Est-ce que vous alliez jouer dans l'église ? Parce que... Il hésita.

– Parce que ? Sa voix était tendue.

– Rien. Je me demandais, c'est tout. »

Elle se décontracta – Hendrik sentit l'atmosphère s'apaiser. « Quand j'étais petite, j'allais me cacher dans l'église. Parfois, on montait là-haut la nuit, Maria et moi. On jouait sous ces arbres. Un jour, on est descendues sur le surplomb et on s'est mises au défi de sauter.

– Et vous l'avez fait ?

– Oui. On a appris à nager dans cet étang.

– J'ai aussi appris dans cette rivière, mais plus bas, là où elle passe par notre ferme. Près du pont.

– Je connais l'endroit. Puis : Vous avez des frères et sœurs ?

– Non.

– Vous êtes tout seul alors. Elle semblait le regarder sans le voir. Moi aussi.

– Je croyais que vous aviez une sœur ? Il leva les yeux et vit qu'elle fronçait les sourcils.

– Nous ne sommes pas très proches.

– Et votre père ?

– Il est mort.

– Je suis désolé. Il a dû être très triste de quitter cet endroit.

– Oui. Elle tourna la page, découvrant la femme qui nageait dans l'étang. Nue. Vous avez fait ce dessin ici ?

– Oui. Il était venu chez elle sans autorisation.

– Très belle composition. Elle marqua un temps d'arrêt. Qui est-ce ? Elle le regardait maintenant droit dans les yeux, et ce regard pénétrait jusqu'à son cœur. Il se détourna.

– C'est Mme Fyncham. » Il ne pouvait pas lui dire la vérité – que c'était elle, Catherine. Qu'il l'avait regardée se baigner depuis les acacias. Que ça avait fait saigner son cœur. Que M. Fyncham était dans l'eau avec elle, mais qu'il l'avait fait disparaître du dessin.

« Vous connaissiez Mme Fyncham ? Ou plutôt, vous la connaissez ? demanda-t-elle d'un ton qui se voulait détaché.

– Elle venait se baigner ici – je l'ai rencontrée une ou deux fois. Il perdait pied.

– Et elle était nue ? Catherine le taquinait à présent.

– Elle aimait se baigner comme ça.

– Ça ne l'ennuyait pas que vous la dessiniez nue ? Elle le vit remuer et eut pitié de lui, parce qu'elle l'aimait bien ; mais c'était plus fort qu'elle.

– Son mari – il m'a demandé de la peindre. Il voulait un portrait d'elle. Catherine ne réagit pas. Il la regarda et s'aperçut qu'elle avait pâli. Ça va ? demanda-t-il. Quel cafouillage. Il avait tout gâché.

– Ils venaient ici ensemble ?

– Oui. Ils se retrouvaient ici quand il rentrait du travail. Ils aimaient se baigner.

– Elle ne vous a pas dit pourquoi elle devait partir ? »

Il s'était mis dans le pétrin. Ce qu'il avait dit n'était pas tout à fait un mensonge – il avait vu Mme Fyncham au bord de l'étang, mais pas avec son mari. C'était un soir tard, peu avant son départ de la ferme. Elle se tenait sur le surplomb et regardait l'eau noire en contrebas.

Il y eut un long silence. Hendrik luttait pour trouver quelque chose à dire. « Vous êtes chez vous ici. Là où vous êtes. Il hésita. Et là où je suis. »

Puis, pour masquer son embarras, il réclama sa leçon de dessin. Elle suggéra qu'ils commencent par l'étang et lui tendit une feuille de papier. Il la posa sur son carnet à croquis. C'était du papier de qualité – rien à voir avec son carnet bon marché. Il commença à dessiner. « Détendez-vous, dit-elle. Cessez de froncer les sourcils. »

Elle prit à son tour une feuille et regarda l'étang. Elle voyait différentes couleurs dans l'eau ; elle voyait les roseaux qui remuaient sur la rive. Mais, maintenant, elle voyait aussi Isobel en train de se baigner. Elle la regarda plonger sous l'eau et refaire surface. Ses cheveux noirs étaient lisses et brillants sur sa tête. Elle appelait Tom en riant. « Allez, viens te baigner avec moi ! »

Catherine regarda sa feuille et s'aperçut qu'elle avait dessiné une silhouette dans l'eau. Elle l'effaça en brouillant le trait avec le dos de sa main, puis se remit au travail. L'à-pic qui plongeait dans l'étang, le bosquet au sommet, les rochers sombres, les branches des arbres. Elle allait remplacer Isobel. Elle allait les dessiner, Maria et elle, deux silhouettes avec les pieds dans l'eau. Deux petites filles en train de jouer, penchées sur les galets qui tapissaient le fond de l'étang. Attentives, absorbées, insouciantes, heureuses.

Ils se mirent à causer tout en dessinant. Elle lui parla des endroits où elle avait été quand elle était enfant. Le temps passait vite. Elle examina son travail et lui fit quelques suggestions sur les zones à éclaircir ou à ombrer davantage. Le dessin de Hendrik était infiniment meilleur que le sien ; c'était lui qui aurait dû l'aider. Puis vint le moment de remballer leurs affaires. « Vous aimeriez recommencer ? Vous pensez que ça vous a apporté quelque chose ?

– Oh, oui, dit Hendrik. Son cœur chantait.

– Alors disons samedi prochain, au même endroit ? » Ils se séparèrent à la fourche du sentier. Hendrik la regarda s'éloigner dans l'herbe.

IX

Quand Catherine revint de la rivière, Maria nota le changement qui s'était opéré en elle. Le jeune homme lui avait raconté quelque chose qu'elle n'avait pas envie d'entendre. Maria lui avait bien dit de ne pas y aller. Catherine déclara qu'elle la rejoindrait plus tard chez sa mère, qu'elle voulait juste s'asseoir un moment. Elle la regarda descendre l'allée. Arrivée à la barrière, Maria se retourna pour lui faire signe. Elle aurait préféré ne pas laisser son amie, mais elle savait qu'elle voulait être seule. Tom n'avait toujours pas appelé.

Catherine regarda les couleurs changer à mesure que la lumière déclinait. Elle entendit les ouvriers crier au loin et vit les enfants passer en courant sur la route de terre. Un paon braillait dans les arbres.

En s'épaississant, l'obscurité faisait ressortir les feux – de petits points orange dans le veld, des balises sur un océan de ténèbres.

Tom était quelque part dans la nuit, tantôt proche et tantôt lointain, l'attirant puis la repoussant.

Maria était dehors et l'attendait en fredonnant une chanson inventée, en mémorisant des faits étranges qu'elle puisait dans les livres pour la faire rire. Elle était assise sur la tombe de son amant ou seule au bord de l'eau, les yeux rivés sur un avion qui passait dans le ciel, sur les fourmis qui arpentaient la terre rouge.

Hendrik était à l'église ; son crayon dansait sur le papier et son cœur chantait.

Isobel était là-bas, avalée par quelque trou noir, et cherchait le chemin du retour.

Et les filles étaient là-haut, sur la crête : elles traçaient des cercles dans la poussière de l'église et riaient pour chasser leur peur, donnant à l'obscurité la forme d'un vaisseau pirate, d'un mariage, d'un baptême, d'une fleur dans un vase, d'un vœu.

Les mots swazis lui revenaient à présent ; ils s'assemblaient lentement pour former des phrases. Certains étaient trop lointains pour se laisser saisir. Elle allait en avoir besoin chez la mère de Maria. Ça faisait dix jours que Tom était parti et il n'avait pas téléphoné. Elle était furieuse de tant désirer son appel, et furieuse qu'il n'ait pas appelé. Elle voulait qu'il revienne. Maria était là, mais elle se sentait seule quand même. Ce n'était pas suffisant. Ça l'avait été, mais ça ne l'était plus. Elle passa un chandail par-dessus sa robe, prit une torche électrique dans le placard et se mit en route vers le *kraal* de la mère de Maria. De cette femme, elle se rappelait une chose : la chaleur qu'elle dégageait.

Elle sent le menthol, elle s'en met sur la poitrine. Son tablier est délavé et ses genoux tachés de produit pour le sol. Je me laisse aller contre son gros corps tiède.

« Mes petites vilaines. Elle rit. Où vous étiez ? Madame vous cherchait. Elle vous appelait partout. » Ses bras m'enveloppent. Je pourrais m'endormir. Pas besoin des moutons. Je sens sa poitrine qui monte et descend, monte et descend. Quand elle fait le ménage à la maison, elle accroche Lilly dans son dos. « Où

vous étiez ? Elle a dit à Philemon de vous chercher au magasin.

– On chassait. »

« Si la maison brûle. S'il y a un grand feu de brousse, comme l'hiver dernier.

– Feu de brousse – feu de frousse !

– Sois sérieuse, Maria. Si tout le monde brûle, il faudra qu'on trouve à manger toutes seules.

– On chassera les animaux et on cueillera les plantes. Moi, je cueillerai. Je sais les choses qu'on peut manger dans le veld.

– Non, Maria, tu n'en sais rien. Tu as failli nous tuer avec cette plante que tu nous as fait manger. Non, je chasserai avec mon bâton.

– Tu chasseras quoi ?

– Les moutons.

– Pas la peine de les chasser, les moutons. C'est des animaux domestiques. Si tu attrapes un mouton, tu devras le tuer.

– Pourquoi moi ?

– Parce que c'est toi la chasseuse. Tu es capable de tuer quelque chose ?

– Je ne sais pas.

– Ma mère elle tue les poulets. Elle coupe leur tête et ils courent partout. Elle a tué une chèvre en coupant sa tête avec un couteau. Un vieux couteau.

– Ne me raconte pas ça. Je ne veux pas en entendre parler.

– Tu pourrais essayer de tuer une petite chose. Une souris quand le chat la ramène et elle vit encore mais elle va mourir. Tu peux t'entraîner avec ça. Ou une grenouille.

– Beurk.

– Il faut la frapper avec une pierre. Il faut pas attendre. Une seconde d'hésitation et tout est perdu.

– Hein ?
– J'ai lu ça dans un livre à la maison.
– Tu es folle. »
Elles éclatent de rire.

*

Deux chiens galeux surgirent en aboyant de l'obscurité quand Catherine arriva devant la hutte de la mère de Maria. Ils continuèrent à gronder jusqu'à ce qu'un homme sorte et les chasse avec un bâton. Il ôta son chapeau cabossé et adressa un signe de tête à Catherine. Elle le salua. Maria vint l'accueillir à l'entrée.

L'intérieur de la hutte était enfumé. À la lueur de la lampe à pétrole, Catherine distinguait la silhouette d'un enfant assis dans un coin sur un lit métallique. D'autres enfants l'encerclèrent : ils tripotaient sa jupe, voulaient toucher ses cheveux. Elle en connaissait deux qui fréquentaient l'école. La mère de Maria était assise sur une natte dans un coin de la pièce. Les années l'avaient ratatinée. En approchant, Catherine s'aperçut qu'un de ses yeux était blanchi par la cataracte. Elle prit la main que la mère lui tendait et s'accroupit à côté d'elle.

« *Maye babo*, Katie, tu es si belle. Laisse-moi te regarder. » Elle fit claquer sa langue, puis demanda à Maria d'amener une chaise, deux chaises : elles ne pouvaient recevoir ainsi leur invitée. Maria aida sa mère à se lever et celle-ci s'affaissa sur une chaise dont les *riempies** usées ployèrent sous son poids. Catherine reconnaissait ces chaises : elles se trouvaient autrefois dans la maison de Hebron. Il y avait aussi deux vieux pots en porcelaine que sa mère avait donnés à celle de Maria parce qu'ils étaient fêlés. Ils occupaient la place d'honneur dans une vitrine décrépite.

« Laisse-moi te regarder, répéta la mère. Elle étudia le visage de Catherine. Maria peut faire le thé. Elle se tourna vers sa fille et lui adressa quelques mots en swazi. Prends les belles tasses, dit-elle. Katie, ça fait si longtemps. Comment va ta maman ?

– Elle est morte, maman. Je te l'ai déjà dit. » Maria fourrageait dans un tiroir. Elle en sortit une boîte pleine de papier de soie déchiré. Sous le papier, il y avait des tasses en porcelaine – de vieilles tasses ébréchées qui venaient de la maison. « Je lui dis tout le temps, mais elle oublie. » Maria versa de l'eau dans les tasses et s'empara d'une boîte en fer-blanc à l'effigie du roi et de la reine. Il restait un sachet de thé à l'intérieur. Elle le pressa contre le bord de la première tasse et le réutilisa pour la suivante. Le thé avait une couleur laiteuse – Maria prit le plus clair.

« Je suis désolée, Katie, dit la vieille femme en serrant la main de Catherine. Ta mère était quelqu'un bien. Elle m'a appris l'anglais. Mais j'oublie tout. Elle rit, agita les mains et se mit à tousser. C'est dur maintenant. Je ne peux pas travailler. Il n'y a pas d'argent. Les deux plus grands travaillent dans les mines. Et Maria est si méchante avec les hommes. Maria roula des yeux. Tu es mariée ? *Baas* Fyncham est beau. Hier je t'ai vue à la rivière avec lui. Je suis allée cueillir des champignons dans le veld. C'est un homme bien.

– Maman, tu n'es pas sortie hier.

– C'était hier. Tu n'étais pas là. Je ne suis pas bête. Je suis allée à l'étang. J'ai vu Katie avec lui. Elle tendit le bras pour toucher les cheveux de Catherine. Mais tu as changé tes cheveux. Je crois qu'ils étaient longs. Ils étaient différents ; ils étaient noirs.

– Tu t'embrouilles, maman. Elle ne se souvient pas quand les choses sont arrivées. Ce n'était pas hier. Maria se leva et alla chercher de l'eau dans le seau pour sa mère, qui s'était remise à tousser. Elle a vu

M. et Mme Fyncham un jour à la rivière, expliqua-t-elle à Catherine.

– Je sais qui j'ai vu. La mère de Maria commençait à s'agiter. Pourquoi tu ne prends pas une théière convenable. Pas ces vieux trucs. » Elle envoya Maria chercher une théière. La fatigue la gagnait, Catherine le voyait bien. Après le thé, elle fit ses adieux et promit de revenir. La mère de Maria sortit clopin-clopant devant la hutte. « Mes deux petites vilaines, cria-t-elle dans leur dos. Si grandes. » Elle agita la main tandis qu'elles s'éloignaient dans la nuit.

*

Elles cheminèrent quelque temps en silence. Catherine ouvrait la marche avec la torche électrique, et Maria la suivait. Catherine l'entendait fredonner tout bas. Toujours cette chanson idiote.

Près des buissons de ronces
Au bord de la mer
Boum boum boum…

« Quand je mourrai, je veux que tu vérifies que je suis bien morte avant qu'on me mette dans le cercueil.

Catherine se retourna pour regarder son amie.

– Je suis sérieuse, dit Maria.

– Mais on saura que tu es morte. Tu auras cessé de respirer.

– Quand même, pour vérifier. Ils font parfois des erreurs. J'ai lu des histoires de cercueils sur lesquels on retrouvait des griffures. On cherche le pouls, mais il faut attendre un peu parce qu'il a pu ralentir. J'ai aussi lu quelque chose sur une tortue qui était prise dans un filet : son cœur battait une fois toutes les heures.

– C'était une tortue. Tu lis trop, Maria.

– Tu pourrais tenir un verre devant ma bouche pour vérifier si je respire.

– Mais pourquoi tu parles de ça ?

– Parce que je veux être sûre que tu le feras.

– On a le même âge. Tu ne vas pas mourir.

– On ne sait jamais. Pense à ma tante qui s'est fait écraser en traversant la route. Et puis il y a des meurtres.

– Pourquoi voudrait-on te tuer ?

– Imagine que ça arrive, pour une raison ou pour une autre.

– Cette conversation est ridicule.

– Mais tu le feras ? Si tu dis oui, j'arrête.

– D'accord, je vérifierai que tu es bien morte. Mais si je meurs avant toi ?

– Tu me laisseras ta voiture ? »

Catherine éclata de rire. Elles arrivaient au niveau de l'école. Là, Catherine s'arrêta net. Maria faillit la heurter. « Qui d'autre la conduirait ? » demanda-t-elle, poursuivant leur conversation. Mais Catherine ne l'écoutait pas : elle avait les yeux rivés sur la maison, qui était éclairée et d'où s'échappait de la musique. Elle se mit à courir, abandonnant Maria sur la route.

La porte était ouverte. Catherine monta en courant les marches et pénétra dans la maison. Elle s'immobilisa en voyant le fauteuil au milieu du salon et le regarda fixement. Soudain, elle n'entendait plus ni le disque, ni les appels de Maria, ni les aboiements des chiens, ni la voix de Tom. Elle voyait juste un tunnel au bout duquel une veste verte et un sac à main noir étaient négligemment jetés sur un fauteuil, comme si leur propriétaire rentrait d'une journée de courses et était allée se faire couler un bain.

X

Tom se tenait dans l'encadrement de la porte. Il arrivait de la cour intérieure et portait juste une serviette autour de la taille – il avait dû prendre un bain. « Catherine ? » fit-il d'un ton surpris. Il s'avança vers elle. Elle fixait toujours le fauteuil. Il semblait si détaché, comme si rien ne s'était passé entre eux. Elle pensa à la nuit où elle l'avait rejoint à l'étang et à ce qu'il n'avait pas pu lui dire. Elle allait devoir partir maintenant. Elle avait commis une terrible erreur. « Oh, tu les as trouvés, dit-il en montrant la veste et le sac. Je suis désolé. C'était censé être une surprise.

– Une surprise ? Elle sentait la nausée l'envahir. Il avait ramené Isobel. Le reste ne signifiait rien pour lui.

– Une mauvaise surprise, visiblement. Tu aurais dû me prévenir que tu n'aimais pas les surprises.

Catherine ne l'entendait pas.

– Où est-elle ?

– Qui ça ?

– Ta femme. Elle n'arrivait pas à prononcer son nom.

– C'est un cadeau, Catherine. Juste un cadeau. J'ai rapporté ça pour toi.

– Je croyais… Il s'approcha et la prit dans ses bras. Tu n'as pas appelé. Elle lui martela la poitrine du poing.

– J'ai essayé. La ligne a coupé. Tu connais le problème. J'ai vraiment essayé. Il avait reculé d'un pas et la tenait par les épaules pour la regarder. Tu m'as manqué, tu sais.

– J'ai besoin d'un mouchoir. Elle avait le nez qui coulait.

– C'est la couleur de la veste qui ne te plaît pas ? demanda-t-il en lui essuyant les joues. Tu pourrais l'essayer.

La veste lui allait parfaitement. Il avait dû demander ses mesures à Maria.

– Merci. J'ai eu peur, c'est tout.

– J'ai pensé à toi pendant tout le trajet. Il se mit à chantonner : Tes lèvres, ton sourire, ta douce étreinte. Puis il l'enlaça et la fit virevolter dans la pièce. Où est Maria ? J'ai quelque chose pour elle aussi. » Il lâcha Catherine et s'approcha de sa valise, ouverte par terre. Maria surgit juste au même moment. Elle avait un don étrange pour apparaître ainsi, presque à la demande. Tom sortit de sa valise une bouteille en verre et la lui tendit. « De l'eau de mer, comme tu me l'as demandé. » Maria tint la bouteille devant son visage et scruta les particules qui flottaient à l'intérieur.

Elle savait donc que Tom allait au bord de la mer. Catherine la dévisagea.

« Dieu sait ce qu'elle fait avec ça, dit Tom en riant. Moi, j'ai besoin de quelque chose d'un peu plus fort. Tu veux bien me servir un whisky, je vais me changer pendant ce temps. Je suis épuisé. J'ai conduit toute la journée. » Il avait déjà parcouru la moitié du couloir. Catherine sentait son énergie bouillonnante ébranler la maison. Il avait une autre vie là-bas, en dehors de la ferme, et elle ne savait pas de quoi elle était faite. Elle se tourna vers Maria pour lui demander pourquoi elle ne lui avait pas dit où allait Tom, mais elle avait disparu dans sa chambre avec la bouteille d'eau de mer.

Tom revint au salon. Catherine lui tendit son verre et ils s'assirent. « Eh bien, raconte-moi ce que tu as fait pendant mon absence. J'ai vu ta peinture. Elle est très bonne.

– Elle te plaît ? Tu ne trouves pas qu'il y a quelque chose qui cloche avec l'eau de l'étang.

– Non.

– J'ai voulu convaincre Maria de venir se baigner, mais elle a dit qu'elle avait froid. Tu as réglé tes affaires ? Elle ne voulait pas lui parler de sa femme.

– Oui. Il remuait ses glaçons avec son doigt. Tu ne veux pas me jouer quelque chose au piano ?

Elle ignora sa demande et tenta de l'orienter vers un autre sujet.

– J'ai suivi la rivière tout du long à cheval. Ptolomy a mangé trop d'avoine. Il a failli me mettre par terre. Et on a planté un jardin à l'école. Elle s'entendait caqueter nerveusement, d'un air faussement détendu.

– Joue-moi quelque chose, insista-t-il.

– Je ne sais plus. Je n'ai jamais appris par cœur.

– Ce n'est pas grave. Invente en jouant. Joue pour m'endormir. » Il ferma les yeux.

Elle s'assit au piano et souleva le couvercle. Ça faisait si longtemps. Au début, les notes étaient discordantes, mais Tom ne broncha pas. Alors elle se força à l'oublier. La dernière fois qu'elle avait joué, c'était pour sa mère mourante.

« Katie, joue-moi quelque chose. » Sa mère l'appelle depuis son lit, mais sa voix n'est qu'un murmure et son visage est exsangue. Elle aimerait tant quitter son corps. « Joue-moi quelque chose, tu joues si bien,

emmène-moi ailleurs. S'il te plaît, Katie. Emmène-moi là-bas, dans le veld, à la rivière. Emmène-moi dans les koppies. Emmène-moi à l'église. »

Les doigts de Catherine se mouvaient sur les touches et quelque chose montait en elle. Quelque chose qu'elle avait gardé soigneusement enfoui. Elle pleurait. Elle cessa de jouer et rabattit le couvercle.

Quand elle passa devant Tom pour aller s'asseoir, il l'attrapa par les cuisses, l'attira vers lui et se leva. « J'ai envie de t'embrasser. » Sa bouche avait un goût de whisky. Il la serrait dans ses bras ; elle se laissa aller contre lui. Son corps était tiède.

« Je suis fatiguée. Elle se dégagea. À demain. » Le choc avait été trop brutal, elle ne pouvait pas dormir avec lui, pas cette fois, pas si vite.

Une fois dans sa chambre, elle sortit tous ses vêtements de leurs tiroirs, puis les replia et les remit à leur place. *Mes affaires.* Elle aligna ses trois paires de chaussures sous le lit. *Mes chaussures, ma chambre, ma maison.*

Elle sortit dans l'allée et Maria la rejoignit. Elles ne se parlèrent pas : elles s'allongèrent pour regarder le ciel. Maria avait avec elle la bouteille d'eau de mer.

Tom les observait par la fenêtre : deux femmes, deux petites filles. Il voyait bien qu'il n'y avait personne d'autre – elles étaient seules dans un monde à elles. « Qu'est-ce que vous voulez ? » Il se rappelait la voix de Catherine. Je veux ce que tu as, pensa-t-il. Je veux rester ici. Il regarda les doigts des deux femmes qui se touchaient dans la poussière de l'allée. J'aimerais te dire la vérité, mais il est trop tard ; j'ai été trop loin. Je ne peux plus partir.

XI

Hendrik courait dans le veld. Il bondit par-dessus une branche tombée en travers du sentier et poussa un cri vers le ciel. Il tournoya sur lui-même et fit un grand saut en avant ; son sac rebondit contre sa poitrine. Catherine allait adorer les dessins qu'il avait faits et, quand il pourrait utiliser la couleur, ce serait une explosion. Il y avait des fleurs tout au long du sentier. Il se pencha pour en cueillir quelques-unes – cinq roses et cinq blanches. Il savait qu'elle les aimait car, le jour où il en avait apporté à l'église, il avait entendu un rire ravi.

La fois suivante, quand il était entré dans l'église, les fleurs, liées par la tige, formaient une guirlande et il y avait de petites empreintes de doigts dans la poussière.

Aujourd'hui, il portait son maillot sous son short afin d'être prêt quand Catherine irait se baigner. Il plongerait du surplomb, lui montrerait le saut périlleux arrière et lui demanderait la permission de la dessiner.

Catherine n'était pas encore là quand il arriva à l'étang, mais il était en avance. Il sortit la bouteille de vin et la mit à rafraîchir dans l'eau. Puis il s'assit sur la rive, dessina un motif dans la terre et le décora de galets. Elle était en retard à présent. Il ôta ses vêtements et sauta dans l'eau. Là, il descendit le plus profond possible et retint son souffle aussi longtemps qu'il le pouvait. Puis il sortit et s'allongea sur les rochers pour sécher. Catherine avait été retenue. Mais elle allait venir, il le savait. Il voulait être occupé quand elle arriverait : il sortit son carnet et commença à dessiner l'étang.

*

Catherine et Tom faisaient route en silence. À mi-parcours, un lièvre sortit des fourrés et s'élança devant la voiture. Impossible de l'éviter : un autre véhicule arrivait en sens inverse. Ils se seraient fait tuer tous les deux. Tom écrasa donc le lièvre. Catherine se retourna et le vit qui gisait sur la route, ses pattes de derrière battant toujours désespérément. Tom se rangea et ils sortirent de la voiture. Elle le regarda s'approcher et tordre le cou de l'animal. Ce fut si rapide. « Ça va ? demanda-t-il en revenant. Il lui prit la main. Il n'y avait rien d'autre à faire.

– Je sais, c'était la seule solution. Tom ? Mais il ne semblait pas l'avoir entendue. Ils remontèrent en voiture.

– J'ai fait réparer l'avion. Le manche à balai avait trop de jeu. Willy l'a fait voler l'autre jour. Il est en parfait état maintenant. Je vais te donner ta première leçon de vol. Enfin, dans un avion. Je suis sûr que tu voles sans arrêt dans ta petite tête. » Il tripotait les boutons de la radio.

Ils volèrent pendant des heures, poussant plus loin que la fois précédente, suivant la rivière dans la vallée, franchissant le bord de l'Escarpement, là où la terre plongeait, et s'engageant au-dessus des collines opale qui se succédaient jusqu'à Lourenço Marques[1].

*

1. Ancien nom de Maputo, capitale du Mozambique.

Hendrik entendit l'avion avant de le voir. Catherine était là-haut avec Tom. Elle avait oublié. Comment avait-il pu y croire ? Est-ce qu'elle le verrait en regardant la terre ? Il cessa de dessiner, froissa le croquis et le jeta dans l'eau où il tourbillonna et, entraîné parmi les rochers, se mit à descendre le courant. Le moment aurait pu être parfait, mais M. Fyncham était rentré et avait tout gâché. Hendrik ramassa une poignée de cailloux et les lança aussi fort qu'il le put contre l'à-pic qui se dressait de l'autre côté de l'étang. Il avait été si bête de se laisser aller à sa joie, de laisser son cœur s'épancher. Il s'assit, alluma une cigarette et se mit à boire.

Il ne s'arrêta qu'une fois la bouteille de vin vide. Alors, il se leva et monta en trébuchant le sentier.

Maria le croisa près de l'église, mais il ne leva pas les yeux. Elle vit les larmes qui baignaient ses joues.

*

Catherine prit le volant pour rentrer. En quittant la route goudronnée, au lieu de descendre la colline vers Hebron, elle emprunta une piste de terre qui conduisait à des chutes au bord de l'Escarpement. Ils les avaient aperçues de l'avion. Tom n'y avait jamais été et elle voulait lui montrer combien le site était spectaculaire. Elle emmena la voiture le plus loin possible, puis ils sortirent et continuèrent à pied. L'eau dégringolait depuis les rochers plats jusqu'au fond du *krantz*, loin en contrebas. Ils s'assirent sur le bord, balançant leurs pieds dans le vide. Elle sentait les fines gouttelettes qui remontaient vers eux.

« Il y a des léopards en bas dans les grottes », dit-elle en désignant les versants abrupts du *krantz*.

Tom déboucha une bouteille de vin qu'il avait apportée de la voiture et ils se mirent à boire au goulot. Catherine s'allongea sur les rochers. Il lui caressa le mollet. « Lâchez-moi, monsieur, car je ne suis pas un garçon. » Elle ne savait pas pourquoi elle avait dit ça. C'était si bon de l'avoir de nouveau auprès d'elle.

« Tu es folle, hein ? Sa main était tiède.

– C'est ce que le palefrenier dit au fringant libertin dans les romans sentimentaux pour révéler qu'il est une femme et que cette femme le désire.

– J'avoue que je lis peu de fiction sentimentale.

– Dommage. Lilly ne s'en lasse pas. C'est sa passion secrète. »

Tom faisait glisser sa jupe sur ses hanches, remontait son chemisier. Elle sentit sa langue sur son ventre et la chaleur du soleil sur leurs corps, et l'instant d'après ils se déshabillaient avec une folle hâte, riant de leur propre frénésie. À qui appartenaient cette jambe, cette langue, cette peau ?

Les gouttelettes étaient fraîches et la sueur de Tom avait un goût salé. Il plaqua ses bras au-dessus de sa tête et elle serra ses mains dans les siennes et le rocher lui laboura le dos. Puis elle l'entoura de ses jambes et il la pénétra. Elle poussa un cri vers le ciel. Il tenait sa tête entre ses mains et il la regardait et il l'aimait, elle le sentait ; elle sentait les plantes qui poussaient autour d'eux, l'eau et les fissures du rocher.

À présent, elle fixait les nuages qui dérivaient dans le ciel. Tom s'était endormi et elle avait posé sa chemise sur sa tête pour le protéger des coups de soleil.

« Tu m'emmèneras avec toi ? demanda-t-elle tout haut.

Il ouvrit les yeux en l'entendant.

– Hein ? Sa voix était pleine de sommeil.

– La prochaine fois que tu t'en vas. Tu m'emmèneras avec toi ? Elle lui caressa le bras avec un brin d'herbe.

– Oui. C'est promis. Il se retourna pour lui faire face. Vous me rendez heureux, Mlle King. »

XII

Deux semaines s'étaient écoulées depuis le rendez-vous manqué. Hendrik avait cessé d'aller à Hebron, cessé d'aller à l'église.

Sa mère était assise en compagnie de Nettie de Vries et d'Ella. Elles buvaient du café en mangeant des biscuits. Il les entendait depuis l'endroit où il était assis.

« Il est parti. Tom Fyncham est parti.

– Comment le savez-vous ?

– Il devait venir chercher de la nourriture pour bestiaux à la voie ferrée jeudi, mais il n'arrivait pas, donc Davel a monté les sacs jusqu'à la maison. La bonne indigène a dit qu'il était parti.

– Et moi je l'ai vue sur la route de Hebron – la fille King. Elle marchait, mais on aurait dit qu'elle ne savait pas où elle allait. Je me suis arrêtée et je lui ai demandé si ça allait. Elle ne m'a même pas saluée.

– La bonne n'a pas dit à Davel quand M. Fyncham rentrait. Elle l'a juste regardé décharger les sacs. Elle ne l'a pas aidé, elle est restée plantée là. Et la fille King était derrière à l'entrée – Davel dit qu'elle n'avait pas de chaussures. Ses cheveux étaient en pagaille, on aurait dit qu'elle ne les avait pas brossés depuis des jours. »

Ainsi M. Fyncham avait quitté Catherine et la ferme. Une étincelle s'alluma dans le cœur de Hendrik. Elle allait avoir besoin d'aide à la ferme, et il pouvait l'aider. Il savait tout ce qu'il y avait à savoir. Bientôt, il irait à

Hebron – mais pas tout de suite : il attendrait d'être sûr avant d'aller lui proposer un coup de main.

Ils dînèrent tôt, comme d'habitude. Sa mère lui demanda pourquoi il parlait si peu. Rien de spécial, répondit-il. Elle ne rapporta pas sa conversation avec Nettie, et elle ignorait qu'il les avait entendues. Elle ne voulait sans doute pas qu'il sache que Tom Fyncham avait laissé Catherine seule à la ferme – mais elle avait forcément conscience qu'il l'apprendrait tôt ou tard, vu la manière dont les nouvelles circulaient.

« Comment va Dirk ? demanda-t-elle.

– Bien. »

Puis son père l'entretint de la ferme et raconta qu'il avait dû aider une vache à mettre bas pendant qu'il était en classe. Le veau s'était présenté par le siège. Il avait dû introduire son bras dans la vache pour le retourner. Le petit avait survécu. Une expérience merveilleuse.

Sa mère était d'humeur légère, elle aussi. Elle proposa qu'ils partent en vacances en famille après les examens de Hendrik. À la mer. Ça faisait si longtemps qu'ils n'avaient pas passé de vacances tous les trois. Et ils auraient quelque chose à fêter.

Hendrik l'écouta à demi tandis qu'elle décrivait les endroits où elle était allée avec son père autrefois, juste après leur mariage. Elle raconta leur rencontre à une soirée dansante. Pour la première fois depuis longtemps, il vit une affection authentique passer entre ses parents quand son père tendit le bras par-dessus la table pour prendre la main de sa mère.

Il trouverait un cadeau à apporter à Catherine, pensa-t-il après le dîner. Il était étendu sur son lit et contemplait le veld et la crête par la fenêtre. C'était si beau la nuit. Chaque fois qu'il s'allongeait sur son lit, il avait envie d'être là-bas, sous les étoiles, perché sur un de ces énormes rochers qui attiraient la foudre parce qu'ils contenaient du fer. C'était comme si on les avait précipités d'une hauteur, qu'ils s'étaient brisés en touchant le sol et avaient roulé sur le versant de la colline jusqu'à trouver une position d'équilibre. Alors, la végétation avait poussé sur et autour d'eux. Parfois, Hendrik se demandait s'il y avait un dieu là-haut, dans le ciel, et s'il les avait jetés dans un accès de colère, ou laissés échapper, ou encore lancés par jeu, comme des dés, et regardés se fendre.

Il fallait qu'il y aille ce soir, il ne pouvait pas rester dans son lit à attendre ; jamais il ne s'endormirait. Il passa une chemise propre et un pantalon et fourra dans son sac des cigarettes et une demi-bouteille de whisky qu'il gardait dans son placard. L'alcool lui calmerait les nerfs. Ensuite, il ouvrit la fenêtre, sauta dans l'allée et s'éloigna dans l'obscurité.

En chemin, il s'arrêta à l'église pour regarder la photo de Catherine ; puis il repartit, descendit en courant le sentier qui passait près de l'étang et rejoignit la route bordée de gommiers. Le whisky lui avait donné du courage. Il ne se tapirait pas dans l'ombre pour épier la maison ; il monterait bravement les marches et frapperait à la porte.

Mais il n'eut pas à frapper : la porte était ouverte, tout comme les fenêtres de la façade. Ouvertes à l'air tiède de la nuit. Il y avait de la musique. Hendrik en était venu à associer la musique à cette maison. C'était un air léger et enjoué. Mais, en franchissant le seuil, il sentit que quelque chose n'allait pas.

La seule lumière allumée était une lampe du salon. Il mit quelque temps à distinguer une silhouette assise dans un coin sur un fauteuil. Il traversa la pièce, mais Catherine ne bougea pas. Le disque s'acheva et l'aiguille se mit à aller et venir en raclant la surface. Hendrik alla ôter le disque – Catherine ne le ferait pas elle-même. Puis il s'approcha prudemment. Elle n'avait pas l'air surprise de le voir : elle était trop saoule.

Son visage semblait flou, comme sur une photo faite sans mise au point ; les muscles de son visage étaient relâchés. Hendrik s'aperçut qu'elle avait une coupure au front et saignait.

« Ça va aller, dit-il. Il avança la main. Elle se leva lentement en se cramponnant au fauteuil.

– Non. Elle secoua la tête. Ça ne va pas aller. Un air de contrariété passa sur son visage. Qu'est-ce que vous faites ici ? Où est Maria ? Elle se dirigea tant bien que mal vers la porte et il lui prit la main pour la stabiliser.

– Vous vous êtes coupée. Vous devriez mettre quelque chose sur la plaie. Mais elle ne l'écoutait pas.

– Vous l'avez vue en arrivant ? En atteignant la porte, elle lâcha la main de Hendrik, traversa la véranda d'un pas vacillant et s'assit sur le muret. On s'est disputées. Elle parlait moins à Hendrik qu'à elle-même. Elle a dit que je n'avais pas le droit de lui crier dessus. Je lui ai crié dessus. »

*

Elle était folle, folle de rage et de frustration.

« Pourquoi tu n'es pas venue me voir le jour où il est parti ? avait-elle hurlé à Maria. Tu savais qu'il partait, tu devais le savoir. J'étais à l'école. Tu as dû le voir faire ses bagages. C'est lui qui t'a dit de me donner ce mot ? »

Maria avait pris un ton offensé : « J'étais sortie. Ne crie pas comme ça. Je n'étais pas là. J'étais chez ma mère. Qu'est-ce que j'aurais pu faire pour l'arrêter ?

– Tu ne veux pas de Tom ici, c'est tout, avait rétorqué Catherine. Tu voudrais qu'on reste seules toutes les deux. Mais moi je l'aime.

– Je m'en vais.

– Où ça ?

– Je ne sais pas. Mais je ne reste pas là à me faire hurler dessus.

– Tu ne peux pas partir. »

Mais elle était partie. Elle s'était éloignée dans la nuit, laissant Catherine seule à la maison.

*

« C'est Maria qui vous a fait ça ? » demanda Hendrik en montrant sa coupure au front. Cette fois, elle le regarda avec une expression proche de la colère, comme pour dire : comment avez-vous pu croire une chose pareille ? Une fois de plus, il sentait qu'il perdait pied avec elle. Il ne savait pas quoi faire. Il ne l'avait jamais vue dans cet état.

« Je me suis coupée en tombant. Mais ce n'est pas ça qui m'inquiète. Maria est partie.

– Je suis sûr qu'elle reviendra, dit-il d'un ton qui se voulait rassurant.

– Vous croyez ? Elle se leva et rentra dans la maison, cette fois d'un pas plus assuré, comme si elle s'était ressaisie. Vous voulez boire quelque chose ? demanda-t-elle, emplissant déjà un verre. J'ai bu toute la soirée. Tom est parti, il m'avait promis de m'emmener avec lui. Tout ce qu'il m'a laissé, c'est un mot. C'est la deuxième fois qu'il part comme ça. Son mot dit que ça ne se produira plus, mais c'est ce qu'il a déjà dit la dernière fois. Sa voix était monocorde. Elle était fatiguée. Vous voulez bien choisir un disque. Mettre de la musique. Peut-être que ça la fera revenir. »

Il se dirigea vers les disques, les passa en revue et repéra une pochette – Edmundo Ros et son orchestre. Il mit le disque sur le gramophone. Le chanteur s'exprimait dans une langue étrangère qu'il ne comprenait pas. Il s'assit près de Catherine et resta silencieux un moment, cherchant quelque chose de pas trop idiot à dire.

« Je vous ai attendue près de l'étang. J'avais apporté mes dessins. »

Elle le regarda et il sentit que, pour la première fois ce soir-là, elle prenait conscience qu'il était là, un être distinct à côté d'elle. « Je suis désolée. Elle se mordait la lèvre. J'oublie tout ces derniers temps. Je suis désolée, c'est impardonnable. Vous voulez danser ? Venez danser avec moi. Elle se leva, chancelante.

– Je ne sais pas danser. Je crains que…

– N'ayez pas peur. C'est simple comme bonjour. Je vais vous montrer. » Elle voulait sentir un corps contre le sien.

Et elle obtint ce qu'elle voulait. Un instant plus tard, Hendrik dansait avec elle. Il avait le sens du rythme, déclara-t-elle. Pour sa part, il était juste heureux de la tenir tout près de lui. Il sentait l'odeur de ses cheveux et de sa peau. À la fin de la chanson, il ne voulait plus la lâcher. Il sentait qu'il fallait faire quelque chose, qu'elle attendait quelque chose de lui. Qu'il devrait l'embrasser. Mais elle se dégagea.

« Vous entendez quelque chose ? demanda-t-elle.

– Vous voulez que j'aille la chercher ?

– Impossible de savoir où elle est, dit-elle en secouant la tête. Non, ça ne ferait qu'aggraver le problème. On s'est disputées. Non, restez avec moi. Si ça ne vous ennuie pas. Je ne veux pas être seule. »

Elle se plaignit d'avoir mal à la tête et il alla lui chercher de l'eau dans la cuisine.

« Tom est parti. Il ne m'a pas emmenée, dit-elle abruptement. Elle commençait à dessaouler. Le téléphone a sonné et j'ai décroché – je n'aurais pas dû. C'était elle, Isobel, la femme de Tom. Je suis sûre que c'était elle. Maintenant, elle sait que je suis ici.

– Je vais rester avec vous.

– Il faut que je dorme. Vous pourriez rester au salon. »

Mais elle trébucha en s'engageant dans le couloir et il dut l'aider à aller se coucher. Il tira le drap sur elle.

« Vous voulez bien rester jusqu'à ce que je m'endorme ?

– Bien sûr.

– Merci. » Elle ferma les yeux.

*

Maria vit l'étrange garçon quitter la maison. Il était tard. Elle était revenue s'excuser. Elle croisa le garçon près de la barrière. Il marchait vite, tête baissée. Elle ne le salua pas.

En rentrant, elle trouva Catherine endormie dans le lit de Tom – K.-O.

*

Après leur dispute, elle était montée à l'église.

Elle avait l'intention de passer la nuit là, sur le sol, mais ils ne l'avaient pas laissée dormir.

La pièce obscure revient sans cesse la hanter. Il y a trois personnes à l'intérieur : la femme à la barrette en argent, l'homme, et quelqu'un d'autre. Quelqu'un qui a des ennuis. Quelqu'un qui est malade.

XIII

Maria écarta le rideau. Catherine émit un grognement et se couvrit le visage. Elle avait la bouche sèche et un violent mal de crâne. « Qu'est-ce qui te fait sourire ? demanda-t-elle, agacée. Tu es contente maintenant ? Je suis restée toute seule et je me suis saoulée.

– Toute seule ?

– Je ne sais plus. J'ai cassé un vase. Je ne me souviens plus.

– Le garçon était là.

– Quel garçon ?

– Le garçon afrikaner. Celui qui est bizarre. »

Catherine revoyait vaguement son visage, comme dans un rêve. Elle se souvenait de s'être sentie en sécurité. Mais elle ne se rappelait pas les détails. Une horrible appréhension la saisit. « Qu'est-ce que j'ai fait ? J'ai fait quelque chose ?

– Je ne sais pas. Je n'étais pas là. Je l'ai vu partir.

– Quand ça ?

– Cette nuit.

– Pourquoi tu n'es pas rentrée ?

– Je ne sais pas. Je me suis endormie dehors. »

Catherine s'assit dans son lit, ce qui ne fit qu'aggraver son mal de tête. « Tu pourrais aller me chercher de l'aspirine ? Je m'excuse pour la dispute. » Maria lui apporta un verre d'eau et des cachets.

Quand elle les eut avalés, Maria lui dit qu'elle avait découvert quelque chose. « C'est dans l'atelier. Tu devrais aller voir.

– Qu'est-ce que c'est ? »

C'était une feuille de papier – son papier à elle – que le jeune homme avait punaisée sur son chevalet pour qu'elle la voie. Un dessin au fusain qui la représentait nue, allongée sur son lit. Il était magnifique. Catherine le prit et le déchira en deux.

Elle se mit sous la douche. Chaque fois qu'elle pensait au départ de Tom, la colère lui nouait l'estomac. Le jour où il était parti, elle avait prévu d'aller faire des courses en ville avec lui. Elle avait eu de la peine à se concentrer à l'école. Comment pouvait-elle expliquer la multiplication alors qu'elle ne pensait qu'à Tom lui faisant l'amour ? Elle avait terminé tard et couru jusqu'à la maison en espérant qu'il ne s'impatienterait pas, car elle devait encore se changer. Mais, à son arrivée, il était parti. Il avait laissé un mot. C'était la dernière fois, promettait-il. Il avait hâte de retourner voler avec elle. Il était désolé. Il appellerait.

Mais il s'était écoulé une semaine sans coup de fil. Alors, elle avait explosé.

« Tu crois que tu es seule au monde à avoir été amoureuse ? » avait lancé Maria d'un ton accusateur.

Le choc de l'eau glacée la fit sortir de l'état de stupeur où elle était plongée depuis des jours. Elle se sécha avec une serviette et passa une robe d'été, puis alla prendre du café dans la cuisine. Maria avait pressé des oranges. « Je vais aller le chercher, déclara Catherine. Ça ne sert à rien de rester là. Je deviens dingue. Je panique sans arrêt. Il faut que je fasse quelque chose.

Je me fiche de ce qu'il en pense. J'ai besoin de savoir. Je me sens assez forte maintenant. Tant pis si je dois partir après.

– Mais tu ne sais pas où il est.

– Il y a forcément un indice quelque part. Il suffit que je regarde dans ses affaires. » Et elle pensa au *pansy shell*.

Elle chercha toute la matinée avant de tomber sur une carte postale qui avait glissé à côté du bureau de Tom. Elle la brandit comme un trophée sous les yeux de Maria.

Sur la carte, il y avait un dessin de palmier et l'adresse d'un hôtel. C'était assez pour se lancer. Catherine n'avait plus peur, elle avait retrouvé son sang-froid. Elle était capable de les affronter.

*

Catherine fait route vers Lourenço Marques entre les collines opale. Elle a posé la carte portant le nom de l'hôtel sur le tableau de bord. Elle appuie sur l'accélérateur ; la vitre est baissée et l'air chaud s'engouffre à l'intérieur. Elle conduit trop vite dans les virages, mais au bout d'un moment la route se redresse et devient une ligne miroitante qui s'étend jusqu'à l'horizon. Le bush défile à toute allure, avec ses rochers à face rouge et ses arbustes épineux. L'air bruit. Un oiseau de proie décrit des cercles dans le ciel d'étain. Les montagnes plissent jusqu'au sol comme une peau ridée. Catherine emprunte un défilé pentu pour descendre dans le bas veld. Des deux côtés s'ouvrent des gorges boisées. Sur le bord de la route, un groupe de babouins se gratte au soleil. Plus bas, là où la vue se déploie à nouveau, elle trouve une gargote et s'arrête. Le moteur est bouillant d'avoir tourné si vite. Elle a les cheveux pleins de poussière. Elle va aux toilettes et se nettoie le visage et les mains, puis se regarde dans le miroir. Sa peau est dorée par le soleil.

Dehors, elle s'assied à l'ombre des arbres sur une chaise en fer forgé. Ici, tout semble alangui – même la respiration est plus lente. La serveuse prend son temps pour venir.

« Un sandwich au fromage toasté et un café », demande Catherine. Il faut qu'elle arrive à rester éveillée. Quand le sandwich arrive, le fromage est brûlant. Une colonne de fourmis défile en bon ordre sur la nappe rouge et blanc délavée. Catherine les regarde. La serveuse revient.

« Tout se passe bien ? demande-t-elle. Elle regarde Catherine avec curiosité, de même que l'homme assis à la table d'à côté.

– Très bien, répond Catherine, mais la serveuse s'attarde, elle n'a pas envie de partir.

– Vous n'avez pas peur de voyager toute seule ? Et si vous creviez en route ? » Elle prévient Catherine qu'il y a un barrage près de la frontière. La police cherche des Noirs – il y a eu des troubles. Un mouvement clandestin, des communistes, des armes. Tout en parlant, elle fixe les dalles de béton comme si les insurgés étaient là, sous ses pieds, en train de creuser un tunnel pour s'échapper. « La police a trouvé des armes, dit-elle. Elles avaient passé la frontière en fraude. »

L'homme se mêle à la conversation. « Elle a raison, ce n'est pas prudent. Vous allez loin ? »

La serveuse apporte un autre café à Catherine. Elle pense à Hebron – coupé de tout cela, des nouvelles et du reste du monde, de la vie des gens. Elle pense aux fantômes de Maria tapis sous la maison : ils ont leur propre mouvement clandestin.

Elle sort sa carte et, avec un crayon, commence à tracer son itinéraire jusqu'à la côte. Elle entend la voix aiguë de la serveuse à l'intérieur du café : « Vous les *kaffirs*, vous êtes si maladroits. Regarde ce que tu as fait. Une vraie pagaille. »

Catherine observe la scène avec un étrange détachement. L'employée noire a fait tomber une boîte contenant des pailles. « Regarde ce que tu as fait. Ramasse-les !

– Pardon, madame. » La femme se penche et ramasse les pailles une à une pour les remettre dans la boîte. Catherine pense à Maria.

Elle vérifie les niveaux d'huile et d'eau et fait le plein d'essence, puis se remet en route. La radio passe une musique dansante – une musique qui plairait à Maria. Elle pourra peut-être lui acheter des disques sur la côte.

Elle arrive au poste frontière et descend de voiture pour fumer une cigarette. L'homme du café vient vers elle.

« Ça va ? demande-t-il.

– Très bien.

– Je vais aussi à Lourenço Marques – j'ai une tante là-bas. Je garderai un œil sur vous pendant le trajet. »

Un Noir âgé s'approche d'eux. Il était assis sous un arbre avec une femme et les a regardés parler. Son visage est vieux et ratatiné. Il a dans la main une boîte à confiture rouillée d'où dépasse une plante. Des colliers sont passés à son bras – des rangs de cosses marron, orange et grises.

« Cinq shillings, dit-il en tendant le bras pour montrer ses colliers. Choisissez, madame. Les perles ont été enfilées sur des lignes de pêche. Haricots magiques », précise-t-il. Il sort la plante de sa boîte de conserve pour montrer les racines à Catherine. Parmi les filaments blancs, une graine est en train de se former – on dirait un petit cœur. L'homme passe un collier autour du cou de Catherine et elle lui tend cinq shillings. Maria aurait marchandé. Elle l'aurait grugé sans scrupule.

« Comment vous le trouvez ? » demande Catherine en se tournant vers l'homme du café. Mais il s'est éloigné, gêné de la voir acheter quelque chose à un indigène.

Le terrain est plat de l'autre côté de la frontière. Au bout d'une heure de voiture, elle perd la notion du temps. Elle est sonnée – la route le ciel, le ciel la route, la route le ciel. Elle met sa main dehors et écarte les doigts. La radio capte maintenant la musique de LM.

*

Maria traça des carrés dans la terre de l'allée. Elle ramassa un caillou, le lança et sauta. Ça faisait longtemps qu'elle n'avait pas joué à la marelle. Elle voulait jouer ; elle ne voulait pas penser, elle ne voulait pas dormir. Deux papillons vinrent voleter près de sa tête tandis qu'elle sautait dans les carrés. Elle leva les yeux – c'était un signe. Katie avait tort, les signes existaient, il y en avait partout si on prenait la peine de regarder. Elle avait les cheveux tout frisottants et emmêlés – ses tresses s'étaient défaites et elle avait perdu son peigne.

Elle se dévidait, s'élançait vers l'avant comme une ligne de pêche sur l'eau de la rivière. Quelqu'un viendrait peut-être la rembobiner.

Une nuit, allongée dans l'église obscure, Maria avait vu des lumières dorées. Elles avaient traversé son corps par de fins tuyaux, partant de ses orteils et de ses doigts pour ressortir au sommet de son crâne. Un souffle avait parcouru à toute allure sa colonne vertébrale, qui avait jailli entre ses jambes pour former une queue. Elle s'était retrouvée dans le corps d'un guépard, courant dans les plaines infinies sur une herbe dorée. Elle n'était plus que mouvement. Puis il y avait eu une petite main sur son front, une haleine tiède et suave dans son oreille, un rire. De retour à la maison de Hebron, elle était allée se regarder dans le miroir de la salle de bains et avait vu les larmes sombres du guépard sur son visage – de vieux yeux qui voyaient tout, du début à la fin.

Elle en avait assez de la marelle maintenant. Elle alla s'allonger parmi les fleurs du jardin, huma l'odeur du miel et retroussa sa robe pour sentir l'air tiède entre ses jambes, s'imbibant de soleil comme un lézard. Alors, elle ressentit une douleur soudaine. Catherine l'avait accompagnée comme les battements de son cœur; maintenant, elle était partie et il y avait quelqu'un d'autre dans le jardin avec elle. Elle le sentait.

*

Catherine conduit lentement sur le front de mer de Lourenço Marques. C'est le milieu de l'après-midi. Elle n'a pas perdu de temps. Elle trouve l'hôtel sans trop de difficulté. Il est en retrait de la route. Un jardin planté de faux poivriers descend jusqu'au bord de l'eau. Un avocatier ombrage les tables en fer forgé disposées dans la cour et un avocat tombé d'une des branches inférieures gît, fendu, sur l'une d'entre elles.

« C'est un signe. » Catherine croit entendre la voix de Maria. Elle pense que tout est un signe – bon ou mauvais, suivant son humeur.

Catherine emporte partout l'image de Maria pour s'y raccrocher.

Elle sort de la voiture et monte le sentier. Un jeune couple est assis à l'une des tables. Une radio est allumée quelque part dans l'hôtel. Elle cherche la voiture de Tom, mais ne la voit pas.

« Bonjour », lui lancent les amoureux sur son passage.

Le bureau de réception se trouve dans l'entrée. Derrière, une ouverture voûtée donne sur un petit salon lourdement meublé, aux murs garnis de photos. Un couloir débouche à l'arrière sur une cour ensoleillée, pleine de plantes en pots et de petites statues en béton. Un perroquet en cage pousse des cris perçants. Catherine appuie sur la sonnette de la réception.

Un homme surgit du salon. Il a le visage rougeaud et ramolli et porte une alliance en or. Elle lui donne entre quarante et cinquante ans. Sa poitrine est tannée et ridée par le soleil. Il dégage une forte odeur d'aftershave.

« J'aimerais une…

– Vous êtes anglaise. Le fait semble le ravir. Simple ou double ? demande-t-il sur le ton de la confidence.

– Simple. Vous en avez une avec vue sur la baie ?

– Je n'ai qu'une chambre à l'arrière. Elle donne sur cour. Mais elle est aussi plus calme. Le lieu est parfois un peu bruyant quand on n'est pas habitué. Il semble parler en connaissance de cause. Pas d'autres bagages ? Il fait le tour du bureau et soulève la valise de Catherine. Qu'elle est légère ! Vous ne restez pas longtemps ? Il met une main sur sa bouche. Pardon, je suis trop curieux. Mais c'est humain, n'est-ce pas ? La vie est parfois – bref, peu importent mes problèmes. Si vous voulez bien me suivre. »

Il la conduit à l'étage. Il y a des fleurs tout au long du couloir – des lis rouges ; on dirait une serre. Ça explique peut-être cette odeur de moisi : les tapis prennent l'eau et ne sèchent pas complètement. L'homme ouvre la porte de la chambre. Elle est petite et miteuse, mais propre. Il pose la valise sur le lit. « Nous servons le petit-déjeuner entre huit et neuf heures. Vous prendrez du café ou du thé ?

– Du thé, merci.

– Malheureusement nous ne faisons pas à dîner, mais je peux vous recommander des restaurants. J'ai des brochures au rez-de-chaussée. Vous aimeriez peut-être une visite guidée ? Au fait, je me présente : Malcolm. Mieux vaut tard que jamais », s'esclaffe-t-il.

Elle est fatiguée maintenant. Elle se demande pourquoi elle est venue.

« Quelqu'un vous a recommandé l'hôtel ? Il a regagné la porte. Je vous demande ça parce que c'est un petit établissement et que vous semblez venir de loin.

– Oui, un ami qui a déjà séjourné ici. Catherine hésite. L'hôtel est à vous ?

– Oh, non, je ne suis que le responsable. La propriétaire habite en bas – dans un appartement qui donne sur le salon. Son mari l'a quittée il y a quelques années. Elle… Mais il laisse sa phrase en suspens – peut-être qu'il allait faire une gaffe. Bon, je ne veux pas vous retenir, vous devez être fatiguée. » Et il ferme doucement la porte derrière lui.

Catherine s'allonge sur le lit et écoute le perroquet gratter le gravillon de sa cage. Elle s'endort.

*

Maria ouvrit les yeux. Le jeune Afrikaner se tenait à quelques pas. Elle s'assit et attendit qu'il prenne la parole. Elle savourait son embarras. En l'absence de Tom et Catherine, la maison était à elle, et elle ne le laisserait pas entrer. « Vous êtes venu voir Mlle King, dit-elle finalement.

– Oui.

– Elle n'a aucun souvenir d'hier soir.

– Elle est là ?

– Elle est partie sur la côte voir M. Fyncham. Elle cueillit une fleur et la fit tournoyer entre ses doigts. Je vais aller les rejoindre – on va tous passer des vacances sur la côte.

– Je suis venu chercher quelque chose dans l'atelier de Mlle King. Hendrik attendit.

– La maison est fermée. Vous ne pouvez pas entrer.

– Vous savez quand elle sera de retour ?

Maria secoua la tête.

– Pas la peine d'attendre. Je ne vous laisserai pas entrer. Hendrik se retourna pour partir. Vous devriez faire attention », cria-t-elle dans son dos.

*

Catherine se réveille au crépuscule. Elle descend à la réception, appuie sur la sonnette et attend, mais personne ne vient. Derrière le bureau, à travers la voûte, elle aperçoit des brochures sur la table basse du salon. Dans l'une d'entre elles, elle trouve un plan de la ville ainsi qu'une liste de restaurants. Quelqu'un a entouré un nom au stylo rouge. C'est un restaurant du front de mer, à proximité de l'hôtel.

La marée est basse. Elle croise un couple de personnes âgées qui promènent leur chien. La femme pourrait aussi bien tenir son mari en laisse, à voir la manière dont il se traîne derrière elle. Catherine regarde l'homme. Elle regarde tous les hommes qui passent, mais aucun ne ressemble à Tom. Un jeune couple arrive. La fille se penche vers le garçon ; il tourne la tête et l'embrasse.

Tom est quelque part dans cette ville.

Catherine aperçoit le restaurant devant elle. L'air est humide ; des roussettes volent entre les arbres à la lisière de la plage. Il y a encore des pêcheurs dans l'eau qui ramènent leurs filets.

Quand elle arrive au restaurant, le serveur prend son manteau et la conduit au bar.

« Je voudrais un whisky », dit-elle au barman. Il y a une baie vitrée donnant sur la mer. Elle s'assied derrière et regarde les bateaux danser sur l'eau en buvant son whisky trop vite.

Une femme entre dans le restaurant et le serveur l'installe à une table pour deux voisine de celle de Catherine, près de la baie vitrée. Elle lui adresse quelques mots en portugais et il se met à rire. Elle a les cheveux noirs, les lèvres maquillées en rouge et une robe verte qui moule ses formes. Catherine la regarde fixement.

Elle devrait se lever, reprendre sa voiture et rentrer à Hebron, mais elle ne peut pas. Le serveur apporte à la femme un verre de vin et ajuste le couvert.

Une voix d'homme s'élève alors derrière Catherine : « Un single malt. »

Elle entend les glaçons tomber dans le verre ; elle entend l'homme venir dans sa direction, mais elle ne se retourne pas. Elle le sent de plus en plus proche. Il passe à côté de sa table, s'assied en face de la femme et lui fait un baisemain. Ils éclatent de rire.

Ce n'est pas Tom.

XIV

Catherine se réveille au petit matin. L'air est déjà chaud. Elle met en marche le ventilateur et regarde les pales tournoyer sans relâche. Elle est sur la côte dans un hôtel étrange, mais l'endroit a quelque chose de familier. Elle cherche Tom. Elle n'est pas dans son rêve, mais bel et bien dans cet hôtel. Elle entend déjà des bruits de cuisine au rez-de-chaussée, la vaisselle qui s'entrechoque. Elle se lève et emprunte le couloir pour se rendre à la salle de bains commune. Il ne coule de la douche qu'un filet d'eau, et il a la couleur de la rouille. De petits groupes de moustiques flottent autour du pommeau. Elle se sent sale et la douche n'arrange pas beaucoup les choses. Il faudra qu'elle aille se baigner.

Malcolm, le responsable, l'accueille à la réception. Il a en main un petit éventail, comme les danseuses de flamenco, et il l'agite pour se rafraîchir. Quelqu'un – une femme – est en train de crier dans une pièce voisine.

« Parfois je me demande pourquoi je vis ici, pourquoi je la supporte. Il s'interrompt. Vous avez passé une bonne soirée ? Où avez-vous dîné ? » Il lui prend le poignet et la conduit jusqu'à son siège sur la véranda. « Thé ou café ? » Il fait claquer ses doigts et un serveur noir portant un fez crasseux apparaît pour prendre la commande. Malcolm doit filer : son employeuse l'appelle de nouveau ; il aura des ennuis s'il l'ignore trop longtemps.

Assis à la table voisine, les deux jeunes amoureux lancent des regards à Catherine et se parlent ensuite à voix basse. Ils sont interloqués de voir une femme seule.

« Vous voulez venir à notre table ?

– Non, vraiment, tout va bien », assure-t-elle.

Malcolm est revenu. Cette fois, il s'assied à côté d'elle. « Vous avez des projets pour la journée ? Il y a un tour en ferry – ou peut-être que vous voulez vous baigner ? »

Catherine décide de tenter sa chance. « J'ai un rendez-vous, avance-t-elle.

– Mais bien sûr. Je savais… Eh bien, le problème est réglé. Il a l'air gêné. Peut-être le regarde-t-elle trop fixement. Elle fourrage dans son sac, sort ses cigarettes et lui en offre une.

– Je ne dis pas non.

– Vous connaissez peut-être l'homme avec qui j'ai rendez-vous, dit-elle prudemment. Il a déjà séjourné ici.

– Mettez-moi à l'épreuve.

– Il s'appelle Tom Fyncham. Elle scrute attentivement le visage de Malcolm. Il hésite avant de répondre – peut-être par loyauté envers sa clientèle.

– À vrai dire, je ne travaille pas ici depuis longtemps. Il est sans doute venu avant que je prenne ce poste. Il arbore maintenant un sourire rassurant. Quelqu'un l'appelle. Excusez-moi, je dois partir. Nous pourrions prendre le thé ensemble tout à l'heure ? Je serais ravi de discuter – d'avoir des nouvelles du monde extérieur, si vous voyez ce que je veux dire. Disons seize heures ? »

Impossible de trouver Tom ici. Catherine prend un bus qui longe la côte pour aller à la plage.

L'eau est tiède. Elle fait la planche. Tom est à LM : il fréquente ses bars et ses restaurants, se promène sur ses plages, se baigne dans cette mer.

Elle étend les bras puis, comme le soleil lui brûle le visage, elle plonge. Tout est si calme sous l'eau. Elle a loué un tuba, des lunettes et des palmes à un homme qui tient un stand sur la plage. Il lui a proposé de l'accompagner, mais elle l'a assuré qu'elle se débrouillerait très bien toute seule.

Elle descend plus bas. De petits poissons filent parmi le corail, jaunes, orange et noirs. En réémergeant, elle sent le soleil taper et retourne vers la plage. Après avoir rendu le tuba et les lunettes, elle remet sa robe et rentre en bus à LM. Le ferry est en train de se remplir. Elle prend une place à l'avant, loin de l'odeur de diesel.

Quand le ferry accoste de l'autre côté de la baie, elle est la dernière à sortir. Elle n'a aucun programme. Elle veut juste se promener. Il n'y a là que quelques maisons, d'apparence coûteuse. Les routes sont larges et bordées de vastes étendues de végétation verte. Un chien s'approche d'une clôture et aboie sur son passage. Des enfants se baignent dans une piscine, bondissent dans et hors de l'eau.

Au fond d'une impasse, elle s'arrête près d'une barrière en fer forgé. Derrière, il y a une maison qui doit posséder une vue spectaculaire sur la baie. Mais elle est abandonnée, ou en tout cas bien mal entretenue. La pelouse est haute et la piscine vide et lézardée. Catherine pense à la carte postale, et à son rêve. Devant la maison, des feuilles flottent sur une flaque d'eau stagnante. Un chat passe furtivement. Il y a un oiseau mort sur le bord de la route, encerclé par les fourmis.

Elle se sent mélancolique ici. Elle rebrousse chemin, laissant derrière elle les enfants qui se baignent. Trop de temps passé toute seule, se dit-elle. Elles vont devenir folles, elle et Maria. Elle a besoin d'activité autour d'elle, de gens normaux qui ont un travail – et viennent passer des vacances sur la côte. Elle retourne à l'embarcadère en longeant la mer, puis s'assied sur un banc pour attendre le départ du ferry.

Une famille est en train de pique-niquer. La voix des enfants lui rappelle l'école et elle se sent de nouveau en terrain connu. Ils construisent un château de sable. Ils agitent la main et elle leur rend leur salut. « Venez voir. » Ils pratiquent leur anglais. Elle s'approche, s'extasie devant le château et les aide à creuser une douve.

« Ça vous plaît ici ? lui demande la mère en souriant. C'est les vacances ?

– Oui. »

Quand elle rentre à l'hôtel, tout le monde fait encore la sieste à l'exception des amoureux, qui sont en train de s'embrasser dans l'herbe. Ils ne remarquent pas son arrivée.

La pièce située derrière la réception, où elle a convenu de retrouver Malcolm, est petite et encombrée de meubles pesants. L'air y est lourd et écœurant. L'endroit lui rappelle la maison de Mme Coombe – mais il y faisait frais, tandis qu'ici il fait chaud malgré le ventilateur. Elle se sent étrangement détachée depuis le début de la journée.

Si quelqu'un d'autre que Malcolm entre dans le salon, elle dira qu'elle est venue regarder les brochures. Il y en a une pile sur la table basse au centre de la pièce ; elle en ouvre une pour ne pas être prise en défaut. Un châle de femme est pendu au dossier de son fauteuil. Juste en face d'elle, sur le mur, il y a un calendrier où l'on a coché les jours écoulés. Au-dessous, une statue de la vierge Marie trône dans un meuble vitré. Des fleurs en plastique gisent sur la table, ainsi qu'un journal anglais aux mots croisés à moitié faits. Catherine regarde les indices des mots manquants.

Verticalement : Oser.

Horizontalement : Réservé.

C'est sans doute Malcolm qui achète ce journal, pense-t-elle. Au coin de la pièce, une porte mène à son logement et à celui de la propriétaire. Elle entend quelqu'un se déplacer derrière, mais la porte ne s'ouvre pas.

Elle s'empare des mots croisés : elle ferait aussi bien d'essayer de les compléter en attendant. C'est alors qu'elle remarque l'album photo que masquaient en partie le journal et les magazines.

Plus tard, elle se dira que si elle n'avait pas soulevé ce journal ou qu'un des magazines n'était pas tombé sur le sol, elle n'aurait jamais vu l'album, n'aurait jamais été tentée de le feuilleter, et que ce qu'elle y a découvert lui serait resté caché.

Mais elle ouvre l'album.

*

À Hebron, Maria s'éveilla en sursaut sous le pêcher, où elle s'était endormie.

*

Au début, Catherine ne reconnaît rien dans l'album. Ce sont de vieilles photos sépia représentant un homme en uniforme qui se tient droit comme un *i*, devant une porte. Puis une photo du même homme avec une femme aux cheveux noirs ramassés en chignon. Catherine tourne la page et voit alors des flaques entre les rochers et un oursin. Elle pense aux photos de rochers, de ciel et d'eau que prenait sa mère. Elle tourne de nouveau la page et, cette fois, reconnaît le sujet de la photo : c'est la forteresse de son rêve et de la carte postale sur le mur de Mme Coombe, avec la mer qui baigne les marches et le palmier au centre.

Elle jette un regard autour d'elle. La porte est fermée, mais elle entend toujours des bruits de pas derrière. De l'autre côté de la fenêtre, le soleil brille et la baie, par-delà le jardin, ressemble à une mare laiteuse. Catherine est paralysée ; elle ne sent plus ses mains ni ses pieds. Elle se dit qu'elle pourrait fermer l'album, quitter l'hôtel et rentrer à Hebron. Elle regrette d'avoir trouvé la carte avec l'adresse de l'hôtel. Mais elle continue à tourner les pages et elle sait ce qu'elle va trouver, comme si elle avait déjà feuilleté cet album à maintes reprises. Elle voit alors une photo de son père sur une plage. Il est plus vieux que dans son souvenir. Il a roulé les jambes de son pantalon pour ne pas les mouiller et porte une chemise blanche aux manches également retroussées. Il marche sur la plage en s'éloignant de l'objectif et donne la main à une petite fille. Celle-ci porte un costume de bain avec un volant autour de la taille. Ses jambes sont maigres et ses cheveux longs, noirs et raides. Ce n'est pas elle – ce n'est pas Katie.

Prends-moi par la main, on va faire la course à la mer. Allez cours, papa, cours.

D'accord. Mais ne tombe pas. Tiens-moi bien fort. Plus vite, cours plus vite.

La porte s'ouvre. Catherine n'a pas le temps de fermer l'album. Elle lève des yeux embarrassés. « J'étais juste...

– Ce n'est pas grave. Malcolm se penche par-dessus son épaule. J'ai toujours voulu les regarder, mais la patronne n'aime pas ça. Il lui prend l'album des mains et examine attentivement la petite fille brune. Elle est mignonne, hein ? Catherine ne parvient pas à répondre. Ça va ? Vous êtes pâle.

– J'ai la tête qui tourne.

– Trop de soleil – il est très fort. Je vais vous donner de l'eau », dit-il en baissant la voix. Il repose l'album, prend une bouteille sur une table d'appoint et lui verse un verre d'eau. Elle voudrait déchirer cette photo en mille morceaux et y mettre le feu.

« C'est ici ? demande-t-elle en la montrant du doigt.

– On dirait. Il lui tend le verre.

– Et cette maison ? Elle désigne la photo suivante.

– Désolé, je ne sais pas. Ma patronne n'aime pas que je regarde dans ses affaires ; je me suis fait prendre une fois. »

C'est la maison que Catherine a vue au fond de l'impasse. Mais, sur la photo, il y a de l'eau dans la piscine, une table et des chaises au bord et un jardinier qui tond la pelouse. Une femme est assise sur une des chaises, mais elle a la tête penchée et Catherine ne voit pas son visage, masqué par un large chapeau.

Un bruit de toux se fait entendre ; Catherine se tourne vers la porte. Une vieille femme est entrée dans la pièce. Ses cheveux gris sont ramassés en chignon. En voyant Catherine, elle s'arrête et regarde Malcolm pour obtenir une explication.

« *Quem é ela ?* demande-t-elle.

– Une cliente, crie-t-il. C'est ma patronne, explique-t-il à Catherine en roulant des yeux. Elle devient sourde. »

La femme pose une nouvelle question en portugais.

« Elle regarde l'album. Les photos », répond Malcolm.

La femme s'approche et fronce les sourcils.

« Je regardais la petite fille sur la plage. Elle est jolie. » Catherine soulève l'album pour que la femme puisse voir la photo dont elle parle.

« C'est Isobel, grogne la femme. Elle est pas venue visiter depuis un mois, regardez. Elle désigne le calendrier aux jours décomptés. C'est une bonne fille, ça ? Puis elle regarde de nouveau l'album. Et cet homme, ajoute-t-elle en montrant le père de Katie, il nous a abandonnées. »

Catherine tourne les pages – ça lui occupe les mains, mais elle veut aussi atteindre la fin de l'album, laisser derrière elle les photos de son père et d'Isobel. Alors, sur la dernière page, elle se voit – elle, Katie, qui fixe l'objectif.

Elle observe cette petite fille de huit ans qui fait la grimace, passe la langue dans l'interstice entre ses dents. Il y a une ombre floue au bord de la photo, là où Maria a tenté d'introduire sa main. « Qui est-ce ? demande Catherine en montrant sa propre image.

– Cette fille, soupire la femme, c'est Katie – elle est morte. »

XV

« Qu'est-ce qu'il y a, Hendrik ? Qu'est-ce qui ne va pas ? » Ils étaient assis à la table du déjeuner. Hendrik n'avait pas quitté sa chambre depuis son retour de Hebron et sa mère se faisait du souci. Il ne cessait de penser à ce que la bonne indigène lui avait dit : Catherine était partie rejoindre Tom. La domestique remporta leurs bols de soupe vides. « Tu es si préoccupé ces temps-ci. N'est-ce pas ? » La mère de Hendrik se tourna vers son mari, mais celui-ci avait ouvert son journal et lisait un article. « Les examens approchent. Nettie dit que Dirk s'est mis à travailler tous les soirs. » Elle rassembla quelques miettes sur la table et les fit tomber dans sa main. « Peut-être que je devrais t'aider plus. Si je peux faire quoi que ce soit, tu me le diras, *seun** ?

– Tout va bien, maman. Il n'y a pas de problème. Ne t'inquiète pas.

– Je ne peux pas m'en empêcher. Elle coupa trois parts de diplomate, mais Hendrik n'avait pas faim. Il avait perdu l'appétit. Juste une petite part.

– Je ne peux pas, maman.

– Mais qu'est-ce qu'il y a ? Tu as à peine mangé. Il faut que tu te nourrisses. Tu as besoin d'énergie pour travailler. Nettie dit que Dirk mange comme quatre.

– Dirk est un goinfre. Il l'a toujours été.

– C'est bon pour la santé. » Il la regarda verser de la crème sur sa part et commencer à manger. Son pied trépidait sous la table. Il n'arrivait pas à se détendre – ça le rendait fou de rester chez lui à attendre en écoutant ces bavardages constants.

Sa mère avait fini son dessert. Son père avait mangé sans lever les yeux de son journal. Ça agaçait tant sa mère – elle voulait qu'ils se retrouvent en famille à l'heure des repas. Pour parler. Mais, dans leur famille, les choses ne se passaient pas ainsi.

« Elise ne t'a pas vu à l'école vendredi, ni jeudi. » Elle s'était efforcée de prendre un ton léger, sachant combien il détestait ce qu'il appelait son espionnage. Mais ce n'était que de la sollicitude. Elle ne voulait que son bien.

Hendrik pensa à Elise assise au fond de la classe, en train de fixer par la fenêtre les terrains vagues entre les maisons – rien que de l'herbe folle, attendant qu'on bâtisse quelque chose par-dessus. Folle, c'était ce que les garçons disaient d'Elise ; Hendrik les avait fait taire plusieurs fois.

« Elise est toujours en train de rêver, maman. Elle ne remarque rien, tu sais bien.

– Mais elle l'a dit à Nettie.

Il déplaça son set de table.

– Hendrik, nous nous inquiétons pour toi. Cette fois, elle le regarda bien en face et il put lire dans ses yeux l'anxiété qu'il lui causait.

– Qui, nous ? demanda-t-il. Pas son père, qui lisait maintenant les pages sport.

– Nettie et moi. Tu n'es pas dans ton état normal. »

Il savait où elle voulait en venir. C'était ça, le pire – il savait toujours ce qu'allait dire sa mère avant qu'elle le dise. Le silence et l'application avec laquelle elle piochait ses cerises confites lui firent espérer un instant qu'elle avait décidé de se taire, mais, quand elle leva les yeux, le découragement le saisit. Il avait espéré.

« Tu n'as pas été à Hebron, n'est-ce pas ? Tu n'es pas allé peindre dans cette maison ?

– Non, maman. Il réussit à contrôler sa voix.

– Parce que c'est dangereux. La fille de Nettie a vu la bonne noire de Hebron là-haut, près de l'église indigène. Elle s'aperçut que son fils l'écoutait à présent avec intérêt. Apparemment, elle était couchée par terre au milieu des arbres. Elle avait des spasmes dans les jambes et dans les bras, elle délirait tout haut et il y avait de la salive, tu sais, de l'écume sur sa bouche. Ça a fait une telle peur à la petite. Nettie a dû lui donner du thé sucré pour la calmer.

– Une crise d'épilepsie, intervint le père de Hendrik en levant les yeux de son journal. Il n'avait écouté qu'à demi, mais, cette fois, le sujet était digne d'intérêt et réclamait commentaire. Les bêtes aussi ont des crises dans le pâturage qui borde la rivière. Peut-être quelque chose dans l'eau.

– Tu crois que c'est l'eau ? La mère de Hendrik était inquiète maintenant – son univers était menacé. Tu crois qu'on devrait la faire bouillir ?

– Ce n'est pas dans l'eau, maman.

– Mais cette fille gémissait, et elle parlait dans une langue bizarre – c'est ce que la petite a dit à Nettie. Il se passait quelque chose de pas normal du tout.

– Il faut leur mettre un bâton dans la bouche, sinon ils avalent leur langue. » Le père de Hendrik se tourna vers la table, plia son journal et empoigna la cafetière.

Hendrik se leva et commença à empiler les coupelles à dessert. Il fallait qu'il quitte cette pièce. « La bonne peut le faire, dit sa mère. Tu as du travail.

– Je sors, maman.

– Mais je croyais que le premier examen était demain ?

– Laisse-le sortir. C'est dimanche. Le père de Hendrik lui adressa un clin d'œil – il était de son côté. C'était inattendu.

– Tu seras de retour pour le dîner ? »

Hendrik ne répondit pas.

*

La barrière de la maison de l'impasse – la maison de la photo – est fermée par une chaîne. Catherine regarde la façade par-dessus l'herbe haute. Une fenêtre est ouverte à l'étage. Elle est venue les affronter. Il le faut.

Elle a été la dernière passagère à embarquer sur le ferry. Les gens l'ont regardée s'agripper à la rambarde. Quelqu'un lui a demandé si elle était malade, si elle avait besoin d'aide ; elle a répondu que c'était l'odeur du diesel. On lui a offert un Coca-Cola. Un peu plus tôt, tandis qu'elle fuyait l'hôtel, elle a eu un haut-le-cœur et a vomi dans les fourrés. Ici, pas d'église où se réfugier, pas de Maria : elle est seule dans cet étrange endroit. Malcolm l'a rattrapée. Il lui a conseillé de s'allonger, mais elle a déclaré qu'elle avait eu le tournis toute la journée, que ce dont elle avait besoin, c'était de marcher au grand air. Malcolm était perplexe, mais il l'a laissée partir. Dès qu'elle s'est retrouvée sur la plage, hors de sa vue, elle s'est mise à courir. Elle a couru et couru comme si elle pouvait physiquement fuir le problème – se fuir elle-même. Disparaître. Puis elle a aperçu le ferry sur le départ.

« J'ai une affaire à régler. » La voix de Tom résonne dans sa tête. « Je vous expliquerai tout quand je rentrerai. Vous aimez les crevettes ? Je veux vous emmener dans tous les endroits où je suis allé. J'ai des choses à régler. » D'autres voix s'entremêlent. « Faites attention à ces taches de rouille. La rouille, c'est la mort des voi-

tures. Vous l'aimez ? Ce n'est pas ça, c'est compliqué. Vous devez être Catherine King. Comment le savez-vous ? Le tableau à l'intérieur – je vais vous montrer. »

À présent, elle a le souffle court. « Je vais vous emmener voler. Qu'est-ce que vous aimez ? » Elle tente de contrôler sa panique et de faire taire les voix. « Dites-moi ce que vous aimez. Trois sucres dans votre thé. Ne répondez pas au téléphone. N'y allez pas. Pourquoi toutes ces questions ? »

Il n'y a pas de sonnette près de la barrière. Elle est surmontée de piques et ne va pas être facile à escalader. Catherine tire sur la chaîne. À sa grande surprise, celle-ci se laisse détacher sans résistance et la barrière s'ouvre quand elle la pousse. Elle est maintenant dans l'allée envahie par les herbes. Rien ne se produit – pas de chiens qui aboient pour l'effrayer ni de gens qui se mettent à crier. En allant vers la maison, elle passe près de la piscine vide et s'aperçoit que les carreaux sont ornés de paons. Un chapeau est tombé et gît au fond, tout fripé et décoloré par le soleil. Un figuier de Barbarie se dresse au milieu des fourrés et des bougainvillées ont pris d'assaut les murs de la maison. Au rez-de-chaussée, les rideaux sont à moitié ouverts ; le regard de Catherine pénètre dans une grande pièce à haut plafond dont les meubles portent des housses de protection – est-ce en prévision de travaux de peinture ? pour un déménagement ?

Elle frappe à la porte et attend, mais Tom ne vient pas ouvrir – ni personne d'autre que lui. Il y a eu un jour de l'eau dans cette piscine, et des fêtes et du bruit et des rires autour.

Elle frappe de nouveau, puis ouvre la porte. Le vestibule est vide. La pièce est fraîche, protégée de la chaleur par les carreaux qui couvrent le sol et l'épaisseur des murs. Par terre, il y a quelques cartons fermés, un balai et une pelle à poussière. Un volet claque au fond de la maison, mais personne ne vient. Elle monte l'escalier qui part du vestibule en tendant l'oreille tout du long. À l'étage, elle trouve un couloir avec des portes sur le côté. Elle a déjà fait ça, s'est déjà introduite dans une maison sans y avoir été conviée.

« Je vais chez Mme Coombe. Je vais voir ce qu'il y a dans sa chambre.

– Et si elle est là ?

– Alors je n'entrerai pas, évidemment. Ce que tu peux être bête, parfois, Maria.

– Qu'est-ce que tu feras si elle arrive quand tu es dans la chambre ?

– Je me cacherai. Je dirai que je me suis perdue.

– Perdue ?

– D'accord. Je trouverai autre chose.

– Et M. Coombe, s'il est là ?

– Je dirai que j'apporte un message de ma mère – une carte de remerciements pour le dîner.

– Tu as une carte ?

– Non. Ce n'est pas grave. Je ne me ferai pas prendre. Tu veux parier ?

– Seulement si tu rapportes quelque chose. Pour prouver que tu as été là-bas.

– Comme quoi ?

– Des crèmes ou un truc comme ça. Des bijoux. »

Dans la première chambre, il y a un lit à une place avec une housse de protection. Rien d'autre. La fenêtre donne sur le jardin de derrière qui descend vers la mer. Un petit dinghy amarré danse sur l'eau au bout d'une jetée. Des meubles de jardin ont été disposés face à la baie, sous un figuier sauvage. Ils sont couverts de feuilles, et des figues ont roulé et pourri sur le sol. Des pique-bœufs sont en train de les becqueter. Avec des jumelles, on pourrait voir la plage de l'autre côté de la baie. On pourrait même distinguer la silhouette de l'hôtel. Les occupants de la maison ont pu la voir marcher sur le sable ou vomir dans les fourrés. Ils peuvent observer les allées et venues du ferry et de ses passagers.

La maison est si calme ; Catherine ose à peine se déplacer tant elle a peur de faire du bruit. Elle parcourt le couloir en jetant un œil dans les autres chambres. Trois d'entre elles n'ont pas pu servir récemment – elles sont vides. Mais quelqu'un a utilisé la salle de bains. Une serviette a été jetée sur le sol ; il y a aussi du dentifrice, une brosse à dents et un peigne. Catherine ramasse la serviette, va jusqu'au bout du couloir et ouvre la porte.

Les affaires de Tom sont pliées sur le lit. Elle reconnaît ses chemises et son pantalon. Une carte est étalée à côté. Le lit n'est pas fait, ou pas vraiment : on a juste tiré le drap sur l'oreiller. Il n'y a pas de couverture, mais il fait chaud ici la nuit. La moustiquaire est nouée au-dessus du lit. Sous la fenêtre, il y a un petit bureau. On a vidé un sac dessus et la surface est jonchée de papiers. Catherine plie la serviette qu'elle a apportée de la salle de bains et la pose sur le lit. Puis elle prend une chemise et se met à la plier et à la replier. Ça ne sert à rien. Elle se sent engourdie. Elle sait qu'elle a besoin de pleurer, mais elle n'y arrive pas. Elle se couche sur le lit. L'oreiller porte l'odeur de Tom. Elle reste allongée là un bon moment, s'attendant à entendre des pas ou une porte qui s'ouvre, incapable de bouger. La seule chose qu'elle ait pour se rassurer, c'est la voix de Maria dans sa tête.

« Qu'est-ce que tu ferais si quelqu'un entrait dans la maison pour te tuer ?

– Ça n'arrivera pas, c'est une idée idiote, Maria.

– *Mais si ça arrive ?*

– *Je sortirais par la fenêtre. Je me cacherais dans un arbre. Les gens sont bêtes, ils courent en rase campagne et ils se font prendre. Moi, je grimperais dans un arbre et j'observerais et j'attendrais que tout le monde soit parti. Et toi ?*

– *Pareil.* »

Cette fois, il y a quelqu'un dans la maison : Catherine entend des pas au rez-de-chaussée. C'est une femme, à en juger par le bruit. Peut-être est-ce Isobel qui vient retrouver Tom. Tom. Ça n'a plus beaucoup d'importance maintenant. Plus rien n'a d'importance. Quand les pas se mettent à résonner dans le couloir, elle se lève et s'approche de la fenêtre. Elle rassemble les papiers dispersés sur le bureau et les met dans son sac sans réfléchir à ce qu'elle fait – elle a agi par réflexe, par impulsion. Puis elle sort dans le couloir.

De frayeur, la femme porte la main à sa bouche. Elles se font face et se dévisagent.

La femme est noire et porte un tablier de bonne. Elle est venue faire le ménage. « Je cherchais M. Fyncham, explique Catherine d'un ton aussi calme que possible. La femme paraît soulagée.

– *Inglês*, dit-elle en secouant la tête. M. Fyncham pas là.

– Et Mme Fyncham, Isobel ?

L'autre secoue de nouveau la tête.

– M. et Mme Fyncham pas là.

– Vous savez où ils sont ?

– *No.* Laver », dit-elle en montrant le balai.

Elle descend l'escalier derrière Catherine et s'arrête à la porte. « Voiture ? » Elle doit se demander comment la visiteuse est venue.

« Je suis venue à pied du ferry, explique Catherine. Ils vont revenir ? » Mais la femme ne comprend pas.

Catherine a déjà parcouru la moitié de l'allée quand la femme l'appelle. Elle se retourne et revient vers elle. La femme se tapote la poitrine et dit : « Evangelina.

– Catherine. Catherine King.

– King. Oui. Son visage s'éclaire comme si elle comprenait soudain. Santa Maria. Elle cherche un mot, puis secoue la tête. Santa Maria, répète-t-elle.

– M. King est à Santa Maria ?

La femme sourit et hoche la tête.

– *Sim, sim.* Santa Maria. Elle se penche et trace une croix dans la terre avec son doigt.

– M. King est à Santa Maria ?

– *Sim*, Santa Maria, acquiesce la femme, heureuse de se faire comprendre.

– *Onde é*... Santa Maria ? » Catherine a de la peine à se souvenir des mots.

La femme se contente de répéter le même nom.

En descendant du ferry, Catherine se tourne vers la personne la plus proche. « Vous parlez anglais ?

– *Un pouco* – un peu. L'homme sourit et son regard s'éclaire.

– Santa Maria. *Onde é* Santa Maria ?

– Ah. Prenez cette rue. Tournez à gauche.

– À gauche au panneau stop ?

– Oui.

– C'est loin ?

– Pas loin. Je vous montre. »

Ils dépassent un éventaire de fruits et légumes et atteignent une petite place pavée. L'homme s'arrête et pointe un doigt.

« Là, dit-il triomphalement. Église Santa Maria. »

*

Hendrik entra dans l'église. Maria dormait sur le sol devant l'autel. Le silence régnait à l'intérieur – pas un soupir. En approchant, il vit de la terre sur sa robe et remarqua les traces de boue qu'elle avait dû laisser en se traînant depuis la porte. Il s'accroupit à côté d'elle. Il voyait ses yeux bouger derrière ses paupières. Elle semblait droguée. Il sortit son carnet à croquis et lui éventa le visage. Il avait aussi apporté de l'eau pour le cas où elle en aurait besoin. Lentement, les yeux de Maria s'ouvrirent et sa vision s'ajusta. Elle tenta de dire quelque chose, mais il n'y comprit rien. Puis elle tourna la tête pour regarder autour d'elle. « Katie ? » dit-elle, intelligiblement cette fois. Hendrik lui prit le poignet et chercha son pouls. On leur avait donné des notions de premiers secours à l'école. Le cœur battait, mais lentement. Il la secoua et elle ouvrit de nouveau les yeux. Il prit la bouteille d'eau et lui mouilla les lèvres avec ses doigts, puis l'aida à s'asseoir contre la paroi de tôle ondulée.

« Où est Catherine ? demanda-t-elle en essayant de se lever.

– Il faut vous reposer. »

Elle ferma les yeux et cessa de se débattre. Hendrik étudia son visage. Il ne l'avait jamais regardée ainsi – elle s'était toujours montrée si agressive envers lui. Maintenant qu'elle n'était plus en train de l'injurier ou de le menacer, il voyait combien elle était jolie, découvrait sa peau lisse et la forme de ses yeux. Elle lui prit la main.

« Depuis combien de temps je suis ici ? »

Il eut un geste d'ignorance.

« J'ai dormi ? Elle semblait perdue.

– Vous avez eu une crise d'épilepsie. » Il lui tendit la bouteille pour qu'elle puisse boire à nouveau. « Vous devriez voir un médecin. Il faut que Mlle King vous conduise à la clinique en ville. »

Elle secoua la tête.

« Je n'ai pas besoin de médecin.

– Ça vous est déjà arrivé ? »

Alors elle se mit à pleurer. C'était si inattendu ; Hendrik ne savait pas comment réagir. Il fourragea dans ses poches en quête d'un mouchoir en papier. Il en trouva un morceau taché de fusain et le lui tendit. « Ça va aller. » Il posa délicatement les doigts sur son épaule, mais elle ne parut pas le remarquer.

« Il faut que j'y aille maintenant. Elle se leva. Pour le cas où ils rentreraient. »

Elle coupa à travers champs pour arriver plus vite à la maison. Elle marchait d'un pas résolu, se forçant à poser un pied devant l'autre. En la voyant arriver, Gabriel lui cria quelque chose de l'écurie, mais elle l'ignora. La maison était comme elle l'avait laissée. Elle entra et se prépara un œuf à la coque. Elle avait besoin de manger quelque chose. Elle ne serait pas plus avancée si elle s'évanouissait. Après son déjeuner, elle emporta une couverture dans la cour. C'était ce qu'elle avait toujours fait quand quelque chose n'allait pas.

Elle s'assit, jambes allongées, à l'ombre du pêcher. Alors, elle se remit à pleurer. Parce que Katie ne pouvait pas le faire elle-même. Parce qu'elle savait que son amie avait découvert quelque chose, mais pas tout – pas ce qu'ils avaient fait dans cette pièce obscure. Maria, elle, le savait maintenant. Elle l'avait vu à l'église – Isobel et Tom debout dans la pénombre.

Elle dut s'endormir d'épuisement. En se réveillant, elle entendit du bruit dans l'allée. Un air de jazz, une odeur d'essence, une voiture qui s'arrêtait devant la maison.

XVI

L'église est fraîche et sombre. Catherine s'arrête après avoir passé la lourde porte en bois sculpté et attend que ses yeux s'adaptent à la pénombre pour mieux distinguer l'intérieur. Il y a des vitraux. L'autel est recouvert d'une étoffe brodée. Dans un coin, un confessionnal ; au fond, d'un côté de l'autel, une table sur laquelle brûlent des cierges. Une vieille femme est agenouillée sur le premier banc et prie. Catherine cherche Tom du regard, mais que ferait-il ici ? La bonne avait dit qu'*ils* étaient partis. Elle sort peu à peu de son engourdissement. *M. et Mme Fyncham pas là.* Où étaient-ils allés ? À Hebron ? Et elle imagine Isobel assise à côté de Tom, tenant sa main sous la table et parlant à son père – le même père qui lui tenait la main sur la plage ; et le même père que celui de Katie, celui qui jouait avec elle dans l'eau, la portait sur ses épaules, lui montrait le lapin sur la lune.

Le père de Catherine avait bu du whisky à la même table que Tom. Ils avaient ri ensemble de telle ou telle blague. Il lui avait montré sa ferme sur une carte. Isobel s'était penchée pour regarder et avait touché le bras de Tom. « On pourrait y aller. S'occuper de la ferme – ça te plairait, non ? » Puis elle s'était tournée vers son père, vers le père de Katie, et il leur avait décrit la rivière, le magasin et l'église sur la crête – tout ce qu'il y avait à voir à Hebron. Il avait dit à Tom qu'il pouvait gagner de l'argent là-bas. Il lui avait parlé de sa famille enfuie. Que lui avait-il dit sur sa fille Katie ?

Catherine s'avance et va s'asseoir à la hauteur de la vieille femme, de l'autre côté de l'allée centrale. En levant les yeux vers l'autel, elle pense à la vision de Maria dans l'église en tôle – mais elle ne voit rien là-haut. Rien qui puisse l'aider. Elle n'a jamais prié dans une église. Quand elles allaient à l'église, ce qu'elles faisaient ne s'appelait pas prier. Elles chantaient les cantiques avec les fidèles, fermaient les yeux en s'agenouillant et remuaient les lèvres ; elles chuchotaient du rien, comme disait Maria. Tant que tes lèvres bougent, ils croient que tu pries. Elle se force à penser à Maria – elle a besoin d'entendre sa voix.

« Et s'ils lisent sur nos lèvres ? S'ils s'aperçoivent qu'on n'est pas en train de prier ?

– Ils diront rien parce qu'alors ça veut dire qu'ils ont les yeux ouverts et qu'ils prient pas non plus.

– Très malin. »

Maria boit du petit-lait.

La vieille femme se lève, se signe et quitte l'église. Catherine reste seule quelque temps, puis une femme et sa fille entrent, font une prière et vont à l'avant allumer un cierge. Un cierge pour exaucer une prière – pour exaucer un vœu.

« Maria. Il nous faut du sable.

– Pourquoi ?

– Pour planter les bougies dedans.

– Et la terre ?

– Ça devrait marcher. »

Elles remplissent un seau de terre et se disputent pour le porter jusqu'à la crête.

« Et maintenant ?

– Il faut la mettre dans quelque chose.

– La fontaine du baptême.

– On dirait de la crème au chocolat dans un grand bol. Dommage que ça n'ait pas le même goût.

– Les bougies sont où ?

– Sous l'autel, dans un carton.

– Et si le prêtre voit ?

– On n'a qu'à tout ranger après.

– OK. Maintenant on met les bougies dans la terre. »

Elles enfoncent les cierges jusqu'à ce qu'ils soient bien stables.

« Et maintenant ?

– Maintenant on en allume une.

– Il faut faire un vœu quand tu allumes ta bougie. Une prière.

– Demander quelque chose ?

– Oui.

– On demande la même chose ?

– Oui.

– Comme un amoureux ?

– On ne veut pas d'amoureux, réplique Katie d'un ton sévère.

Maria fronce les sourcils.

– Alors des livres pour lire ? tente-t-elle.

– On a des livres.

– Toi tu as des livres.

Catherine la regarde.

– Je peux te donner mes livres.

– Ta mère elle voudra pas. Elle croira que j'ai volé.

– Non. Il faut qu'on fasse un vœu dont on peut voir le résultat. Il nous faut une preuve.

– Comme un miracle. Comme la mer qui s'ouvre ? Comme le buisson qui brûle.

– Oui.

– On peut faire un vœu que ce soir l'église s'allume dans le noir.

– OK, ce soir. »

Maria craque une allumette. La flamme progresse vers ses doigts.

« Essaie de la laisser brûler le plus longtemps possible sans l'éteindre.

– Pourquoi ?

– C'est un défi. »

Elles passent un moment à consumer des allumettes en se brûlant les doigts. Puis elles se rappellent ce qu'elles sont venues faire et elles allument leurs cierges. Un chacune.

Plus tard, quand les étoiles sont levées, Katie saute par la fenêtre de sa chambre et court rejoindre Maria dans l'allée.

L'église flamboie dans la nuit. C'est leur miracle.

Catherine se lève et emprunte une petite porte de côté qui donne sur le cimetière.

Il y a beaucoup de pierres tombales. Trouver celle de son père ne va pas être une mince affaire. Certaines sont très anciennes – elles ne peuvent pas correspondre. D'autres sont ornées de fleurs magnifiques, des lis et des roses, et on a tondu la pelouse autour. Catherine pense à Maria déposant du tabac et du pain sur la tombe de son amoureux. Elle l'a vue, assise sur la pierre tombale, se balancer dans l'obscurité. Maria croit qu'elle ne sait pas.

À l'autre bout du cimetière, il y a une rangée de tombes d'apparence plus récente ; Catherine passe entre les pierres pour lire les noms qui y sont inscrits.

Elle ne voit pas celui de son père. Il y a là un homme qui creuse une nouvelle tombe. Elle lui demande pour qui, mais il ne comprend pas. Elle parcourt de nouveau les allées. La panique monte à mesure qu'elle lit les noms et les dates. Ils tournoient dans sa tête et lui donnent le vertige ; elle n'arrive plus à respirer. Né, mort, né mort, 1896-1939, 1900-1930, 1940-1945 – un enfant. Elle n'est peut-être pas dans la bonne église, mais il n'y a personne qui puisse la renseigner. Les dates bafouillent et se mettent à hurler.

XVII

Catherine a les jambes raides à force de conduire ; elle est en sueur et couverte de poussière. Elle n'a pas fait de halte depuis la frontière. Elle quitte la route et s'arrête dans le veld, sur la colline qui domine la maison de Hebron. Un sentier conduit dans l'herbe jusqu'à un affleurement rocheux. Elle escalade les rochers et s'assied. Le toit de la maison est visible entre les arbres. Le soleil se couche et de longues ombres s'étendent sur le sol. L'endroit est isolé. De loin, elle regarde des femmes parcourir la route de terre avec des sacs de bois sur la tête, les hanches ondulant en cadence. Certaines portent des bébés attachés dans leur dos avec des couvertures ; ils s'endorment, bras recroquevillés contre leur mère, bercés par le rythme de la marche. Des enfants courent devant en riant ou en se disputant. Tout le monde rentre faire du feu et préparer le dîner, puis ira se coucher sous une couverture dans la hutte enfumée.

Catherine ouvre son sac et en sort les papiers qu'elle a pris dans la maison de Tom. Elle n'a pas eu la force de les regarder avant, dans cet endroit étrange.

Ce sont pour la plupart des factures qu'elle chiffonne avant de les remettre dans son sac ; mais, dans la liasse, il y a une liste de courses écrite à l'encre noire. Elle l'approche de ses yeux dans la lumière déclinante. Les traits épais balafrent le papier – viande, pain, pommes de terre, gin…

Elle regarde fixement les lettres. Elle connaît cette écriture : elle l'a déjà vue sur une lettre qu'elle garde au fond de sa valise – elle n'a pas besoin de l'en sortir pour se rappeler ce qu'elle dit, les mots sont gravés dans sa mémoire :

En tant qu'ami de M. King, je tiens à vous présenter mes condoléances à l'occasion de la mort de votre père... Je regrette de vous informer qu'il était très endetté au moment de son décès. Tout ce qu'il possédait a dû être vendu pour y remédier. Je ne peux vous envoyer que sa montre.

La lettre n'était pas signée. Catherine l'a lue et relue jusqu'à ce que son contenu devienne réel. Maintenant, elle fait courir ses doigts sur les mots de la liste – tracés avec la même encre. En bas de la feuille, on peut lire :

Tom, pourrais-tu acheter ça pendant que tu es en ville ? Merci.
Isobel

Catherine déchire la liste en mille morceaux et les jette au vent. Puis elle se frotte les bras et reste assise jusqu'au moment où elle a froid. Alors, elle se lève et retourne à la voiture.

Il y a deux voitures devant la maison. L'une des deux est celle de Tom. Il est donc rentré séparément d'Isobel.

Catherine a décidé de quitter la ferme. Maria peut venir avec elle si elle le souhaite – elle ne voudra pas rester maintenant qu'Isobel et Tom sont tous les deux dans la maison. Elle l'emmènera sur la côte, ou bien dans une grande ville à l'intérieur du pays.

Elle monte lentement les marches, fait une pause, puis ouvre la porte.

Des livres et des bibelots ont été jetés sur le sol; deux vases ont volé en éclats et la vitre d'une des fenêtres donnant sur la cour est fissurée. Les disques gisent en vrac à côté du gramophone. Quelqu'un a été prendre les vêtements de Catherine et les a éparpillés sur le tapis.

La violence règne dans la pièce, comme elle y a régné par le passé.

« Arrête. »

Elle entend la voix de son père, puis celle de sa mère.

« Et pourquoi j'arrêterais ? Pourquoi, hein ? Comment tu as pu me faire ça ?

– Pas devant Katie et Lilly.

– C'est un peu tard.

– On peut arranger les choses.

– Oh que non, on ne peut rien arranger. »

Le vase s'écrase sur le sol. Un éclat atteint le visage de son père. Il saigne.

Lilly geint.

« Ferme-la, Lilly, hurle Katie.

Ses parents se retournent et la regardent.

– Ce n'est pas de ta faute, Katie, dit son père. Je suis désolé.

– Tu crois que ça change les choses de dire que tu es désolé ? Sa mère le frappe.

– Oui, maman. Oui, ça change. Elle voudrait qu'ils l'écoutent, mais ils ne l'entendent pas.

– Je les emmène avec moi. Sa mère est folle de rage.

– Tu ne peux pas faire ça.

– Si je peux. Tu ne m'en empêcheras pas.

– Tu leur as demandé ? Vas-y, demande-leur.

– Vous voulez venir avec moi ou rester ici avec votre père ? lance-t-elle, comme si le choix était aussi simple qu'entre une tasse bleue et une tasse rouge. Les filles la dévisagent. Lilly recommence à pleurer. Ce n'est pas juste. Pas juste de leur demander.

Katie s'enfuit en courant sur la véranda et regarde la nuit.

– Taisez-vous ! hurle-t-elle. Fermez-la tous les trois ! »

« Maria ! »

Catherine fait le tour de la maison en ouvrant toutes les portes. Dans sa chambre, elle voit son tiroir grand ouvert et ses vêtements qui jonchent le sol. Elle sort dans la cour intérieure. Les ardoises ont retenu la chaleur immobile de la journée.

Catherine, dites-moi ce que vous aimez, et ne répondez pas les mangues. Vous êtes belle, vous le savez, n'est-ce pas ?

« Maria ! »

Les couleurs peintes sur le mur sont douces dans le crépuscule ; au pied de la fresque, son pinceau est toujours posé près d'un pot de peinture. Les figues de Barbarie sont presque mûres. Une ou deux sont tombées sur l'ardoise.

Ici, dans les airs, je peux tout oublier.
Qu'est-ce que vous cherchez à oublier ?

« Maria ! » Catherine s'arrête devant la porte de sa chambre et l'appelle, mais elle n'est pas là. Le silence règne dans la maison. Elle tente d'ouvrir la porte et s'aperçoit qu'elle est fermée. Elle ne savait même pas qu'ils avaient des clés pour les portes intérieures. Dans la cuisine, elle trouve un oignon à moitié haché sur la planche. Quelque chose brûle dans une marmite sur le fourneau ; il y a de la fumée partout. Elle attrape un torchon et ôte le récipient du feu.

S'il y a un problème, rendez-vous à l'église. Je t'attendrai là-haut. La première qui arrive attend l'autre.

La nuit est presque tombée lorsqu'elle atteint l'école. Certains enfants travaillent encore dans le jardin qu'ils ont planté avec elle. Ils accourent pour la saluer. « Où tu étais ? demandent-ils. Où tu vas ? »

Elle prononce leurs noms swazis et cela les fait rire. Puis elle leur dit de rentrer, il va pleuvoir, il est trop tard pour rester dehors. « Allez, ouste ! » Elle les poursuit et ils poussent des cris hilares. À présent, elle se sent étrangement calme, déconnectée d'elle-même.

« Où tu vas ? lui demandent-ils de nouveau.

– Là-haut, à l'église.

– C'est trop loin, tu te perds.

– Je connais le chemin.

– Un et un font deux. Deux et deux font quatre », crient-ils tandis qu'elle s'éloigne.

Elle aimerait avoir leur âge et monter le sentier avec Maria.

« On va chanter une chanson.

– Pourquoi ?

– Pour se donner du courage. Comme ça, on n'aura pas peur dans le noir.

– Tu as peur ?

– Non.

– Moi oui.

– D'accord, moi aussi, un peu. Mais c'est exactement pareil qu'en plein jour. Simplement, quelqu'un a éteint la lumière.

– Les gens peuvent faire des choses dans le noir quand on les voit pas.

– Mais on connaît ce sentier.

– Oui. On est venues ici cent fois.

– Cent millions, cent billions de fois.

– C'est quoi ce bruit ?

– Juste une vache.

– On rentre.

– Non, on ne peut plus faire demi-tour.

– Alors on chante une chanson : Près des buissons de ronces

Au bord de la mer… Allez, chante !

Boum boum boum

Le grand amour pour toi mon bien-aimé

Le grand amour pour moi

Quand on sera mariés…

Elles chantent toutes les deux.

– Je vois rien dans le noir. On va faire quoi dans l'église ?

– Voir ce qu'il y a là-haut la nuit.

– La lumière ?

– Oui.

– Mais c'était un miracle.

– Je sais, mais…

– Quoi ?

– Peut-être que ça n'en était pas un.

Maria s'arrête et se retourne pour regarder Katie.

– Comment ça ? »

Arrivée à la fourche du sentier, Catherine s'arrête et écoute. Elle entend un bruissement dans l'herbe

– une petite bête nocturne –, le roulement lointain du tonnerre, une grenouille au bord de l'eau et le vent dans les roseaux. Et aussi un autre bruit – un bruit qui vient de l'étang. Incapable de continuer, elle recule et s'accroupit dans l'herbe. Elle ne veut plus rien voir. Elle va rester ici et attendre que Maria la trouve.

*

Assise sur la tombe derrière l'église, Maria serre ses genoux contre sa poitrine. Elle regarde les éclairs qui sillonnent le ciel comme des serpents bleu électrique. Elle pense à Catherine. Elle aimerait à la fois qu'elle rentre et qu'elle reste loin d'ici. Son amie ne doit pas savoir ce qui s'est passé dans la maison ni ce qui est en train de se passer à l'étang. Maria gardera le secret – il le faut. Cette fois, ce sera son secret à elle seule : elle ne le partagera avec personne. Il restera enterré sous les pierres et l'herbe poussera par-dessus, et un jour l'endroit même où il repose sera oublié, enfoui au plus profond d'elle-même, sous les rochers. Puis il tombera en poussière, la rivière l'emportera, et il sera perdu à jamais.

Elle va penser à Katie, évoquer ses souvenirs.

« Ne parle à personne de ce qu'on a vu, tu m'entends, Maria ?

– Mais j'ai pas vu. Katie, j'ai pas vu, tu m'as pas laissée regarder par la fenêtre. Qu'est-ce que tu as vu dans l'église ?

– Rien. C'est un secret.

– Tu mens. Tu as vu quelque chose, sinon tu m'as fait la courte échelle pour que je regarde. On a fait un vœu qu'on est amies.

– Et alors ?

– Les amies se disent les secrets.

– Ce ne serait plus des secrets.

– Mais on a des secrets. Tu as dit que tu me racontes tout.

– J'ai changé d'avis.

– Tu as pas le droit.

– Regarde, il pleut comme vache qui pisse.

– J'espère que les vaches savent nager comme nous. Qu'elles se noient pas.

– Je me demande ce que ça fait de se noyer.

– Ça fait pas mal.

– Qu'est-ce que tu en sais, Maria ?

– Viens, on va glisser sur les fesses dans la boue.

– On n'aura qu'à laver nos robes dans l'étang. »

Maria sait ce que c'est de se noyer. Elle compte les secondes entre les coups de tonnerre et les éclairs. L'orage est encore loin. Elle avait l'impression de se noyer quand le garçon afrikaner l'a trouvée dans l'église. En se réveillant, elle ne savait pas ce qu'elle faisait là : elle se souvenait seulement d'être tombée sous les arbres. Et elle se souvenait de ce qu'elle avait vu.

Elle ferme les yeux et hume l'air. Elle ne voit pas l'étang, mais elle sait ce qui s'y passe en ce moment. Elle l'a vu avant que le garçon la découvre dans l'église.

Des cercueils flottent sur les torrents de pluie qui débouchent de l'église, se déversent à travers les arbres et se jettent dans l'étang. Assise à califourchon sur son cercueil, sa tante pousse des hululements en dévalant la pente. Elle tient des rênes, comme si son cercueil était un cheval. Ses vêtements sont en loques. Son regard est avide. Un autre cercueil la suit de près – un cercueil de petite fille. Derrière lui, val-

sant et tournoyant dans l'eau, vient une chèvre au ventre boursouflé. Elle regarde Maria avec des yeux jaunes et vitreux.

C'est tout un carnaval qui déboule de l'église. Maria cherche Katie dans les flots. Elle l'appelle, mais elle n'entend rien parce que les chants sont trop forts. Alors, elle voit un autre visage émerger et deux mains qui tentent de s'accrocher à une branche qui passe. C'est une femme. Ses cheveux trempés collent à son crâne. Ses mains blanches n'agrippent que de l'air. Maria la regarde couler. Elle ne cherche pas à l'aider.

Elle se lève et se dirige vers l'église. Elle va attendre Catherine à l'intérieur. C'est le seul endroit sûr.

*

Depuis le bosquet d'acacias, Hendrik voit Maria entrer dans l'église. Quand elle a disparu, il fait volte-face, va jusqu'à la lisière du boqueteau et regarde l'étang à travers les branches. Il voit Tom Fyncham soulever sa femme dans ses bras pour la sortir de l'eau. Puis il l'étend sur le sol au bord de l'étang, se redresse et s'éloigne dans la nuit.

En cet instant, Hendrik sait ce qu'il a à faire. Comme quand il regardait Catherine dormir ou qu'il a dû tirer sur la vache qui s'était brisé la nuque. Il faut cacher le corps de Mme Fyncham. Il faut l'enfouir profondément sous terre pour que Catherine ne le voie jamais. C'est son étang ; c'est sa ferme. La défunte n'a pas sa place ici. Catherine ne doit jamais la trouver, elle ne doit jamais savoir, sinon elle partira.

Aussitôt, il s'organise : il sait qu'il a besoin d'une pelle et d'un sac, qu'il va devoir retourner à la ferme et qu'il n'a pas beaucoup de temps, car M. Fyncham pourrait revenir. Au moment où il se retourne pour partir, la pluie se met à tomber à torrents. Hendrik traverse en courant le bosquet, passe devant l'église, dévale la *koppie* et rejoint son cheval qui, attaché à un arbre, s'agite nerveusement sous l'orage. Puis il s'élance dans le veld en priant pour être de retour à temps.

*

Catherine est accroupie, trempée, sur le bord du sentier. Le bruit qui provenait de l'étang a cessé et elle entend des pas qui viennent vers elle. Elle s'éloigne un peu du sentier et se tapit dans l'herbe haute. Elle distingue juste la silhouette de Tom qui passe dans l'obscurité. Malgré la pluie, il ne court pas : il s'éloigne de l'étang lentement, mais d'un pas régulier. Elle sait que le bruit qu'elle a entendu venait de lui – comme un étrange sanglot. Il passe si près d'elle qu'elle pourrait le toucher en tendant le bras, mais quelque chose l'en empêche. Elle n'est pas en sécurité seule ici. Il faut qu'elle aille à l'église retrouver Maria. Quand Tom a disparu, elle se lève et se force à avancer malgré elle. Arrivée à la fourche du sentier, elle emprunte l'embranchement qui descend vers l'étang : il faut qu'elle sache avant de monter à l'église.

Isobel est pâle dans le clair de lune; ses cheveux sont plaqués sur son crâne. Catherine la regarde et prononce son nom – Isobel. Elle voudrait poser la main sur son visage, mais elle n'y arrive pas. Ses yeux sont clos – Tom a dû les fermer. Elle est morte.

Que s'est-il passé ici ? Isobel a une entaille sur le côté du crâne; autour, le sang a coagulé, emprisonnant ses cheveux. On l'a frappée une fois très fort, ou peut-être à coups répétés.

Il faudrait la couvrir ; elle ne peut pas rester dans cette robe d'été trempée qui lui colle au corps. Tout ce qui traverse l'esprit de Catherine, c'est qu'elle doit avoir froid, qu'il faut la réchauffer, mais elle n'a pas de couverture à portée de la main. Peut-être que Tom est parti en chercher une. Mais Isobel est morte.

Où est-il allé ? À la maison. Appeler la police – mais non, il ne va pas faire ça. Qu'est-ce qu'il va faire ? Partir, comme il l'a déjà fait, sans message ni explication ? Et un message pour dire quoi ? Qu'il l'a tuée – que c'était un accident.

Catherine est si lasse. Elle a besoin de dormir, de se reposer. Elle fait demi-tour et, sous la pluie battante, commence à gravir le sentier.

XVIII

Maria est assise sur le sol, emmitouflée dans une couverture. Elle tourne le dos à la porte. Catherine se demande depuis combien de temps elle attend dans l'église. Elle sait que Maria a vu ce qui s'est passé à l'étang. Elle reste à l'entrée à la regarder. Maria ne se retourne pas. Peut-être qu'elle dort assise, qu'elle flotte sur un vaste océan mugissant. Le clair de lune inonde l'intérieur de l'église – une flaque de lumière gris argent qui resplendit sur le bois. Les bancs tanguent dans les flots.

Catherine a besoin d'évoquer ses souvenirs. Elle a besoin de voir leurs frimousses et d'entendre leurs rires.

« N'entre pas dans l'église.

– Pourquoi ?

– Pas encore. Il faut d'abord regarder par la fenêtre pour voir qui est là.

– Voir la lumière.

– Oui.

– J'ai envie de faire pipi.

Maria s'accroupit sur le sol.

– Eh bien, vas-y.

– Et si ça fait peur ?

– Ça ne fera pas peur.

– Et si c'est le prêtre ?

– Il dort dans son lit.

– Comment tu sais ? Et si c'est un bandit, il se cache et il a un couteau et il nous attend ? »

La fenêtre est trop haute pour elles. On l'a installée en hauteur pour que les enfants ne puissent pas regarder à l'intérieur.

« Fais-moi la courte échelle.

– Et moi ?

– Ce sera ton tour après. »

Maria lui fait la courte échelle devant la fenêtre.
Une lampe à pétrole est posée sur l'autel.
Katie retient son souffle.

Il y a quelque chose sur le sol et les murs de l'église – des petits carrés éparpillés. Une femme est assise par terre au milieu des carrés. Elle tourne le dos à la fenêtre. Ses cheveux longs sont lâchés sur ses épaules. Elle chante – un filet de voix.

Catherine dit à Maria de continuer à la porter une seconde, deux secondes. Ce ne sont pas des carrés, ce sont des images – des photos. Des photos de la rivière, des rochers, du ciel et de la mer, des photos de coquillages et d'insectes. Sa mère les a accrochées au mur et répandues sur le sol autour d'elle. Un instant, elle tourne la tête vers la fenêtre et Katie voit ses larmes qui baignaient son visage.

Elle lâche prise et tombe par terre sur Maria.

« Quoi ? C'est qui ? Maria se relève et tente de sauter pour regarder par la fenêtre.

– Personne.

– Mais j'entends le chant. C'est la dame qui chante.

– Il n'y a personne.

– Pourquoi tu pleures ? Pourquoi il y a la lumière ?

– Ça doit être un miracle.

– Pourquoi tu pleures ?
– Pour rien. Parce que… parce que, c'est tout.
Elle se lève et se met à courir sur le sentier.
– Attends-moi, crie Maria.
Elle rattrape Katie près de l'étang.
– J'ai rien pu voir. Je retourne.
Elle fait semblant de remonter le sentier.
Katie l'arrête.
– Non.
– Pourquoi non ?
– Ne retourne pas là-haut.
– Pourquoi tu veux pas me dire ?
– C'est un secret. Mon secret. »

Catherine traverse l'église pour rejoindre Maria. Celle-ci se retourne en entendant ses pas. « Je croyais que tu t'étais perdue. » Elle se lève et étreint son amie.

« Maria, elle est morte. Qu'est-ce qu'on va faire ? Elle a eu la tête fracassée.

– Il t'a vue ? Tom, est-ce qu'il t'a vue ?

– Non. J'étais cachée dans l'herbe, il est passé près de moi. Ça doit être un accident, Maria.

– Et si ça n'en est pas un ?

– C'en est un.

– Comment tu le sais ?

Catherine ne répond pas.

– Qu'est-ce qu'on va faire ?

– Rien. Il faut rester ici. On est en sécurité.

– On ne peut pas rester ici indéfiniment.

– Quand il fera jour, on redescendra. »

Catherine s'assied près de Maria et s'adosse à l'autel. Dehors, il fait nuit noire. Le tonnerre se déchaîne.

« Qu'est-ce que tu as trouvé ? demande Maria. Sur la côte. Tu as vu quelque chose ?

– J'ai trouvé l'hôtel – celui de la carte. Catherine ramasse un livre de cantiques abandonné sous le premier banc et se met à le feuilleter. Elle a besoin de s'occuper les mains – elle n'a pas ses cigarettes.

– Et quoi d'autre ?

– J'ai trouvé un album à l'hôtel. Et des photos dedans.

Maria lui prend la main.

– Des photos d'Isobel avec mon père – son père.

– Tout va bien maintenant. Maria serre la main de Catherine dans la sienne. Tu as découvert autre chose ?

– Non. Catherine se tourne vers elle. Tu savais ? Tu l'avais vu ?

– Seulement récemment. Avant, je ne savais rien. Il est trop tard pour cacher sa vision à Catherine.

– Qu'est-ce que tu as vu exactement ?

– Une pièce sombre. Avec Isobel et Tom.

La porte de l'église s'ouvre à grand fracas. La pluie pénètre à l'intérieur.

– Ton père aussi était dans la pièce. Il était malade.

Maria hésite – elle croit entendre de petits pieds trottiner sur le sol, sentir de petites mains qui tirent sur sa robe.

– Je veux savoir. Catherine frémit.

– Isobel écrivait. Tom n'était pas d'accord.

– Mais il ne l'arrêtait pas ?

Maria secoue la tête.

– Elle lui faisait écrire son nom sur le papier.

– À Tom ?

– Non, à ton père. Elle entend leurs soupirs ; elle sent leurs petits doigts courir sur sa tête, et Catherine les sent aussi. C'était le papier qui donnait la ferme à Isobel.

– Et il le signait – il signait ce papier ? Il écrivait son nom ?

– Il était malade. Il faisait sombre. Maria regarde Catherine. Tout va s'arranger, dit-elle.

– Elle me détestait.

– Oui. Ça la dévorait de l'intérieur.

– Mais pourquoi Tom ne m'a rien dit ?

– Peut-être qu'il t'aime ; peut-être qu'il est lâche. Maria passe un bras autour de Catherine et l'attire vers elle. Peut-être qu'il savait que tu ne l'aimerais plus s'il te disait la vérité.

Elle se met à tracer des motifs dans la poussière.

– Qu'est-ce qu'on va faire d'Isobel ? Elle est dehors sous la pluie. Je l'ai vue, Maria. Elle avait l'air glacée.

Maria reste silencieuse un moment, puis lâche le morceau.

– Elle va disparaître. Envolée. Perdue. On ne la reverra plus.

– Tu ne peux pas la faire disparaître comme ça. Tu ne peux pas toujours me protéger. »

Maria déploie sa couverture pour les en couvrir toutes les deux. Elles s'allongent l'une contre l'autre sur le sol.

« Et s'il est à la maison quand on rentre ?

– Tu lui parleras ?

– Et si je ne veux pas ? S'il l'a tuée ?

– C'est ce que tu crois ? »

Elles se sont enduites de boue près de l'étang. La boue a séché et leur tire sur la peau. Elles montent à l'église en courant, leurs robes sur le bras. Il est midi. Elles jettent les robes sur le sol.

« Tu as une épingle ? demande Katie.

– Pourquoi, une épingle ? Maria fronce les sourcils.

– Pour se piquer le doigt bien sûr. Ou un couteau.

– Il faut se couper ?

– Oui. Pour que ça marche. C'est comme les initiés. Ils font des trucs comme ça à l'école de la montagne.

– Les filles aussi des fois.

– Regarde, j'ai un couteau. Donne-moi ton doigt.

– Non.

– D'accord, je vais faire le mien d'abord.

– Aïe ! Ça fait mal ?

– Pas très. À toi.

– Non, je le fais toute seule.

Katie regarde Maria se racler la peau.

– Il faut l'enfoncer plus profond. Comme ça.

– Aïe !

– Bon. Maintenant, on mélange nos sangs.

– Et ensuite ?

– On dit quelque chose pour rester ensemble. Toujours.

– Toujours. »

Elles éclatent de rire, effrayées par ce qu'elles viennent de dire et de faire. Puis elles sortent en courant sous le soleil.

Catherine se réveille au lever du soleil. Elle a les joues mouillées ; Maria lui explique qu'elle pleurait dans son sommeil. Elles descendent parmi les arbres et les rochers pour rejoindre l'étang. Le corps d'Isobel a disparu.

Tom attend sur la véranda. Catherine voit la douleur et la fatigue inscrites sur son visage ; il est resté debout toute la nuit. Elle voudrait le toucher, mais c'est impossible. Il se lève et vient vers elle.

« Non », dit-elle.

Maria rentre dans la maison, mais s'assied juste derrière la porte pour regarder.

« Où étais-tu ? demande Tom.

– J'ai été à l'hôtel, répond Catherine sans le regarder. Je sais tout, Tom. Je suis allée à l'étang hier soir. Elle entend les enfants qui papotent et qui rient en passant sur la route. Ils vont à l'école. Ils s'attendent à ce qu'elle les rejoigne pour leur apprendre à lire et leur parler des plantes et des animaux. Il faut qu'elle lui pose la question : Tu l'as tuée ?

Elle sent la fureur envahir Tom. Il l'attrape par le bras.

– À toi de me le dire, Catherine. Regarde-moi.

Mais elle n'y arrive pas.

– Comment veux-tu que je le sache ? Tu m'as menti.

Il tente de répondre, mais elle ne le laisse pas parler. Elle tremble. Elle est hors d'elle maintenant.

– Ne t'inquiète pas, je n'appellerai pas la police. Je ne veux pas de flics dans ma ferme. Et c'est ma ferme, n'est-ce pas, Tom ?

– Ça a toujours été ta ferme.

– Je ne veux pas qu'ils viennent traîner chez moi, qu'ils posent des questions, qu'ils interrogent Maria. Les gens seront trop contents de l'accuser – elle leur fait peur. Ils ne comprennent pas.

Maria regarde Tom : il essaie de parler à Catherine, de s'expliquer, mais elle lui tourne le dos.

– Je ne veux pas savoir, lance-t-elle en s'éloignant. Je ne veux plus rien savoir. Je veux juste que tu t'en ailles de chez moi. C'est terminé. »

Elle entre dans la maison et ferme la porte.

XIX

« M. Fyncham est parti pour de bon cette fois.

– Ils ont dû se disputer. Je me demande ce qui s'est passé dans cette maison.

– En tout cas, elle est toujours là – la fille King, avec la bonne indigène.

– Il a fini par préférer sa femme. C'est ce qu'ils font tous, tu sais. Ils ont des aventures, mais ils ne veulent pas quitter leur femme.

Nettie lissa la nappe et se tamponna le coin de la bouche avec une serviette.

– Davel a vu Mlle King au magasin – elle posait des questions sur les prix du bétail. Elle veut vendre une partie de son cheptel. Elle n'a pas d'argent. »

Hendrik venait de lire dix fois la même phrase. Il était assis dehors, mais la fenêtre était ouverte dans son dos et il entendait leur conversation aussi distinctement que s'il était à leur table. Il ferma son livre.

« Est-ce que Hendrik a entendu dire quelque chose ?

C'était Nettie.

– Non. Hendrik croyait voir sa mère secouer la tête. Il savait ce qu'elle allait dire : Il est vraiment tendu ces derniers temps.

– C'est les examens. Dirk est nerveux aussi.

– Je n'arrête pas de lui dire d'essayer ma potion pour les nerfs. »

Un silence inhabituel se fait autour de la table. Nettie se lève – Hendrik entend sa chaise racler le sol – et va à la fenêtre. Elle respire lourdement : elle est asthmatique et a du mal à emplir ses poumons. « Tu te souviens de cet orage l'autre soir ? » Elle s'est tournée vers la mère de Hendrik. « Eh bien, Mme Venter m'a dit que la pluie avait provoqué une coulée de boue. Toute la pente qui est au-dessus de leur maison a glissé, il y en avait jusqu'aux fenêtres – ça a détruit les plates-bandes. Elle dit que la maison est répugnante. Elle dit qu'elle ne s'en sort plus. Son mari ne lève pas le petit doigt pour l'aider. »

Ça faisait déjà une semaine, et Hendrik n'était pas allé vérifier que les pierres qu'il avait posées sur la tombe n'avaient pas roulé et que la pluie n'avait pas exposé le corps. Quand il y repensait, il était choqué par ce qu'il avait fait.

Cette nuit-là, quand il était retourné à l'étang, le corps de Mme Fyncham était toujours au même endroit – aucune trace de son mari. Il se rappelait la manière dont sa tête avait rebondi sur les rochers tandis qu'il la traînait vers le haut de la colline. Il avait dû la hisser sur son épaule comme un sac de *mealie meal*. Il se répétait sans cesse qu'elle n'était qu'une chose morte, aussi insensible que les plantes ou les rochers – que son esprit l'avait quittée. Juste un amas d'os, de sang, de graisse et de peau. Après l'avoir enterrée, il avait dû brûler sa chemise tachée de sang.

En classe, il était incapable de se concentrer sur son travail. Chaque fois que la porte de la salle s'ouvrait, son cœur faisait un bond. Un matin, une voiture de police s'était arrêtée devant le bâtiment. Par la fenêtre, il avait regardé des policiers descendre et se présenter à l'entrée. Bientôt, ils seraient dans le bureau du directeur et l'enverraient chercher. Il avait attendu, mais rien ne s'était produit. Le signal de la récréation avait retenti et les élèves s'étaient précipités dans la cour ensoleillée. Il était resté assis à son bureau dans la salle de classe.

Encore une semaine d'attente, se disait-il, et il irait à Hebron proposer son aide à Catherine. Il l'avait vue traverser la rue en ville où elle faisait des provisions, mais elle ne l'avait pas remarqué et il ne s'était pas manifesté. Le temps se modifiait ; l'herbe n'allait pas tarder à changer de couleur. Le dernier orage de l'été était maintenant derrière eux. Hendrik était allé à l'étang, mais l'eau était devenue trop froide pour Catherine – elle n'y était pas retournée. Les nuits rallongeaient et, d'ici quelques mois, il faudrait faire du feu le soir.

Son père avait croisé Catherine au magasin. Elle était en train d'acheter de la nourriture pour bestiaux. Si elle comptait vendre une partie de son cheptel, savait-elle quelles bêtes choisir ? Hendrik pouvait l'aider. Il fallait que quelqu'un lui dise de transférer le bétail au pâturage d'hiver – les hommes de la ferme allaient peut-être s'en occuper.

À présent, elle travaillait toute la journée dehors. On réparait les clôtures à Hebron. Hendrik l'avait vue à cheval dans le veld à la nuit tombante. On aurait dit qu'elle évitait la maison. Un soir, il était passé devant la barrière : elle était assise sur la véranda, comme du temps où Tom était là, avec un whisky et une cigarette. Elle était fatiguée. Il le sentait.

Nettie prenait congé. Hendrik entendit les deux femmes se lever, puis sa mère sortit pour raccompagner son amie. Ils la regardèrent monter en voiture et manœuvrer le levier de vitesses. Le véhicule partit en marche arrière et manqua rentrer dans le mur.

« Quelle conductrice épouvantable, dit la mère de Hendrik en riant. Nettie agita gaiement la main au-dehors et s'éloigna dans un nuage de poussière.

– Comment ça va ? demanda sa mère en se tournant vers lui.

– Bien, maman. Ne t'inquiète pas. »

Il ne savait plus à quelle profondeur il avait enterré Mme Fyncham. Peut-être qu'il aurait dû lui retirer son alliance – mais ça n'aurait pas été bien non plus. Simplement, au bout de quelque temps, s'il se passait quelque chose, si quelqu'un la trouvait et parvenait à l'identifier… Il avait entendu parler d'animaux sauvages qui déterraient des os dans les cimetières en cherchant une proie.

« Hendrik, Nettie dit que Dirk aussi a des problèmes de nerfs. Elle lui a acheté cette potion calmante. Si tu…

– Je n'ai pas besoin de calmants, maman.

– Où vas-tu ?

– Je serai de retour pour le dîner. Je vais voir si je peux te trouver des champignons dans le veld. »

Il n'attendit pas sa réaction pour s'élancer sur le sentier. Ça faisait du bien de courir de nouveau. Il sentait le sang affluer dans ses veines et sa tension se dissiper.

Il trouva les pierres bien en place sur la tombe ; rien n'avait bougé. Le soleil tombait droit sur les rochers et les faisait chauffer. Hendrik ôta sa chemise pour mieux le sentir dans son dos. Il adorait cette sensation – les rafales de vent froid alternant avec la chaleur du soleil sur sa peau quand il était assis sur le surplomb, les pieds dans le vide. Il alluma une cigarette et inhala la fumée. C'était mieux que la potion de sa mère. « Vous en voulez une ? » Il se rappelait la voix de Catherine et la manière dont leurs doigts s'étaient touchés quand elle lui avait allumé une cigarette cet après-midi-là, près de l'étang. Il revoyait son visage sortant de l'eau, ses cheveux mouillés, ses yeux étincelants. « Vous ne venez pas vous baigner ? » Le rire dans sa voix. « Il faut ouvrir les yeux sous l'eau pour voir les couleurs. Je vais essayer de les peindre. On a appris à nager dans cet étang, Maria et moi. On a descendu cette rivière jusqu'aux gorges. »

Il se mit à réorganiser les pierres sur la tombe. Il fallait que quelque chose la distingue de ces trous où on enterrait les bêtes malades qu'on avait dû mettre à mort. Si les hommes ne le voyaient pas, Dieu, lui, le verrait de là-haut. Il disposa donc les pierres de façon à former une croix. Tout allait s'arranger. Le temps allait passer et il irait à Hebron. Il apporterait un cadeau à Catherine – une peinture de l'étang tel qu'il le voyait quand il plongeait et ouvrait les yeux sous l'eau.

Il resta assis quelque temps à tailler un morceau de bois au couteau, puis descendit entre les rochers pour rentrer.

*

Maria trouva Catherine pataugeant dans l'eau froide de l'étang. Elle avait retiré sa jupe et était immergée jusqu'aux genoux. Penchée sur la rive, elle cherchait quelque chose à tâtons, parmi la boue et les roseaux. Elle souleva une pierre, la rinça pour en ôter la boue et la tint à la lumière, puis la laissa tomber dans l'eau et recommença. Au bout d'un moment, elle se redressa et aperçut Maria. « Ça fait combien de temps que tu es là ? demanda-t-elle.

– Je ne voulais pas te déranger. Qu'est-ce que tu cherches ?

– Je ne sais pas.

– Qu'est-ce qu'il y a ? Tu croyais que c'était un accident, tu voulais le croire, et maintenant tu ne sais plus ? Je peux peut-être t'aider ?

– Non, je n'ai pas besoin d'aide. J'ai juste besoin de temps. »

Catherine était sortie de l'eau et regardait maintenant sous les fourrés.

– Je suis venue te dire que le dîner était prêt.

– Ça n'a aucun sens. Catherine ne l'entendait pas. Où est-elle ? Où est-ce qu'il l'a enterrée ?

– J'ai préparé le dîner, tenta de nouveau Maria.

– J'arrive tout de suite.

– La nuit commence à tomber.

– Pars devant. Je te rejoins dans une demi-heure. J'ai besoin de réfléchir. » Elle s'assit et prit sa tête dans ses mains.

Maria aurait préféré ne pas la laisser, mais elle n'avait pas le choix. Si elle ne partait pas, Catherine se mettrait à crier. Elle criait beaucoup depuis qu'elle avait fermé cette porte au nez de Tom. Maria avait tenté de la distraire. Mais, quand elle lui avait dit que tout allait s'arranger, elle s'était sentie coupable, parce que sa mère lui avait dit la même chose après la mort de l'homme qu'elle aimait, à l'époque où elle passait tant de temps sur sa tombe. Maria lui avait jeté des pierres et lui avait hurlé de la laisser tranquille ; elle aurait pu lui fracasser le crâne.

Catherine rentra bredouille. Maria lui apporta une tasse de thé, mais elle ne la but pas. Elle s'assit sur la véranda et se mit à regarder les gommiers sans les voir.

« Mettons de la musique, proposa Maria.

– Je n'ai pas envie de musique. Catherine frissonnait.

– Tu ne peux pas rester assise comme ça tous les soirs.

– Pourquoi pas ?

– Bientôt, il fera trop froid. En temps normal, Catherine aurait ri ; cette fois, elle n'eut même pas un sourire. Ça nous détendrait peut-être, de la musique, reprit Maria. On pourrait danser. Et demain, allons aux chutes. Je conduirai. »

Catherine lui demanda d'aller chercher ses cigarettes. Maria rapporta en même temps un livre, mais elle n'arrivait pas à se concentrer dessus.

« On pourrait partir en vacances, dit-elle en levant les yeux.

– On n'a pas d'argent. Les doigts de Catherine tambourinaient sur le muret à un rythme fiévreux, saccadé. Je suis allée au terrain d'aviation aujourd'hui. Son avion n'y est plus.

– Il l'a peut-être vendu.

Catherine la regarda d'un air fâché.

– Il ne ferait jamais ça. Il adore cet avion. Non, il est revenu le chercher. Il est revenu et il ne s'est pas arrêté ici.

– Il ne sait pas ce que tu ferais, maintenant que tu connais la vérité. Il a peur. Tu l'as chassé.

– Ne le défends pas, Maria.

– Je ne le défends pas. Elle marqua un temps d'arrêt. Qu'est-ce que tu ferais s'il revenait ?

– Je ne sais pas. Catherine se leva et marcha jusqu'au bout de la véranda. Je ne sais pas. Il me manque, c'est tout. Elle écrasa sa cigarette. Je cherchais une pierre dans l'étang. Une pierre avec du sang dessus. Il doit bien y en avoir une ? Elle alluma une nouvelle cigarette. Pourquoi il ne revient pas ?

– Et si je te faisais couler un bain ? demanda Maria en se levant.

– Je ne veux pas de bain », fit Catherine sèchement. Maria quitta la pièce. Il n'y avait rien à ajouter.

XX

Hendrik sort le tableau de sa cachette sous l'autel. Ça fait une semaine qu'il y travaille. Il le pose sur le chevalet qu'il a apporté de chez lui, puis augmente la flamme de la lampe à pétrole pour mieux voir ce qu'il fait. Il y a de petites traces dans la peinture. Hendrik les effleure du doigt. Il se plaît à penser que ce sont de petites empreintes digitales, mais il se peut aussi que des souris soient passées sur la peinture fraîche dans le noir. Il mélange ses couleurs et commence à poser les dernières touches sur la toile, repassant sur les traces à l'exception d'une seule. Quand Catherine arrivera à l'église, il aura terminé. Car elle va venir le trouver : il lui a écrit un mot et l'a déposé à la maison de Hebron.

Il est content de son tableau. Catherine est magnifique. Sa peau a des reflets argentés dans l'eau. Elle est nue, mais elle n'a pas froid. Elle lui sourit, heureuse d'être immergée dans l'étang. Ses cheveux flottent autour de son visage. Dans ce monde translucide et silencieux, il n'y a ni douleur ni ennuis, juste un souffle paisible, régulier – de petites bulles qui s'échappent de ses lèvres. On dirait le veld qui scintille après avoir été nettoyé par la pluie. Hendrik a maintenant fini. Il recule pour contempler son œuvre, puis grave son nom dans la peinture au bas du tableau.

Catherine monte à l'église par le sentier. Elle se sent nerveuse. *J'ai quelque chose à vous montrer…* a-t-il écrit. Il sait quelque chose. Il est toujours là-haut à regarder l'étang ; il a dû voir ce qui s'est passé cette nuit-là, il sait que c'est un accident, il va pouvoir lui raconter. Oui, il a dû voir quelque chose. Catherine a dit à Maria où elle allait, et Maria le lui a déconseillé.

« Il est amoureux de toi, a-t-elle dit.

– C'est absurde, a rétorqué Catherine. Ce que tu peux dire comme absurdités, parfois. »

Hendrik est assis sur un banc. Quand Catherine entre dans l'église, il se lève et s'avance afin de voir son visage. Il ne s'est jamais senti aussi nerveux et calme à la fois. Elle est si jolie. Elle a mis sa robe jaune, celle qu'elle portait le jour de son arrivée, quand il l'a vue devant l'église.

« Qu'est-ce qu'il y a ? Elle lui sourit et il voit qu'elle est nerveuse aussi. Qu'est-ce que vous vouliez me dire ? Vous avez vu quelque chose ?

Il ne s'attendait pas à ça. Il lui a écrit qu'il voulait lui montrer quelque chose. Elle doit penser… Il comprend maintenant pourquoi elle paraît fébrile, elle croyait…

– Vous n'avez rien de nouveau à m'apprendre ? Sa voix est tendue – elle a dû lire son dépit sur son visage.

Il secoue la tête.

– Non. Je…

– Alors pourquoi vous m'avez fait venir ? Elle est en colère maintenant.

Ça commence mal. Il a voulu la revoir trop tôt. Il aurait dû attendre.

– Vous disiez que vous vouliez me montrer quelque chose ?

– Oui. »

Il hésite, mais ne trouve aucune échappatoire satisfaisante : il faut lui montrer le tableau. Il n'a pas d'autre explication à lui fournir, et elle attend. Lentement, comme si ses pieds s'enfonçaient dans du sable, il va chercher la lampe à pétrole sur l'autel. À présent, Catherine a aperçu le chevalet dans l'ombre ; elle se dirige vers le tableau.

Il tient la lampe pour l'éclairer, mais, en même temps, il regarde par la fenêtre. Il ne veut pas voir son visage au moment où elle découvre la toile. La lumière joue dans les arbres. Il aimerait être dehors.

« Ce n'est pas moi.

Elle a parlé. Il est incapable de la regarder. Il se concentre sur les branches ; il lui semble qu'elles remuent lentement. Il s'efforce de ne pas paniquer.

– Je ne vous ai pas donné la permission de peindre ça. La voix de Catherine est glaciale. Regardez-moi.

Il ne peut pas.

– Ce n'est pas moi. Vous ne m'avez pas vue…

Il entend quelque chose se briser dans sa voix et lui jette un coup d'œil vacillant.

– Vous n'avez pas le droit de venir ici. Cette église est sur mes terres. Je ne veux plus jamais vous y voir. Vous comprenez ? Vous n'êtes pas chez vous ici. » Elle est debout devant lui et il ne peut pas la regarder. Il n'a rien à dire.

Catherine fait volte-face et sort en courant de l'église.

« Si on court assez vite, on peut quitter son corps ?
– Pour quoi faire ?
– Disparaître.
– Mourir, tu veux dire ?

– Non.

– Je ne comprends pas.

– Si on veut juste disparaître ? Dans les rochers et l'eau et le ciel et la terre – ou dans le rire ?

– Mais pourquoi ?

– Comme ça tu resteras toujours ici. Tu ne seras jamais obligée de partir. »

C'est mon étang, mon église, ma terre.

*

Quand Hendrik arrive chez lui, il ne sait plus comment il a fait pour rentrer. Sa mère lui a mis un couvert à table. Le dîner refroidit. Ils l'attendaient.

« Tu es pâle. Qu'est-ce qui ne va pas ? Hendrik secoue la tête. Il ne se sent plus lui-même, il a l'impression de jouer un rôle en s'asseyant en face d'eux et en coupant sa viande.

– Hendrik, tu es malade.

– Non.

– Arrête de l'enquiquiner, dit son père en se resservant de pommes de terre.

– Je suis sa mère.

– Si tu continues comme ça, il nous quittera.

– Tu ne ferais pas ça, n'est-ce pas, Hendrik ?

Il n'arrive plus à manger. Il se lève et s'excuse.

– Je suis juste fatigué. »

Il sort de la maison et descend à l'écurie. Tant pis s'ils le voient partir – il n'a plus besoin de se cacher. Dans l'écurie, il trouve un bidon d'essence et une corde ; il a des allumettes dans sa poche.

Il marche dans le veld et sent le vent sur son visage. Un étrange sentiment de paix emplit son cœur. Ses sens sont aussi aiguisés que l'aiguille du gramophone de Hebron, elle qui libère le son et la joie en parcourant les sillons. C'est magnifique – le veld dans la lumière du soir, les bruissements des animaux nocturnes.

Arrivé au pied de la *koppie*, il grimpe sur un gros rocher et trouve un endroit où s'allonger. L'heure n'a pas d'importance. Il n'a aucune raison de rentrer.

Là-haut, un mince croissant de lune se lève dans les ténèbres et, sur l'océan d'obscurité du veld, les lumières des fermes et des *kraals* semblent refléter les étoiles. Est-il à l'envers ? Où est le ciel et où est la terre ?

Inutile de se dépêcher. Il entend les chants et il l'imagine devant le tableau. Au-dessous des paons brodés sur l'ourlet de sa robe, ses jambes minces ressemblent à des brindilles ; ses cheveux sont embrasés par la lueur de la bougie. Elle rit et fait glisser ses bracelets le long de son bras.

*

En rentrant de chez sa mère à travers le veld, Maria voit l'église luire dans la nuit. Elle ne se met pas à courir tout de suite : elle croit d'abord que la lampe est allumée, et elle sait que le jeune Afrikaner va là-bas la nuit. C'est Catherine qui occupe ses pensées. Le seau plein de *samp** et de haricots que lui a donné sa mère rebondit contre ses jambes. Quand elles seront toutes les deux assises à la maison, elle parlera à Catherine de son plan pour gagner de l'argent. Elle réchauffera le *samp* et les haricots pour le dîner. Une autre pensée la turlupine – ce qu'elle a dit à Catherine et ce qu'elle lui a caché ; mais elle la relègue dans un coin de sa tête en espérant qu'elle s'y perdra.

Maria respire l'air de la nuit et, cette fois, elle sent l'odeur de la fumée. Elle a atteint le bas de la *koppie*. Elle lève la tête et s'aperçoit que la fumée provient de l'église. Un incendie.

Elle s'enveloppe dans sa couverture et se met à courir. Quand elle atteint l'église, elle est hors d'haleine. Si elle avait assez de temps, elle descendrait à l'étang mouiller sa couverture – mais il y a urgence. Elle pousse un cri dans l'obscurité : quelqu'un pourrait l'entendre en passant dans le veld et venir l'aider. Puis elle ouvre la porte et un rideau de fumée l'enveloppe.

Quand tout sera terminé, elle ne saura plus ce qu'elle a vu en premier : le tableau en flammes ou Hendrik.

Elle se couvre la bouche et le nez avec la couverture, s'élance vers le fond de l'église, tire la table d'autel et monte dessus pour atteindre Hendrik. Elle a de la peine à le soulever. Il est pendu à la poutrelle centrale, mais il vit encore. Maria le sait. Elle a déjà vu des gens morts. Au même moment, Gabriel franchit la porte : par miracle, il a dû l'entendre crier. Il est à côté d'elle ; il dénoue la corde ; ils reçoivent Hendrik dans leurs bras et le transportent à l'extérieur.

Maria lui insuffle de l'air dans la bouche – elle a appris la technique dans le livre sur les premiers secours. Bientôt, il se met à tousser et recommence à respirer. Elle s'assied, pose la tête du garçon sur ses genoux et envoie Gabriel prévenir Catherine à la maison. « Dis-lui d'amener la voiture devant le magasin et reviens m'aider à le descendre. Il faut qu'on aille à l'hôpital. » Elle le presse : « Allez, qu'est-ce que tu attends ? »

Hendrik ouvre les yeux. Elle ne sait pas s'il l'entend. Elle lui caresse la tête et lui parle à voix basse. « Pourquoi tu as fait une chose aussi bête ? Ça ne vaut pas la peine. Tu devrais lui dire la vérité. »

Dans la voiture, elle s'assied à l'arrière avec lui. Jamais Catherine n'a conduit aussi vite. Maria n'a pas le droit de pénétrer dans la section blanche de l'hôpital. Elle attend pendant que l'infirmière va chercher un brancard. Catherine entre donner le nom de Hendrik pour qu'on appelle ses parents. Elles ne peuvent rien faire de plus.

XXI

« Il me semble que je dois vous écrire cette lettre. Il y a des choses que je n'ai pas pu vous dire et que vous devez savoir. »

Hendrik froissa la feuille et arracha une autre page du bloc. Il n'aurait bientôt plus de papier. La trace rouge qu'il avait autour du cou commençait à s'estomper, mais il n'était pas retourné en classe depuis son séjour à l'hôpital. Sa mère était dans tous ses états ; elle accusait Catherine et la bonne indigène. Il avait fui la maison et était allé s'asseoir dans l'écurie sur une balle de foin. Il voulait juste avoir la paix pour écrire cette lettre. Dehors, son père fit démarrer le tracteur ; il allait à la voie ferrée chercher du *mealie meal*. Ses parents racontaient à leurs amis et à ses professeurs que quelqu'un avait tenté de l'étrangler dans l'église en tôle, et les gens les écoutaient parce que c'était une église indigène et que cette histoire accréditait toutes les rumeurs auxquelles ils voulaient croire. La mère de Hendrik ne pouvait pardonner à Catherine King le mal qu'elle avait fait à son fils. Elle n'avait avoué la vérité qu'à Nettie. Celle-ci lui avait dit de s'estimer heureuse que la bonne indigène soit arrivée à temps et que les deux femmes aient conduit Hendrik à l'hôpital, mais elle s'était contentée de secouer la tête. Elle ne voulait rien entendre.

« Un jour, je suis monté à l'église. Je vais souvent là-bas. Je m'y sens bien. »

Hendrik regarda dehors par la porte de l'écurie. Il apercevait son cheval dans le champ. Ça faisait des semaines qu'il ne l'avait pas monté. Et ça faisait des semaines qu'il n'avait pas plu. L'hiver approchait ; les couleurs du veld changeaient.

« La plupart du temps, j'y vais le soir, après la tombée de la nuit. Mais, ce jour-là, j'y suis allé l'après-midi. »

Ce jour-là, le jour où Isobel était morte, son père l'avait envoyé chercher les chevaux. Il allait y avoir de l'orage et ils étaient déchaînés : ils galopaient en tout sens dans le champ, comme si l'électricité contenue dans l'air les perturbait. Il avait mis du temps à les approcher suffisamment pour leur passer une corde autour du cou, les calmer et les ramener à l'intérieur. Lentement, ils s'étaient laissé amadouer. Il avait posé la main sur l'encolure de son cheval et collé son nez contre sa peau. Il adorait son odeur.

« Je vais parler à Catherine des enfants dans l'église, avait-il dit à son cheval. Et je vais lui peindre quelque chose. Elle comprendra qu'on est faits pour être ensemble. M. Fyncham ne voit pas les enfants – je suis le seul. Deux petites filles. Je les entends. Je les entendais bien avant de la rencontrer. Je savais qui elle était. »

Quand il était remonté de l'écurie, sa mère l'attendait devant la maison. Elle lui avait demandé d'aller chercher le kérosène dans la remise.

« En quittant la maison, je me suis dit que l'orage n'allait pas tarder. »

Il avait couru sur la majeure partie du trajet. Il voulait se baigner dans l'étang. Il voulait être dans l'eau quand la foudre frapperait les *koppies*. Il était heureux.

« Le ciel était encore clair quand je suis arrivé à l'église. J'ai commencé à peindre. Je voulais finir votre portrait et aller me baigner ensuite. »

Dans l'église, il avait senti leur présence, leur souffle dans son dos. Elles regardaient.

« Qu'est-ce que c'est ? chuchotent-elles. Il les sent qui se déplacent autour du tableau.

– *Peut-être qu'il est à l'envers.*
– *Peut-être que c'est toi qui es à l'envers.*
– *Peut-être que l'église est à l'envers.* »
Elles éclatent de rire.

Le tonnerre était encore lointain. Quand Hendrik avait quitté l'église, le soleil déclinait dans le ciel. Le veld tout entier baignait dans une lumière éclatante. Les couleurs se fondaient en un vert et or électrique.

« Je suis descendu entre les arbres. Je voulais sauter du rocher qui surplombe l'étang. Comme vous. »

Mais il s'était arrêté à mi-chemin, car quelqu'un se tenait déjà sur le surplomb.

« Quelqu'un était arrivé avant moi. C'était Mme Fyncham. »

Debout sur le rocher, elle lui tournait le dos et contemplait l'étang. Il avait tout de suite su que quelque chose n'allait pas. Elle portait une robe, et non un costume de bain. Il s'était dit qu'elle regardait peut-être quelqu'un dans l'eau.

« Je ne l'ai jamais dessinée. La personne que vous avez vue dans mon carnet, c'est vous. Ça me gênait de vous le dire, je me demandais ce que vous alliez penser de moi. Je ne pensais pas que Mme Fyncham allait sauter. »

Mais alors elle s'était avancée d'un pas, avait fermé les yeux en vacillant légèrement, et il avait compris ce qu'elle s'apprêtait à faire. Elle cherchait le courage de sauter. Il s'était trouvé dans la même situation et avait entendu la voix de Catherine : « Allez, sautez. Sautez ou vous allez glisser. Il faut sauter sans réfléchir. Ne pensez à rien. »

Elle était restée immobile un long moment, puis son mari l'avait appelée.

« J'aurais dû lui dire de sauter. Ou bien la retenir. J'ai entendu M. Fyncham crier son nom. »

Catherine s'assit. Elle avait peur de continuer parce qu'elle connaissait la suite.

« Regarde-moi, papa.

– Allez, Katie. Ne sois pas une poule mouillée. Saute.

– Je ne peux pas.

– Bien sûr que si tu peux. Allez, saute.

– Un, deux…

Elle est dans l'eau.

Il la prend dans ses bras et la fait voler dans les airs.

– *Tu es courageuse. J'ai une petite fille courageuse.*

– *Je ne suis pas une poule mouillée, alors ?*

– *Non, tu n'es pas une poule mouillée.*

– *Maria croit qu'il y a des poules dans le ciel. Elle est folle, hein ?* »

Catherine se remit à lire. Elle ne pouvait pas s'en empêcher.

« En s'avançant pour sauter, elle a tourné la tête vers l'église comme si elle avait entendu quelque chose, comme si quelqu'un l'avait appelée et qu'elle répondait "oui". J'ai regardé dans la même direction, mais je n'ai vu personne et je n'ai rien entendu. Si elle ne s'était pas retournée, elle n'aurait pas glissé. Mais elle est tombée et sa tête s'est fracassée contre le rocher.

Je n'ai pas pu descendre tout de suite, car M. Fyncham était là. Il a essayé le bouche-à-bouche, mais elle devait être déjà morte. Il est reparti sur le sentier. J'ai pensé qu'il allait chercher de l'aide, mais je ne pouvais pas en être sûr.

Je ne voulais pas que vous la trouviez au bord de votre étang. Je me disais que vous partiriez, que vous quitteriez la ferme. J'espère que vous comprenez pourquoi j'ai dû l'enterrer. Il ne fallait pas que vous sachiez. Il ne fallait pas que vous partiez – vous êtes chez vous ici. »

Au bas de la feuille, il avait ajouté en petits caractères :

« Je vous aime.
Hendrik »

Catherine replia la lettre. Maria la rejoignit dehors avec des pommes de terre à éplucher, s'assit sur une marche et attendit qu'elle dise quelque chose.

« Tu savais ce qui s'était passé ce soir-là ? C'est toi qui as dit à Hendrik de m'écrire cette lettre ? Catherine connaissait la réponse. Elle voulait juste l'entendre de la bouche de Maria. Pourquoi ? Pourquoi tu ne me l'as pas dit ? Qu'est-ce qui t'a arrêtée ? »

Maria posa le couteau et le saladier contenant les pommes de terre, s'essuya les mains sur sa jupe et jeta un coup d'œil en direction de Gabriel, qui travaillait dans le potager.

« Je ne sais pas. Je pensais que les choses pouvaient en rester là.

– C'est impossible. Tu le sais. J'ai essayé. Je n'y arrive pas. Maria se leva et rentra dans la cuisine.

– Où tu vas ? » lui cria Catherine.

Elle ne répondit pas. Elle cherchait une figue de Barbarie mûre parmi celles qu'elle avait cueillies dans le jardin pour la mettre dans le carton de Catherine. Un carton qui contenait un pique-nique.

« Pour ton voyage, dit-elle à Catherine en lui tendant le carton. J'ai préparé un pique-nique pour que tu n'aies pas faim. »

Quand la voiture de Catherine se fut éloignée, elle alla chercher la couverture, l'étendit sous le pêcher et resta assise un long moment à regarder la route. Elle se sentait comme Eustacia, cette héroïne de roman qui scrutait la nuit à travers sa longue-vue.

XXII

En début de soirée, Catherine se gare sous les arbres de la place à Lourenço Marques. Elle a chaud et soif. Elle se dirige vers un homme qui vend des boissons fraîches. L'odeur de la mer est partout. Les gens sont dans la rue maintenant qu'il fait moins chaud. Catherine s'assied sur un banc pour boire son Coca-Cola. Des couples se promènent main dans la main. Un prêtre passe devant elle pour rejoindre l'église. De jeunes écolières gloussent et tentent d'avaler leurs esquimaux avant qu'ils ne fondent et ne coulent sur leurs chemisiers blancs.

De la musique s'échappe d'un bar situé de l'autre côté de la rue. Un groupe de femmes noires taquine un homme en riant. L'homme gratte une allumette sur la semelle de sa chaussure pour allumer sa cigarette et cela les fait rire et plaisanter de plus belle.

Les gens dévisagent Catherine au passage. Elle est hirsute. Elle a roulé vitres baissées et a les cheveux ébouriffés et le visage crasseux. Elle est venue chercher Tom. Ils pourront aller quelque part, ils ne sont pas obligés de rentrer à la ferme, pas tout de suite. Ils passeront peut-être un peu de temps sur la côte.

Le Coca est glacé et très gazeux ; elle sent les bulles jusque dans son nez. De l'autre côté de la rue, une voiture se gare sur une place libre et une femme en descend. Elle porte un cadeau – un panier de fruits emballé dans de la cellophane. Elle a mis sa plus belle robe et ses plus belles chaussures. Une autre voiture vient se garer derrière la sienne. Cette fois, c'est une famille, elle aussi avec un cadeau.

L'horloge de la place sonne dix-huit heures. Catherine se dit que tous ces gens doivent aller à l'église, mais ils partent dans la direction opposée et disparaissent derrière des arbres. Elle se lève et traverse la rue pour voir où ils vont.

L'hôpital est un vieux bâtiment colonial. Une volée de marches mène à la grande porte en bois. Ce doit être l'heure des visites, car il y a une longue file de personnes devant l'entrée.

Au-dessus de la porte, on voit une croix rouge et une inscription peinte en noir : « *Hospital de Santa Maria* ».

Catherine regarde les gens pénétrer dans le bâtiment. Un détail si insignifiant – une croix tracée sur le sol. Une erreur.

M. King est à Santa Maria ?
Sim, Santa Maria.

Elle traverse la rue. La réception de l'hôpital est bondée et elle doit patienter.

« M. King. » On lui demande d'épeler le nom. Elle sait qu'elle est folle de faire une chose pareille.

La réceptionniste consulte sa liste.

« Non. Pas de M. King. Désolée.

– Vous êtes sûre ?

La femme se retourne et crie quelque chose à sa collègue.

– Une minute. »

Catherine attend. La collègue revient avec une infirmière. Elles échangent quelques mots en portugais que Catherine ne comprend pas.

L'infirmière lui sourit.

« Il y avait M. King ici. Elle parle lentement, dans un anglais rudimentaire. Je suis désolée, il est mort.

– Quand est-ce qu'il est mort ?

L'infirmière consulte un registre.

– Depuis neuf mois. Pendant l'hiver. »

Catherine pense à la lettre et à la nuit où elle a vu son père au bord de la rivière. C'est à ce moment-là que c'était arrivé, pendant qu'elle était en Angleterre. Il était mort et Isobel et Tom étaient venus habiter la ferme.

« Vous êtes une amie ? » demande l'infirmière.

Catherine s'aperçoit alors qu'elle est restée cinq minutes sans bouger.

« Je suis sa fille.

– Katie ?

Elle hoche la tête.

– Il parlait tout le temps sur vous. Il disait je vous ressemble, mon visage. Elle baisse les yeux, gênée. Les deux femmes se font face gauchement. Catherine ne sait pas quoi dire.

– Votre père enterré dans l'église de l'autre côté. Non… L'infirmière sourit : un souvenir lui revient en mémoire. Pas enterré. Il voulait pas être dans un cercueil. Il disait parfois les gens vous mettent dedans et vous êtes pas vraiment mort. Je lui disais c'est pas vrai.

– De l'autre côté de la place ?

– Oui, mais c'est la messe maintenant. Vous allez demain matin. L'homme vous montre les cendres de votre père dans l'église. Votre père il voulait vous voir. Vous étiez spéciale.

Catherine se dirige vers la porte, mais l'infirmière la rappelle. Elle se retourne.

– La femme de votre père, elle était ici.

– Quand ?
– Je crois y a un mois. C'était son cœur.
– Elle est morte ?
L'infirmière hoche la tête.
– Oui. Sa fille est morte dans un accident – je crois c'était trop pour la mère. Son cœur il s'arrête.
– Qui l'a amenée ici ?
– Le mari de sa fille. Elle avait personne d'autre. »
Catherine sort dans le crépuscule et se met à déambuler dans les rues. Elle devrait trouver un endroit où dormir, car elle est épuisée, mais elle n'a pas envie d'être à l'intérieur.

Une fillette poursuit un petit garçon sur le trottoir. Il lui a volé quelque chose et elle court derrière lui en criant. Catherine la suit. Les rues sont de plus en plus étroites. Ils débouchent finalement sur une petite place.

Une rangée de faux poivriers. Un bloc de pierre pour vider le poisson. Catherine sait où elle est à présent.

Le petit garçon se retourne et fait une grimace à sa poursuivante qui, hors d'haleine, se tient pliée en deux, les mains sur les genoux. Alors elle se redresse, lui crie quelque chose et se remet à courir.

Une rue pavée descend vers l'eau. Au bout d'une petite jetée, des pêcheurs amarrent leur bateau pour décharger leur prise. Catherine ne sait pas si elle parviendra à retrouver son chemin, mais ça n'a pas d'importance. Elle ôte ses sandales. L'air est tiède et chargé d'odeurs.

Les murs de la forteresse sont éclairés par la pleine lune, qui flotte comme un gros ballon au-dessus de la baie. La marée est haute ; l'eau recouvre les premières marches de la bâtisse croulante. Et le palmier de la carte postale – le palmier de son rêve – est à sa place dans la cour centrale. Il fait doux. Catherine a envie de se baigner.

Elle gravit les marches et poursuit son chemin. La petite fille a rattrapé le petit garçon et ils longent ensemble un des hauts murs de la forteresse. Catherine aperçoit un bout de plage de l'autre côté des ruines et se débrouille pour y descendre. Personne ne la verra si elle se déshabille pour aller se baigner.

L'eau est phosphorescente et scintille sur sa peau. Elle s'éloigne du bord, puis regarde l'autre côté de la baie : la maison de Tom luit dans l'obscurité.

XXIII

« Elle est partie. Partie le retrouver.

– C'est vraiment ce qui pouvait arriver de mieux – qu'elle quitte la ferme. Elle a causé assez de problèmes comme ça.

– Mais elle va revenir.

– Oui, quand elle aura compris qu'il ne quittera jamais sa femme.

– Il va vendre la ferme. Sa femme ne voudra pas revenir ici.

– Ils n'ont jamais été à leur place. »

Nettie étale ses échantillons de couleurs sur la table. Elle fait repeindre sa maison et n'arrive pas à se décider entre le rose clair et le jaune pâle. « Bien sûr, tout dépend de la lumière qu'il y a dans la pièce. Le vendeur dit que s'il y a du rose, ça accrochera la lumière et donnera une jolie brillance.

– Et tu as ces coussins brodés du *kerkbasaar**. La mère de Hendrik contemple son propre salon. Peut-être que je devrais repeindre ici. C'est si sombre. Qu'est-ce que tu en penses ?

Nettie balaie la pièce du regard.

– Oui, quelque chose de lumineux – ça ne ferait pas de mal.

– Je songe à me débarrasser de ces meubles.

– Comment ça, tous ?

– Non – juste ces gros fauteuils. Ils sont si déprimants. En tout cas c'est ce que dit Hendrik, et je suis d'accord avec lui. Je n'avais pas remarqué qu'ils étaient si vieux et râpés.

– Comment va Hendrik ?

– Il se remet.

Un silence.

– Il est retourné à l'église ?

– Non, se hâte de répondre sa mère. Pour tout t'avouer, j'aimerais qu'elle ait été réduite en cendres. Je ne peux pas m'en empêcher. Ce n'est pas une église, tu sais. Pas vraiment. Une église, c'est un endroit où les gens se rassemblent pour prier Dieu. Un monument à la gloire de Dieu. Mais elle ne semble pas très convaincue elle-même. Nettie ?

– Oui ? fait Nettie en levant les yeux de ses échantillons.

– Ça fait combien de temps que tu n'es pas allée à la rivière ?

– Oh là là.

– Allons à la rivière. Emportons un pique-nique. Hendrik a construit un radeau avec Dirk, tu sais. On pourrait... Nettie éclate de rire. Ne ris pas. Je suis déjà descendue tout du long jusqu'aux gorges. Au début de notre mariage, on avait un canoë et j'ai ramé jusque là-bas. Marius était allongé et il me regardait. Et il a dit... Elle regarde par la fenêtre. Il a dit : “Tu as le plus beau des sourires.” C'est ce qu'il a dit. »

Hendrik les regarde partir dans le veld avec leurs paniers et leurs chapeaux. Nettie a emprunté un des chapeaux de son père ; il est un peu trop petit pour elle et semble perché sur son crâne. « Si on n'est pas rentrées à six heures, viens nous chercher, Hendrik, dit sa mère en riant. On va descendre la rivière à la rame. Je vais lui montrer, à Nettie. Tu te souviens quand on y allait tous les trois ? »

Hendrik est heureux de les entendre rire ainsi. Une autre raison fait renaître la joie dans son cœur : Catherine est de retour. Il ne l'a pas vue, mais il a aperçu sa voiture en ville.

Il est dix-huit heures et les deux femmes ne sont toujours pas rentrées, mais il se dit qu'elles ont sans doute été prendre le thé chez Nettie. Il va quand même flâner jusqu'à la rivière pour voir. L'après-midi est magnifique.

Il est au pied des *koppies* quand il entend l'avion. Il lève la tête. L'appareil décrit des cercles au-dessus de l'église. Hendrik le regarde monter, descendre et tournoyer dans les airs.

*

Maria plisse les yeux pour suivre l'insecte géant dans le ciel. Elle est dans le cimetière, derrière l'église en tôle, et elle attend que Catherine jette les cendres. Elle ne les verra pas tomber, mais elle imaginera leur lente descente dans le bleu et elle criera quelque chose vers le ciel, elle ne sait pas encore bien quoi.

Depuis l'avion, Catherine voit la silhouette de Maria qui agite les bras.

« Tourne ! » hurle-t-elle à Tom. Elle lui a crié dessus pendant tout le trajet du retour. Mais il est la seule personne qui puisse l'emmener dans les airs, là où elle a envie d'être. Elle a rapporté les cendres de son père avec elle.

Maria lui a raconté une histoire de cendres. Si on les jette au vent au mauvais moment, elles risquent de revenir en arrière. Un jour, quelqu'un s'est retrouvé avec les cendres d'un cousin éloigné dans la bouche. C'était horrible, horrible.

Elles ont ri.

Catherine jette les cendres de son père dans les airs et regarde le vent les emporter. Elles finiront leur course sur les rochers, sur les arbres et dans la rivière ; certaines pourraient même atterrir sur le toit de l'église. Son père y reposera à jamais.

Hendrik voit l'avion virer une dernière fois, puis s'éloigner en survolant le *krantz*. Il prend alors conscience d'une présence dans son dos. La personne a dû s'approcher en silence – elle a l'habitude de marcher sans bruit dans le veld. Il la sent juste derrière lui.

« J'aimerais savoir voler, dit-elle. Parfois je pense que je sais.

Il se retourne.

– Qu'est-ce qu'il y a dans ton sac ? demande-t-elle.

– Rien.

– Je peux voir ? »

Il sort son carnet à croquis. Peu importe qui le feuillette à présent. Il va le laisser dans l'église. Il le lui tend.

Elise s'accroupit et ouvre le carnet avec précaution.

En voyant les petites filles dans l'église, elle lève les yeux vers lui et lui sourit.

Épilogue
1990

« Te voilà. » Maria trouve Catherine allongée près de l'étang, emmitouflée dans une couverture. Elle lui prend les mains et s'aperçoit qu'elles sont glacées. Elle les frotte pour les réchauffer. « Tu ne devrais pas faire ça. Tu es gelée. Et on est trop vieilles. Ce n'est pas prudent.

– Je ne suis pas trop vieille. Et prudent – qu'est-ce qui est prudent ? Catherine s'assied. J'allais à l'église. Il y avait de la lumière.

– Je sais, je l'ai vue de la maison.

– Tu te souviens de notre vœu ? Tu te souviens quand on a enterré Tom à l'église et qu'on a entendu les chants ? Et à quel point c'était difficile quand il est revenu ici – comme on se disputait ?

– Toi – toujours en train de lui demander des preuves. Sans arrêt. Tu le rendais fou, dit Maria en riant.

– Mais ça s'est arrangé ensuite.

– Oui.

– Il me manque toujours. »

Catherine s'accroche à Maria pour se lever. Elle a les jambes raides.

« Je ne te laisserai pas y aller seule. » Maria regarde les arbres au-dessus de l'étang. Dans le clair de lune, les ombres dessinent des silhouettes humaines qui dansent entre les troncs.

Les deux femmes, Catherine en tête, gravissent lentement le sentier. Elles doivent s'arrêter pour se reposer à mi-pente, puis juste avant le sommet.

« Quand je pense qu'on se moquait des *gogos* qui montaient cette colline si lentement. Catherine a mal à la poitrine. Je ne me sens pas vieille – j'ai l'impression que je pourrais encore grimper la pente en courant et sauter du surplomb.

– Et te tuer ?

– On pensait que la lumière dans l'église était un miracle.

Elles sont maintenant devant la porte et regardent la lampe à pétrole allumée sur l'autel.

– Tu ne m'as jamais dit ce que tu avais vu par la fenêtre.

Maria regarde Catherine. Mais elle ne lui dira rien, même après tout ce temps. Ça restera un secret. Parfois, on a besoin d'un secret.

– Entre – je vais rester dehors. » Maria se retourne et s'éloigne.

L'église est vide. Hendrik n'a pas attendu. Le tableau est accroché au mur, à l'endroit où se trouvait la photo de Catherine – celle qui a brûlé dans l'incendie. Il y a maintenant quelque chose à sa place. Quelque chose de très beau.

Catherine prend la lampe à pétrole sur l'autel et la tient devant le tableau.

Hendrik a peint l'église en clair-obscur et deux petites filles devant l'autel. Elles portent leurs robes d'été, l'une orange, l'autre jaune pâle. Elles sont lumineuses, comme éclairées de l'intérieur. Leurs cheveux sont ébouriffés et l'air qui les entoure semble chargé d'électricité. Catherine les entend rire.

Tu ne nous attraperas jamais. Personne ne nous attrapera. On sera toujours à part.

Catherine quitte l'église et trouve Maria debout au milieu du cimetière : elle contemple une parcelle de terrain désherbée à ses pieds. « Voilà ce que le garçon afrikaner faisait ici », dit-elle en se tournant vers Catherine. Elle continue à appeler Hendrik un garçon.

Il a rôdé à la lisière de leur vie pendant toutes ces années. Il les a aidées quand la police est venue, quand Catherine se débattait pour gagner de l'argent à la ferme et payer les factures ; et le jour où des fermiers armés se sont présentés à leur porte en demandant pourquoi Maria vivait dans la maison, pourquoi Catherine aimait tant les *kaffirs*. Hendrik est resté à ses côtés jusqu'à ce qu'ils s'en aillent.

Catherine se penche pour voir ce qu'il a écrit sur le sol à l'aide de petits cailloux blancs. Elle suit les lettres du doigt.

Isobel.

« Il a déplacé ses os. Elle lève les yeux vers Maria. Mais pourquoi les avoir déterrés si tard ? Maria lisse la terre autour des cailloux. C'est toi, Maria, hein ? C'est toi qui as déterré les os. Pourquoi ?

– Je voulais qu'elle soit enterrée ici, convenablement, avant ma mort.

– Tu ne vas pas mourir.

Maria se tait.

– Tu l'as vu ? Catherine la secoue par l'épaule.

– Ça n'a pas été facile de creuser avec cette pelle. Et puis il s'est mis à pleuvoir. Je n'avais pas le temps. Je suis revenue quand j'ai appris que la gamine avait trouvé les os, et il les avait emportés.

– Ça vaut mieux comme ça.

– Oui. Ils n'étaient pas au bon endroit. Maria secoue la tête. Elle était isolée là-bas, en haut de l'à-pic.

Catherine étend la couverture de Maria à côté de la tombe et s'assied.

– Je suis si fatiguée, dit-elle. Reposons-nous un peu avant de rentrer.

Elles s'allongent l'une près de l'autre pour se tenir chaud et contemplent le ciel nocturne.

– Que diraient ces femmes si elles me voyaient en ce moment ? En pleine nuit, dans un cimetière, avec la fille de cuisine noire qui a perdu la tête.

– Tu entends ça ? demande soudain Maria en se tournant vers elle.

– Tu as entendu quelque chose ?

– Juste la rivière. »

*

Le soleil est levé lorsque la petite fille monte le sentier qui mène à l'église. Elle vient revoir l'endroit où elle a trouvé les os. Juste pour vérifier ce qu'elle a vu ce jour-là. Elle se faufile par l'ouverture entre les rochers et s'accroupit sur le sol. La terre a été aplanie. Elle se demande si elle a vraiment vu quelque chose sur ce surplomb dominant la vallée. Alors, elle entend les rires.

Deux petites filles viennent de sortir de l'église. Elles passent en courant près des rochers et descendent la colline. La fillette noire poursuit la fillette blanche, qui la distance de peu. Elles sont pieds nus et ont sali leurs robes en jouant.

Soudain, elles s'immobilisent – elles ont entendu du bruit. Quelqu'un les appelle. Elles se retournent pour regarder l'église. Devant la porte, une troisième petite fille agite les bras.

« Attendez-moi », crie-t-elle, et elle se met à courir, dévalant la pente pour les rattraper. Derrière elle, ses cheveux noirs flottent au vent.

REMERCIEMENTS

Pour Katrina Themba et les femmes remarquables de ma famille qui ont vécu ici, dont les histoires m'ont nourrie et les tableaux entourée durant mon enfance : Ruth Everard Haden, Rosamund Everard Steenkamp, Bertha Everard King et Edith King. Ce sont elles, ainsi que mon père, Bryan Everard Haden, qui ont inspiré cette histoire.

Je tiens à remercier particulièrement Dorothy Dyer pour son soutien et ses conseils lors de l'édition du manuscrit. Je remercie également Frances Liardet, Pippa Davies, Mary Mount, Angela Briggs, Kathy Sutton et Irna du Toit pour leur aide et leurs encouragements. Merci, Andrea, pour ta « mansarde » et tes petits plats ! Enfin, je dois beaucoup à la Baird Foundation pour son soutien financier lors de mon année de maîtrise en Écriture créative à l'université du Cap, ainsi qu'à mon directeur de recherches, Geoffrey Haresnape.

GLOSSAIRE

Ce glossaire, établi pour l'édition française, rassemble les mots et expressions étrangers conservés dans la traduction.

Baas : maître, patron.

Getoor : ensorcelé(e).

Gogo : grand-mère.

Kaffir : nègre (terme insultant).

Kerkbasaar : vente de charité organisée par l'église.

Koppie ou *kopje* : petite colline, tertre, mamelon. Relief typique du veld sud-africain.

Kraal : village ou groupe de huttes, généralement entourés d'une palissade.

Krantz : falaise, à-pic (d'où, dans ce texte : précipice).

Mal : fou, folle.

Ma se kind : littéralement, « enfant à sa maman ».

Maye ba bo : interjection pouvant exprimer la surprise, la peur, etc.

Mealie meal : farine de maïs que l'on fait bouillir avec de l'eau pour obtenir le *pap*.

Meid : bonne, domestique.

Pap ou *mealie pap* : bouillie de maïs épaisse.

Pondok : hutte.

Riempie : sangle de cuir utilisée pour faire les sièges.

Samp : maïs concassé qui, bouilli avec des haricots, forme un des plats de base de l'Afrique du Sud.

Seun : fils, garçon.

Tokoloshe : lutin malfaisant de la mythologie de l'Afrique australe.

Ufunani ? : Qu'est-ce que tu veux ?

Uitlander : étranger(ère).

Vlakhaas : lièvre.

Table

Composition réalisée par ASIATYPE

Achevé d'imprimer en octobre 2008, en France sur Presse Offset par
Maury-Imprimeur - 45330 Malesherbes
N° d'imprimeur : 141453
Dépôt légal 1re publication : novembre 2008
LIBRAIRIE GÉNÉRALE FRANÇAISE - 31, rue de Fleurus - 75278 Paris Cedex 06

31/2187/8